COLLECTION FOLIO

Joseph Kessel

Ami, entends-tu…

*Propos recueillis
par Jean-Marie Baron*

*Lettre-préface
de Maurice Druon
de l'Académie française*

La Table Ronde

Né en Argentine en 1898 de parents russes ayant fui les persécutions antisémites, Joseph Kessel passe son enfance entre l'Oural et le Lot-et-Garonne, où son père s'est installé comme médecin. Ces origines cosmopolites lui vaudront un goût immodéré pour les pérégrinations à travers le monde.

Après des études de lettres classiques, Kessel se destine à une carrière artistique lorsque éclate la Première Guerre mondiale. Engagé volontaire dans l'artillerie puis dans l'aviation, il tirera de cette expérience son premier grand succès, *L'équipage* (1923), qui inaugure une certaine littérature de l'action qu'illustreront par la suite Malraux et Saint-Exupéry.

À la fin des hostilités, il entame une double carrière de grand reporter et de romancier, puisant dans ses nombreux voyages la matière de ses œuvres. C'est en témoin de son temps que Kessel parcourt l'entre-deux-guerres. Parfois l'écrivain délaisse la fiction pour l'exercice de mémoire — *Mermoz* (1938), à la fois biographie et recueil de souvenirs sur l'aviateur héroïque qui fut son ami —, mais le versant romanesque de son œuvre exprime tout autant une volonté journalistique : *La passante du Sans-Souci* (1936) témoigne en filigrane de la montée inexorable du nazisme.

Après la Seconde Guerre mondiale, durant laquelle il joue un rôle actif dans la Résistance, Joseph Kessel renoue avec ses activités de journaliste et d'écrivain, publiant entre autres *Le tour du malheur* (1950) et son grand succès *Le lion* (1958). En 1962, il entre à l'Académie française.

Joseph Kessel est mort en 1979.

LETTRE-PRÉFACE

Mon cher Jean-Marie,

Ton père, François Baron, était présent dans le petit hôtel du Surrey le jour de mai 1943 où nous écrivîmes, mon oncle Joseph Kessel et moi, le Chant des Partisans. *Je me rappelle qu'il ouvrit, à l'heure du thé, la porte de la pièce où nous travaillions, en disant :* «*Alors, elle est finie votre* Marseillaise ?»

Étonnant personnage, et fort attachant, que François Baron, ancien membre du groupe surréaliste, qui fut le premier Français de l'étranger à rallier le général de Gaulle, le 18 juin 1940, aussitôt après en avoir entendu l'appel à la BBC. Et quel ralliement ! C'était non seulement le sien, mais celui des établissements français des Indes, dont il était administrateur à Chandernagor.

Il devenait ainsi «le premier gaulliste historique», comme on le désigna ensuite.

Délégué de la France Libre pour l'Extrême-Orient, en poste à Singapour dont il dut s'échapper après avoir été empoisonné par les Japonais, et sauvé grâce à l'opium, il partit sur un bateau à fond plat où, pen-

ché sur le bastingage, il regardait passer en dessous les torpilles des sous-marins ennemis. Une histoire à la Kessel.

Il était naturel que nous devenions des amis fraternels. Fraternelle aussi était l'amitié qui nous liait, Jef et moi, à ta mère, Carmen Corcuera, cette Mexicaine devenue si française, cette femme si belle, si vive, si joyeuse, cette hôtesse merveilleuse qui accueillait à bras ouverts tout ce que Paris comptait de talents artistiques et littéraires, au lendemain de la guerre.

Ta naissance, dans ce couple qui comptait si fort dans notre vie, fut saluée par nous comme un événement familial.

Dès ton enfance, tu fus fasciné par Jef, cet homme d'aventures, héracléen, dont le regard gris, qui pouvait se faire si doux, se posait sur toi avec tendresse.

Quand tu sortis de l'adolescence, tu lui demandas de te raconter les épisodes qu'il jugeait les plus marquants ou les plus insolites de sa vie, avec l'intention de les publier. Il y consentit de grand cœur, et s'ouvrit à toi avec non seulement le talent qu'il mettait dans ses récits, mais aussi une confiance totale. J'en fus témoin.

Les années passent. Qu'en as-tu fait ? Tu as été professeur d'histoire de l'art à l'université. Tu as dirigé, à la télévision, un programme culturel. Tu as été critique d'art à Vogue, L'Œil, Connaissance des Arts, Beaux-Arts Magazine...

Et voici que, sortis du fond de la mémoire, paraissent enfin les récits que tu as attentivement recueillis

10

de la bouche de celui que tu appelais ton second père.
Ainsi, tu prends le relais dans sa survie et sa légende.

 J'en suis heureux, et pour lui et pour toi, et je t'embrasse comme un tout proche et très cher cousin.

MAURICE DRUON
de l'Académie française

AVANT-PROPOS

Ce livre est un livre d'histoires. Ce livre a une histoire.

En 1973, j'ai demandé à Jef de me raconter ce qu'il retenait de sa vie. Cette vie hors du commun, mythique, inégalée en aventures ; et ce qu'il en pensait maintenant avec le temps, le recul...

Plus de cinquante ans nous séparaient où, depuis les premiers coucous de la guerre de 14, dans lesquels il s'était illustré, jusqu'à la conquête de la Lune, l'accélération de l'histoire me semblait phénoménale. Pourtant je me sentais proche de lui, très proche. Il m'avait vu naître, j'étais un journaliste débutant, j'avais vingt-deux ans, lui, soixante-quinze et conscient de cette chance qui m'était donnée, j'étais avide, auprès de lui, de tout apprendre, de tout comprendre.

Nous avons commencé nos entretiens à Avernes, dans sa maison de campagne non loin de Paris. Elle était à son image : simple, pleine de charme, parsemée de souvenirs ; une tête en albâtre de Mareb, ruine du Yémen creusée par les vents du désert comme les rides profondes de son visage. Un poignard afghan de corne et d'argent offert par un gouverneur de province, son ami. Et sur le bureau de bois rustique à sa droite, posée contre la lampe, une photo jaunie, racornie, dans un cadre ancien, la photo de sa mère.

Il semblait y tenir plus qu'à tout.

Comme lui aussi, sa maison dégageait un calme, une pudeur contenue, constamment présente. Elle était humaine.

L'après-midi, c'était depuis toujours un rite, il faisait sa sieste. Ensuite, nous allions nous balader ; quelques pas dans la campagne. Et c'était le soir surtout que nous travaillions.

Nous nous asseyions de part et d'autre de son bureau, lui dans son fauteuil aux accoudoirs ornés de deux têtes de lion sur lesquelles il aimait poser les mains.

« Mets-toi bien en face de moi, me disait-il, j'ai besoin de te voir. »

Et nous plongions dans sa mémoire...

Souvent, entre deux récits, nous marquions une pause.

Il se passait la main dans les cheveux, plissait les yeux, le front. Puis il prenait une clef, une petite clef dorée dans son tiroir, se levait d'un coup, le fume-cigarette toujours aux lèvres et ouvrait un placard dans le mur d'où il ressortait précautionneusement une fiasque dépolie et deux verres : la cérémonie du calvados ! Nous trinquions au milieu d'un nuage de fumée. Une fois, deux fois, cul sec.

Il enchaînait de plus belle. Parfois, c'était lui qui posait une question comme pour vérifier comment tout ce qu'il me racontait s'ordonnait dans ma tête. Et le moindre détail pouvait captiver son attention et nous entraîner bien loin, jusqu'à refaire le monde.

Il tenait à tout prix à ce que nous fussions l'un en face de l'autre comme deux hommes partageant la même aventure, avec les mêmes risques, les mêmes incertitudes, la même complicité.

Et ça, c'était unique.

Pendant quinze jours ou plutôt quinze nuits, j'ai pris des notes, enregistré sa voix, je l'ai regardé, écouté, admiré, avec passion. Que dire d'autre ? Nous nous sommes revus souvent et nous avons retravaillé longuement. Il n'avait de cesse de vouloir reprendre et rajouter de nouvelles histoires à celles qu'il m'avait déjà racontées.

La dernière fois que j'ai vu Jef, c'était en 1979.

« Alors, cette fois tu as fait le tour ?

— Eh oui... »

Et nous avons ri ensemble.

Je revenais d'un long périple autour du monde, où des lacs de Band-i-Amir en Afghanistan, jusqu'au Mexique, en passant par Bornéo et Hong Kong, j'avais en quelque sorte marché sur ses traces.

Et j'étais revenu pour mener à bien notre projet.

« Il faut que tu reprennes nos histoires en supprimant peut-être tout simplement les questions », me dit-il.

Ce qui fut dit, fut fait. Mais la mort de Jef, quelques semaines plus tard, plongea, de fait, notre manuscrit achevé dans le silence, comme elle plongea ses amis dans une tristesse profonde.

Hasard ou destin, la réponse n'est pas simple, aimait-il répéter.

S'il est des deuils qui n'en finissent pas, il est tout de même des boucles qui se bouclent, puisque notre livre voit le jour.

Et ce qui reste aujourd'hui, c'est l'intensité qui court tout au long de ces pages qui sont les siennes. Et qui vivent.

Parce que Jef, avant tout, c'est une formidable leçon de vie.

JEAN-MARIE BARON

UN JOUR DE GLOIRE

I

1920. Septembre — un dimanche.

J'avais vingt-deux ans.

Le point de départ ? Un des bateaux qui faisaient la navette Calais-Douvres. Je n'allais pas loin. La distance, cette fois, ne comptait pas. Mais le but était pour moi la chose la plus importante du monde : la grande insurrection de l'Irlande qui, après tant de révoltes désespérées, allait mettre fin à cinq siècles de servitude. *Mon premier grand reportage.*

J'appartenais au *Journal des débats* où j'avais eu la chance de débuter en 1915. J'avais alors dix-sept ans. Tout juste. Et ce quotidien, lui, en comptait cent vingt-cinq, un siècle et quart. Né avec la Grande Révolution, les états généraux, le serment du Jeu de Paume...

Il semblait pour toujours installé, figé rue des Prêtres-Saint-Germain-l'Auxerrois, dans la vieille maison où se rédigeait et s'imprimait, depuis des générations, l'ancêtre de la presse française. Le beffroi qui avait déclenché la Saint-Barthélemy touchait presque notre façade lézardée. Dans la grande salle de rédaction, au cours des ans, Chateaubriand et Alexandre Dumas, Taine et Victor Hugo, Balzac et Mérimée étaient venus conférer autour de l'immense et magnifique bureau directorial. Et le bureau était encore là et c'était encore autour de lui que se réunissaient chaque matin les principaux collaborateurs du journal pour préparer le numéro quotidien. Et ces hommes chenus, savants, lettrés, nourris d'étude et d'expérience avaient assisté, pris part aux fastes du Second Empire, à la guerre de 1870, au siège de Paris, à la Commune. Tapi dans un coin de la salle auguste, je les écoutais comme des oracles. La pénurie terrible en hommes — la plupart des rédacteurs mobilisés au front, la recommandation d'un ancien professeur, une licence ès lettres décrochée je ne sais par quel coup de chance aux examens les plus récents de la Sorbonne, enfin ma connaissance de la langue russe, m'avaient valu d'être là. Je ne faisais rien d'éclatant. Coller des dépêches. Corriger des épreuves. Traduire de temps à autre un article trouvé dans les journaux de Moscou. Le salaire était à la mesure de la tâche : cent sous par jour. Mais que me fallait-il de plus ? J'appartenais au *Journal des débats*. Un journal lu avec attention et respect dans les ministères, les ambassades, les instituts, les académies. J'avais le droit d'approcher la table de Chateaubriand, de feuilleter les collections du journal qui portaient les signatures des grands poètes et romanciers du XIXe. C'était vraiment une grande chance à mon âge, de coller et corriger des informations rue des Prêtres-Saint-Germain-l'Auxerrois...

Vers le milieu de 1918, je me suis engagé. Mais, à chaque permission, je rendais visite à *mon* journal. L'accueil y était d'une merveilleuse gentillesse. L'enfant de la maison reparaissait avec ses bottes éblouissantes d'aviateur et son insigne ailé... Et puis soudain, comme la guerre s'achève, je disparais : coup de chance insensé, la Sibérie. Terres et mers inconnues. Fleuves gelés et rivages des tropiques. Wagons bourrés de cadavres. Temples de la Chine et des Indes. Tavernes des ports. Quand je débarque en France, démobilisé, j'ai l'impression que j'ai été le maître de l'univers.

Et je retrouve les *Débats*, où la place m'a été gardée scrupuleusement, affectueusement. Tout est en ordre. Rien n'a bougé. Ni les estampes du XVIIIe, ni la table de Chateaubriand, ni ce vieux rédacteur si fin, si lettré, qui a été le familier de Verlaine et de Remy de Gourmont, et qui continue d'écrire, comme il l'a fait toujours, avec une plume d'oie. Tout est là de ce qui m'avait subjugué, enchanté. Seulement, je n'étais plus le même. Le garçon qui avait pour horizon le Quartier latin avait connu la guerre, l'escadrille, les jours francs des permissions et, pour tout couronner, cette virée sauvage de continent en continent. Et le voici bouclé face aux gar-gouilles de Saint-Germain-l'Auxerrois. Avec pour se déplacer, l'autobus, le métro.

Nous avions dans chaque capitale un corres-pondant attitré. Un membre distingué, éminent de la colonie française. Économiste, financier, sociologue, diplomate de premier ordre. Une ou deux fois par mois, il envoyait sa *lettre* de plusieurs colonnes, où il analysait en détail des faits vieux de quinze ou trente jours. Mais de reporter, de vrai : pas un.

Et mes attributions cette fois ? Oh pas même en faits divers — on les considérait comme un sujet trop vulgaire pour notre public. Non. Je m'occupais d'une rubrique qui avait pour titre : «En trois lignes». J'étais le poète, la lyre. Mon menu : fêtes de charité. Muguet du 1er Mai. Les catherinettes. Ou alors, les «grandes aven-tures» : inauguration d'un monument aux morts...

Alors, comme pour la mission qui m'avait conduit jusqu'en Sibérie, il y a eu sur mon che-min, de nouveau, un magicien avec sa baguette. Un homme qui ne m'avait jamais vu, ne savait rien, absolument rien de mon existence, et qui a fait à un jeune journaliste de vingt-deux ans inconnu le plus beau cadeau du monde : son premier grand reportage.

Il s'appelait Camille Aymard. Il était notaire. Parti pour l'Indochine une douzaine d'années plus tôt, il y fait fortune. Pour s'amuser, il fonde

22

un journal. Se prend au jeu. Voit grand. Retourne en France, rachète un quotidien du soir. A besoin d'un adjoint. Trouve pour ce poste l'homme qu'il faut, la quarantaine, expérimenté et ardent, sage et hardi. Or cet homme avait travaillé quelque temps aux *Débats*, avec l'espoir d'y changer quelque chose, de le moderniser, de le faire passer du XIXe au XXe siècle. Peine perdue. Il démissionne. Dans ces quelques semaines, lui et moi, nous avions beaucoup parlé métier. Il m'avait montré sympathie, confiance. Un matin il a dit à son nouveau patron :

« Je connais un jeune journaliste qui n'est pas à sa place. Je crois qu'il peut nous être utile. »

Le lendemain, j'étais devant l'ancien notaire. Il me proposait de partir tout de suite pour l'Irlande. Et quant aux frais de voyage, une provision de dix mille francs.

Énorme !

Enfin, j'étais un reporter, et pour un nouveau journal avec un nom de rêve : *La Liberté*.

Et voilà comment, argent en poche, sur un charmant petit bateau, je délirais d'espérance.

Pour un temps du moins, celui qu'avaient duré les préparatifs du voyage, l'achat de tous les livres sur l'Irlande que je pouvais trouver, le trajet dans mon compartiment de première, le wagon-restaurant : l'avenir était à moi.

Mes pareils à deux fois ne se font pas connaître
Et pour leur coup d'essai veulent des coups de maître.

J'étais le Cid du reportage. Ni moins, ni plus...
Puis l'embarquement, les manœuvres, l'appel
des sirènes. Mais très vite, tout — mer, ciel et
brise — est devenu lisse, tranquille. Et mes nerfs
ont cédé, craqué. Déroute, panique. L'Irlande :
qu'est-ce que je connais de ce pays pour pouvoir
écrire quelque chose ? Rien. Ce reportage que
j'avais accepté sans réfléchir, en une seconde !
C'était un métier difficile, qui ne s'inventait pas.
Et tous les vieux, les grands professionnels,
étaient en lice.

Je ne serais jamais à la hauteur de la tâche...
Et ce merveilleux, ce malheureux directeur qui
m'avait fait confiance. Je devais ne pas dépasser
Douvres, revenir, rembourser, tant que cela
m'était encore permis... Par bonheur, je ne suis
pas resté seul trop longtemps.

Comme je venais de m'appuyer au bastingage,
après avoir arpenté le pont cent fois, presque au
pas de charge, un passager est venu s'accouder
près de moi et a dit :

« Je pensais bien que c'était vous, mais vous
meniez un tel train que je ne pouvais pas en être
sûr. »

Je l'ai reconnu tout de suite, malgré l'imprévu
de la rencontre et l'état où je me trouvais. Des
personnages comme lui, je n'avais pas l'occasion
d'en fréquenter souvent. Il approchait de la cin-

quantaine mais ses yeux étaient plus jeunes et plus rieurs que ceux de son âge. Il était vêtu, coiffé avec un grand raffinement mais si discret qu'il paraissait modeste. Le luxe collait aussi naturellement à lui que la peau. C'était un homme de la haute finance. Il assurait en outre la publication d'un bulletin économique et financier remarquable, paraît-il. À ce titre, il me traitait parfois de confrère, avec une grande gentillesse. Malgré la différence en années, fortune, origine, des rapports cordiaux entre nous avaient pu s'établir, grâce à la guerre. La guerre qui bouscule et chamboule et chambarde si bien.

À l'école militaire de Fontainebleau, où j'étais élève aspirant, j'ai eu pour voisin de lit un garçon gai, vif, franc, chahuteur. On devient très copains. On s'arrange pour démonter la même culasse de 75, faire du tapecul au manège ensemble, manger à la même table. Les dimanches de permission, on traîne côte à côte nos houseaux et nos sabres dans Paris. Je déjeune souvent chez ses parents. Ils me choient. J'étais le meilleur camarade de leur fils unique... Nous obtenons notre ficelle d'aspirant. La croisée des chemins. Lui, il va servir dans les 75. Moi, c'est l'aviation. D'abord on s'écrit souvent, puis moins, et plus du tout. Après la guerre, on s'est à peine revus. Il faisait son apprentissage dans la banque, moi, aux *Débats*.

Et le passager de Calais-Douvres, c'était son père.

Il m'a abordé sans doute parce que la traversée, qu'il avait dû faire souvent, ne lui offrait rien de neuf et qu'il s'amusait en compagnie des jeunes gens. Pour ma part, je l'aurais embrassé de tout cœur. Il me sortait, me sauvait de moi-même. Nous avons été au bar. C'était déjà l'Angleterre — le thé, le comportement stylé des stewards, les muffins. Et le whisky. En France, cette boisson était encore pratiquement inconnue. Mais, à New York, San Francisco, Shanghai, Saigon ou Singapour, j'avais eu le temps de m'en accommoder. J'ai parlé de ces escales. Mon nouveau compagnon écoutait *bien*. On le sentait coller, prendre part au récit. Cela donnait du souffle, de la verve. À la fin, et comme nous approchions de Douvres, il m'a demandé :

« Puis-je connaître le motif de votre séjour en Grande-Bretagne, s'il n'y a pas indiscrétion, bien entendu.

— Aucune. Je fais un reportage sur l'insurrection en Irlande. »

Il a un peu plissé les paupières, comme si, en un instant, j'avais pris une nouvelle dimension pour lui. Il fut énorme le bien que m'a fait ce regard, et débordante cette chaleur d'orgueil dans le sang.

« L'Irlande, a repris mon compagnon. Grand sujet. Et fait pour vous sur mesure. Par tout ce que vous avez raconté, c'est évident. Votre

gnon avait déjà des engagements et j'ai été tout droit me coucher. J'avais peu dormi la nuit précédente et je voulais être frais pour la journée à venir. Elle serait décisive.

Il me fallait entrer en contact avec les représentants à Londres du Sinn Fein, l'organisation de combat irlandaise.

Rendez-vous secret ? Agent de liaison ? Mot de passe ? Rien de tout ça. Le Sinn Fein avait pignon sur rue, boutique ouverte. Et l'Irlande, ces insurgés, ces rebelles à la Couronne, étaient clandestins, bien sûr, question de survie. Mais en Angleterre, le franc jeu, le plein jour. Exactement comme si le FLN avait eu, au cœur de Paris, une adresse, une représentation légales, à l'époque la plus sanglante de la guerre d'Algérie ! C'était pourtant la vérité, la tradition britannique. Tout parti avait droit d'exister, de s'exprimer. Le Sinn Fein entre autres. Et son délégué officiel ne se servait d'aucun pseudonyme. Je suis allé le voir le lendemain matin à son bureau.

C'était dans une rue étroite et populeuse d'un quartier ouvrier. Une maison lépreuse du temps de Dickens, taraudée d'escaliers biscornus. Au deuxième étage, un logement pauvre, presque sans meubles. Que pouvaient bien faire tous ces hommes, jeunes pour la plupart, coiffés de casquettes, couverts de longs imperméables, appuyés au mur et au porche de la maison, accroupis sur les marches, et debout sur le palier qui menait à la délégation du Sinn Fein ? Gardes du corps ? Estafettes ? Chefs de groupes ? Partisans, en quête de nouvelles ? Un peu de tout, je pense.

Et dans ce va-et-vient, aucun filtrage, aucun contrôle: Pas même lorsqu'on pénétrait dans le local dont la porte était grande ouverte. Et moi qui aurais tant voulu qu'on me demande un document. Une lettre de mon journal, par exemple. Sur papier à en-tête. Avec mention particulière : *Direction*, timbré du cachet-sacrement, et qui m'accréditait, en français et en anglais, comme ENVOYÉ SPÉCIAL.

Soyons juste. Le délégué du Sinn Fein, lui, m'a traité comme tel. Dieu sait pourtant s'il avait à faire. Entouré d'une troupe de gens en imperméables et eux aussi en casquettes, il donnait des instructions, recevait et griffonnait des messages, distribuait des brochures, des tracts, des affiches, tout en prenant des notes et en répondant au téléphone. Et au milieu de ce délire, la voix calme, posée, l'œil souriant, entre deux bouffées de pipe, il m'a donné toutes les indications dont j'avais besoin. Le gouvernement clandestin irlandais accordait beaucoup d'importance aux journalistes étrangers. Il serait prévenu de mon arrivée. Une question de quarante-huit heures au plus. Je serais pris en main tout de suite. D'ici là, des gens qui pourraient me donner des informations utiles prendraient contact avec moi.

« En attendant, qu'est-ce que vous me conseillez de faire ? ai-je demandé.

— Brixton, a-t-il dit. Avant tout ! »

C'était une des grandes prisons de Londres. Et célèbre, à ce moment-là, parce qu'un homme s'y laissait très lentement mourir. Terence Mac Swiney, lord-maire de la ville de Cork, en Irlande.

Arrêté pour rébellion, il avait refusé obstinément de comparaître devant un magistrat. La raison ? Elle était évidente : il était irlandais, donc ne reconnaissait pas la justice anglaise. Et il avait fait serment de refuser toute nourriture tant que cette justice-là le tiendrait prisonnier. Sa grève de la faim en était à son deuxième mois.

« Pourrais-je parler au lord-maire ? ai-je demandé.

— Vous verrez bien », m'a dit l'homme du Sinn Fein.

Je n'ai pas été en mesure d'approcher Mac Swiney. Seuls étaient admis à le voir ses parents les plus proches. Mais j'ai compris pourquoi, tout en sachant cela à coup sûr, le délégué de l'Irlande rebelle m'avait dirigé vers la prison de Brixton.

Cette Irlande rebelle était là, dans la foule pauvre, sans couleur, sans voix, qui battait d'un mouvement monotone, renouvelé sans cesse, les murailles énormes, les grilles impitoyables. Dockers, maçons, repasseuses, servantes, balayeurs, fossoyeurs, chiffonniers, étudiants, la misère séculaire et sauvage où l'Angleterre tenait leur petite île désespérée, les avait forcés à s'exiler dans les faubourgs les plus sordides, les plus faméliques de Londres. Que faisaient-ils là ? Ils n'avaient rien à espérer ou attendre. Il leur fallait simplement être aussi près que possible de l'homme qui se laissait mourir pour leur liberté. S'imprégner, se fortifier de sa foi. Cela, aucun mur, verrou, gardien ne pouvait l'arrêter. Et pas davantage l'ardeur, le souffle dont ils voulaient soutenir *leur* prisonnier.

J'ai eu de ces gens ce que n'avaient pu m'enseigner les livres, articles, documents dévorés en fièvre avant mon départ : l'expérience directe, la vibration vivante de la douleur, la haine, la ferveur sacrées. J'ai connu à travers leurs propos, leurs regards, les embuscades, les pendaisons, j'ai connu les visages, les hauts faits de la légende des grands insurgés.

La nuit est venue — d'autres femmes, d'autres hommes venaient prendre leur tour de veille —, je suis parti à regret. Mais je n'avais déjà que trop d'impressions, trop d'idées à mettre au clair, en ordre. J'ai regagné le Ritz et, feuille après feuille, couvert de notes le magnifique papier à lettres glacé de l'hôtel, avec son en-tête en lettres d'or.

Un coup discret contre ma porte m'a rendu au sentiment de l'heure. Mon compagnon de voyage et d'appartement venait me chercher pour dîner, ainsi que nous en étions convenus la veille. Il m'avait promis un restaurant comme il n'en existait pas à Paris. Il a tenu parole. C'était un bar aux bois chauds, aux cuirs nobles. On y mangea des huîtres inconnues en France, en buvant du «velours noir» (*black velvet*), un mélange à dose égale de bière brune et de champagne. C'était très bon. Mais tout, je crois, m'aurait paru excellent, à condition que je puisse raconter ma journée à un homme qui voulût bien m'entendre. Mon hôte était trop bien élevé pour ne pas le faire et semblait même y prêter intérêt. Bref, de tout le repas, je n'ai pas arrêté. Et quand nous nous sommes levés de table et qu'il m'a proposé de continuer ailleurs, j'ai dit non. Je devais le quitter sur-le-champ pour rédiger mon premier «papier». Le premier «papier» de mon premier grand reportage.

Il m'a répondu, avec un sourire dont je lui suis jusqu'à ce jour reconnaissant :

«Je vous en prie, ne vous excusez pas. C'est votre jour de gloire.»

J'ai gâché beaucoup de papier luxueux cette nuit-là. Brouillons, ratures, feuilles déchirées... Enfin, très tard, l'article était prêt.

Je suis allé le remettre en personne au portier de nuit, le lui ai fait timbrer, recommander en ma présence et obtenu par deux fois sa promesse que le pli partirait au premier courrier. Un pourboire absurde a scellé notre pacte.

«C'est votre jour de gloire», avait dit mon

compagnon. Quand je me suis endormi, je l'entendais encore.

La première chose, le lendemain matin, a été la sonnerie du téléphone. Elle m'a tiré d'un très profond sommeil. J'ai pris l'écouteur tout machinalement, sans savoir très bien ce que je faisais, ni où j'étais. La standardiste m'a dit qu'un gentleman désirait me parler et m'a donné son nom. Ce nom ne m'apprenait rien. J'ai demandé :

« À quel sujet ?

— Une interview importante », a répondu la standardiste.

Une interview... En une seconde, j'ai repris une notion aiguë des lieux, des événements, du métier. On m'offrait une interview sur l'Irlande. Le délégué du Sinn Fein tenait déjà parole.

« Est-ce possible d'ici une heure ? ai-je fait demander par la standardiste.

— Le gentleman assure que c'est parfait », m'a-t-elle répondu.

Douche, coup de rasoir, mon plus beau costume, breakfast à toute vitesse... je disposais encore d'une dizaine de minutes avant la venue du visiteur inconnu. J'ai été l'attendre dans le salon et je me suis senti gêné de recevoir dans ce faste un rebelle sans feu ni lieu. Mais le scrupule s'est dissipé très vite. J'ai pensé au titre de mon article, je l'ai vu étalé sur plusieurs colonnes : « Un insurgé nous parle ».

J'étais si bien charmé par ce jeu que j'ai été

pris à l'improviste quand la porte s'est ouverte pour laisser entrer le visiteur. Son aspect n'a fait que me déconcerter davantage. Il tenait à la main un chapeau melon et sous le bras une serviette de très beau cuir. Il avait les cheveux séparés juste au milieu par une raie impeccable, portait un veston noir, un pantalon rayé, une chemise et un col raides d'amidon. Et encore, n'était-ce pas son vêtement qui étonnait le plus. C'était son expression. La façon qu'il avait d'être bien dans sa peau, de se plaire à lui-même. D'habitude, ce sont les gens arrondis, grassouillets qui vous font éprouver ce sentiment. Lui, il était carré. Oui, carré d'épaules, de visage. Comment s'arrangeait-il ? C'étaient sans doute le sang rose à fleur de peau, son teint lisse, le regard satisfait et le sourire confortable... Il a déposé sur un guéridon son chapeau melon et sa serviette, m'a donné une poignée de main si naturelle et si bonne que j'ai été tout de suite à l'aise, en confiance. « *Ils* ont aussi de grands bourgeois parmi eux, ai-je pensé, pour les renseignements, les plus difficiles à soupçonner... et les plus efficaces. »

Nous voilà donc au fond de fauteuils superbes. Il me remercie avec effusion d'avoir bien voulu le recevoir si vite. Je réponds que l'obligé, c'est moi, qu'il me rend un très grand service. Il assure que c'est tout naturel envers l'homme que je suis. J'ai compris : le délégué du Sinn Fein lui a garanti mes sentiments.

« Nous commençons ? demande-t-il.

— Quand vous voudrez, lui dis-je. Et c'est vous qui décidez comment on mène l'interview. Je vous interroge d'abord, ou bien... »

Je m'arrête. Il a levé les sourcils. À peine. Mais dans cette face lisse, pleine, cela marque beaucoup.

« Excusez-moi, dit-il, mais est-ce que, en France, l'homme qui pose les questions n'est pas celui qui *prend* l'interview ?

— Bien sûr. Et je vais le faire. »

Mon hôte a eu un petit rire très léger, très charmant.

« Vous faites le modeste, a-t-il dit. Ne vous moquez pas de moi. Vous, vous *donnez* l'interview. »

Il voit que je ne comprends rien à son propos. Il pense que cela provient d'une connaissance insuffisante de la langue (et mon anglais, à l'époque, pouvait en effet le laisser croire). Alors il appuie son pouce contre sa poitrine et dit :

« Moi, interviewer..., le retourne vers la mienne et précise : vous ! »

Je me suis recroquevillé dans mon fauteuil — comme assommé. Plus rien n'a de sens. Le visiteur n'est pas du Sinn Fein, pas même un Irlandais. Un journaliste britannique et qui venait — qui venait. Il dit aimablement pour excuser ma méprise :

« La standardiste a mal transmis. »

Allons donc ! les standardistes du Ritz connaissent leur métier. La bévue était bien la mienne. Mais comment pouvais-je supposer — accepter ? L'histoire était délirante :

On n'interviewe pas un garçon de vingt-deux ans, un journaliste qui débute, inconnu même dans son pays. Il y a eu erreur sur la personne. Ça ne pouvait être que ça.

« On y va, *sir*? » dit le reporter de Londres.

Il tire de sa serviette un cahier bien relié, bien sage, l'ouvre sur une feuille vierge, dévisse un stylographe en or et tout en haut, d'une belle écriture de comptable, inscrit comme une tête de chapitre, en majuscules, mon nom. Pas de doute. C'est bien moi, vraiment moi qu'il est venu interviewer. Moi... Mais alors... alors, c'est sérieux. Contre toute vraisemblance, j'étais connu en Angleterre.

Ma raison, mon instinct se refusaient encore à y croire. Ils *savaient* que ça n'était pas possible. Mais déjà un doux picotement courait le long de mon échine. Je n'étais plus en mesure de me défendre. Les démons de la vanité étaient les plus forts. En une fraction de seconde, les motifs de croire à l'incroyable me sont venus à l'esprit. N'avais-je pas sous ma signature enregistré les déclarations d'un ministre de Nicolas II, alors empereur de toutes les Russies, qui passait à Paris ? raconté une conférence de Kerensky, chassé par la révolution d'Octobre, dans une misérable salle du Quartier latin ? décrit le défilé de la Victoire, le 14 juillet de l'année précédente, sous l'Arc de triomphe ? Ces articles en France n'avaient pas eu le moindre écho, le plus petit succès. Oui, mais le *Journal des débats*, à l'étranger, gardait le prestige, le lustre de ses origines. Et il y avait ce mémoire sur le théâtre élisabéthain présenté en Sorbonne. Peut-être avait-il traversé la Manche à mon insu. Oui, ça devait être ça. Ça ne pouvait être que ça.

La tête me tournait un peu. Les paroles de mon compagnon de voyage me sont revenues à l'esprit. Oui, c'était mon jour de gloire.

« Eh bien, ai-je dit au journaliste anglais, je suis à vous. Entièrement. »

Le reporter m'a d'abord offert une longue Royal Derby. Tabac de haut luxe... Bout doré. Je l'ai allumée avidement. Il m'avait fait passer par de telles transes que j'en avais oublié de fumer.

« Pour ma part, a-t-il dit, je suis abstinent. Mais la plupart de ces messieurs aiment une cigarette, quand je les interviewe. »

Ces messieurs ! J'ai pensé à des écrivains, des artistes célèbres, des hommes d'État, des maîtres d'Oxford. Le tabac sentait l'encens.

Le reporter m'a laissé aspirer quelques bouffées profondes, puis, la plume de son stylo sur la feuille vierge :

« Tout d'abord, votre biographie, sir. Vous le voulez bien ? »

Si je le voulais ! Qu'est-ce que j'avais à raconter d'autre ? J'ai tout sorti. La naissance au cœur de l'Argentine encore sauvage. La pampa, les chevaux indomptés, les gauchos, les barbecues de bœufs entiers, l'enlèvement des filles. Et puis l'enfance sur l'Oural. Les caravanes kirghizes, tatares, mongoles, bachkires, la Cour du Troc, le faste des icônes géantes, les cosaques, leurs fantasias qui coupaient le souffle, les traîneaux emportés au galop des troïkas.

« Très bien... intéressant... parfait, murmurait de temps à autre le journaliste qui notait... notait... Poétique, étrange, exotique, notre public adore. »

J'ai continué avec bonheur. Nice et la Côte d'Azur à l'époque des grands-ducs, des lords, des carnavals effrénés, des batailles de fleurs féeriques.

« De mieux en mieux, souvenirs de la reine Victoria, d'Édouard VII », chuchotait le journaliste.

Nous en sommes venus enfin à la guerre, à l'escadrille, au tour du monde. Pour chaque épisode, le reporter trouvait une louange nouvelle. Formidable. Passionnant. Un vrai roman d'aventures. Après quoi, il a observé une légère pause, tourné la page de son cahier de notes et dit :

« Nous passons maintenant à un autre chapitre : les sports. » Je suis resté sans réponse. Il a insisté :

« Oui, quels sports pratiquez-vous ?

— Mais aucun. »

Il n'a pu s'empêcher de me considérer comme s'il avait affaire à un objet de scandale.

Ça n'a duré que l'espace d'un instant. Il a repris avec une douceur extrême :

« Cela ne se peut pas. Chez nous, *il faut* pratiquer des sports. Cricket, tennis... boxe, golf ? Non ?... rien ? »

J'ai fait un geste d'impuissance. Il a poursuivi plus gentiment encore :

« Allons, allons, vous prenez bien des bains de mer ou de rivière.

— Ça oui, ai-je dit, les deux. J'aime bien.

— Vous voyez ! » s'est écrié le journaliste.

Et il a inscrit : natation athlétique. Puis :

« Vous avez ramé ?

— Un peu. Comme tout le monde. »

Il a inscrit : courses d'aviron. Puis :

« Et le cheval ?

— Uniquement au manège militaire. »

Il a commencé par écrire : Polo, réfléchi une seconde, barré le mot pour le remplacer par : Gentleman rider. Puis :

« Passons aux propriétés. Votre famille possède-t-elle un petit château, un manoir historique ?

— Non...

— Une demeure avec un lac, une forêt ?

— Non.

— Une jolie petite maison ancienne, rustique, dans un vieux village ?

— Non plus. »

Un silence. Un soupir léger. Enfin un généreux sourire :

« Nous sommes assez riches comme ça », a-t-il dit en caressant le cahier de notes.

Il a eu un mouvement pour le refermer mais n'a pas été jusqu'au bout.

« Oh, excusez-moi, a-t-il dit. Une dernière question : à quoi devons-nous votre présence à Londres ? Je ne suis pas indiscret, j'espère.

— Pas le moins du monde, je suis en route pour l'Irlande.

— Je vois ! La pêche au saumon ! s'est-il écrié, tout heureux, le stylo levé.

— Non, ai-je répondu. Je vais là-bas comme envoyé spécial pour l'insurrection.

— Ah oui... ah vraiment... » a marmotté l'intervieweur.

Et il a refermé doucement son cahier sans y inscrire une syllabe.

Une vague inquiétude m'est venue. Un pressentiment de mauvais augure. Mais tout s'est dissipé aussitôt. Le journaliste disait :

« Notre photographe, si vous le permettez, viendra demain matin. Est-ce que la même heure vous convient ? »

Un photographe. Le grand jeu... Le jour de gloire.

« Vous n'aimeriez pas voir notre revue ? » m'a demandé alors le reporter.

Je me suis senti très en faute. Je ne m'étais même pas intéressé au titre. J'ai présenté les premières excuses qui me sont venues à l'esprit. J'avais pleine confiance. J'étais absolument sûr

41

que la publication était de premier ordre. La qualité de son représentant était ma garantie. À elle seule. Mais il m'a prié d'y jeter un coup d'œil tout de même, a ouvert sa serviette et m'a tendu sa revue, la tenant à deux mains. Je l'ai prise d'une seule et j'ai failli la laisser tomber. À cause de la masse. Du poids. J'ai dû la poser sur mes genoux pour l'examiner à mon aise.

C'était écrasant de luxe. Papier d'une épaisseur, d'une densité, d'une qualité comme je n'en connaissais pas. Caractères énormes, spécialement gravés pour ces textes. Des pages et des pages de photographies. Et quelles photos! Ce qui se faisait de plus riche dans le genre et de plus somptueux. Châteaux séculaires, parcs immenses, précieux pur-sang, équipages et meutes de chasse, nobles lords, hautes dames, débutantes à couronnes. Le titre : *Demeures et personnes d'élite.* Je tournais, tournais les feuilles et, à chacune d'elles, croissait ma stupeur, mon malaise. Qu'est-ce que je venais faire dans cette compagnie, au milieu de tout ça? Grotesque... Démentiel... Une mauvaise plaisanterie... Mais enfin... tout de même, enfin... cet homme avait perdu une matinée avec moi... Et il avait promis le photographe. Je lui ai rendu, à deux mains, sa revue. Il m'a demandé :

« Ça vous plaît?

— Magnifique », ai-je eu la force de répondre.

Il m'a demandé encore :

«Vous aimeriez, je pense, posséder le numéro qui publiera votre interview?

— Mais naturellement! Mais absolument!»

Ma réponse ressemblait à un cri. Ce n'était donc pas un cauchemar, pas une blague infernale. J'ai repris d'une voix que je maîtrisais mieux :

«Ayez l'obligeance de me donner la date de parution de ce numéro. Je l'achèterai aussitôt dans un kiosque, ou une librairie.»

Cette fois — était-ce à cause de ma jeunesse ou de mon ignorance? — il y a eu de l'apitoiement dans le ton du reporter attaché à *Demeures et personnes d'élite.*

«On ne trouve pas notre revue dans ces endroits. Elle ne se vend pas au numéro. Mais par abonnement. Ex-clu-si-ve-ment.

— Qu'à cela ne tienne, ai-je dit. Je m'inscris pour un mois.

— Impossible.

— Trois alors.

— Non.

— Eh bien six.

— Un an minimum...»

Carnet de souscription et stylo se trouvaient déjà entre mes mains. J'allais signer. Par bonheur, j'ai eu le courage de regarder le chiffre. En francs, il eût suffi à m'effrayer. J'ai bredouillé et bafouillé dans un anglais atroce, pour dire que je m'abonnerais sûrement... mais plus tard... de France ; que je ne pouvais pas prélever cette somme sur mes frais de route... et qu'il fallait une autorisation de change. L'homme de *Demeures et personnes d'élite* a été très aimable. Il comprenait la situation. Il attendrait en toute confiance de mes nouvelles.

Le cahier de notes et le numéro spécimen ont retrouvé leur place dans sa serviette. Il a repris son chapeau melon, s'en est servi pour me saluer, a refermé la porte avec grand soin.

Pas un détail, pas une réplique ne m'ont échappé. Tout est resté pour toujours dans ma mémoire : le messager des dieux n'était qu'un placier !

J'ai fichu le camp. Je ne pouvais plus me supporter. La déception n'y était pour rien. Mais j'étais prêt à hurler, hurler de honte, quand je me souvenais des petites, des misérables crottes que j'avais commises aux *Débats* et dont j'avais pu croire qu'elles m'avaient rendu fameux en Angleterre. Quand je songeais à la complaisance niaise, la prétention idiote avec lesquelles, gonflé, bouffi de vanité, j'avais raconté mon illustre vie... Oui, j'ai fichu le camp.

Au siège du Sinn Fein.

Et là, parmi les imperméables délavés, j'ai attendu les hommes, de vrais hommes que le délégué de la révolte avait rameutés pour moi. Ils arrivaient de leur pays, à feu et à sang, des embuscades, attentats, coups de main, des villages mis à la torture, à sac et à cendres. Ils m'ont raconté cela, au fond de pubs obscurs qui sentaient la bière aigre, la fumée froide, le linge et les corps mal tenus. Et j'ai oublié ma honte.

Mais il a bien fallu revenir au Ritz. Là, j'ai été droit au bar. Je savais y trouver mon ami, l'homme d'affaires. Avant même de m'asseoir, je lui ai fait le récit de mon aventure. Il a ri longuement, franchement. Et je ne lui en ai pas voulu. Je ne le comprenais que trop bien. Mais il y avait tout de même quelque chose que je n'arrivais pas à concevoir, et qui m'enrageait : par quelle aberration infernale le placier s'était adressé à un garçon comme moi. Je l'ai demandé à mon compagnon.

« Ce n'est pas à vous qu'il s'en est pris, a-t-il dit. C'est à l'appartement. À la suite princière. Vous voyez le mécanisme ? »

J'ai mis un instant à comprendre.

Le bonhomme relevait dans les grands hôtels les noms des voyageurs assez riches pour se payer les plus coûteuses habitations et allait leur jouer « le Renard et le Corbeau ». Mais une question n'avait pas encore de réponse. Je l'ai posée à mon ami.

« Mais enfin pourquoi moi et pas vous ? »

Il a considéré un instant le whisky au fond de son verre et ri de nouveau.

« Parce que moi, mon cher, j'ai déjà souscrit depuis longtemps. Que voulez-vous ? Mon standing était en cause. »

Nous n'avons plus parlé de cette histoire...

D'ailleurs, je suis parti le lendemain pour l'Irlande, muni des laissez-passer du Sinn Fein.

Le photographe de la revue, naturellement, ne s'est pas montré... Naturellement. Mais : la vanité de l'homme est si folle que jusqu'au dernier instant j'ai espéré le voir apparaître.

Je suis resté une semaine à Dublin. Durant cette semaine, je n'ai pensé à rien qu'à l'immédiat. Et combien de fois depuis et avec quelle force, cette première expérience m'est revenue à la mémoire. Au moment où l'Empire britannique avait atteint l'apogée de son étendue et de son pouvoir, j'assistais dans la petite ville en révolte aux premiers signes de sa fin.

La réaction en chaîne s'était amorcée qui devait toucher la Palestine, l'Égypte, la Côte de l'Or, la Malaisie, la Birmanie et l'Inde. Comme la plupart des journalistes qui se trouvaient avec moi, j'avais pris parti à fond pour les insurgés. Le douloureux destin de l'Irlande sous des siècles d'occupation anglaise, l'inégalité des armes, le courage des sinn-feiners, et la poésie qui se dégageait de ces hommes ne pouvaient me faire hésiter.

Tous les jours j'écrivais un article que j'envoyais par le courrier, le télégraphe à l'époque coûtait trop cher. Et le dernier jour je réussis à obtenir une interview du général en chef anglais qui commandait les armées du Royaume-Uni en Irlande. Un brave homme, rougeaud, autoritaire mais sympathique qui, heureusement pour moi, n'avait aucun sens politique.

« Comment se fait-il, lui ai-je demandé, qu'avec l'énorme supériorité d'hommes et de matériel militaire dont vous disposez, les formations spéciales que vous dirigez — des bataillons de répression composés pour la plupart de condamnés de droit commun qui brûlaient, pillaient, torturaient... —, vous n'arriviez pas à vaincre la rébellion ? »

Le plus calmement du monde il m'a répondu :

« Monsieur, c'est bien simple, c'est à cause de vous ! »

Il avait ouvert des yeux tout ronds. Il a marqué un temps et repris :

« Je n'entends pas par là vous personnellement, mais la presse en général qui maintenant dispose de moyens de communication plus rapides, devient chaque jour plus puissante, plus efficace et contre laquelle nous ne pouvons rien. Dans le temps, a-t-il continué, nous aurions noyé tout cela dans le sang. Les plus acharnés auraient été massacrés et les autres, comme ce fut le cas au siècle passé, auraient émigré en Amérique. Et la chose aurait été réglée ! »

Je le remercie grandement et bondis à la poste, sûr cette fois de détenir un « scoop ».

J'envoie sur-le-champ mon interview qui déclenche à Paris certains remous et provoque à Londres une réaction brutale du gouvernement anglais. Puis, plutôt fier de moi, je rentre en France.

Une semaine ne s'était pas écoulée, que je reçois une convocation chez Étienne de Nalèche, le directeur du *Journal des débats* auquel officiellement j'étais encore attaché.

« Mais enfin Kessel, me dit-il, je ne comprends pas. Êtes-vous français oui ou non ?

— Pas vraiment, monsieur le directeur, ai-je répondu. En fait, j'ai toujours la nationalité russe. » Et j'ai raconté :

« Quand je me suis engagé en 1916, j'étais mineur et par conséquent, je ne pouvais pas me faire naturaliser. J'ai été nommé officier à titre étranger. La guerre a pris fin, négligence, travail, occupations diverses. Bref, j'ai laissé traîner. Je ne m'en suis pas occupé ; si bien que lorsque Camille Aymard m'a proposé de partir, je n'avais plus le choix. Si j'avais fait une demande officielle de passeport *Nansen* (c'était un passeport spécial réservé aux citoyens russes), les délais étaient si longs que je n'aurais jamais pu partir à temps. J'aurais raté mon reportage. Alors je suis allé voir le préfecturier du journal et j'ai fait une demande ordinaire. Comme si de rien n'était. Il ne m'a même pas demandé ma nationalité. Et ainsi, en vingt-quatre heures, j'ai obtenu un passeport français.

— Vous avez risqué gros ! » a assuré mon directeur.

Et j'ai compris le pourquoi de sa question.

Comme mon dernier article avait fait du bruit, à cause de la naïveté du général en chef que j'avais interviewé, le ministère de l'Intérieur à Londres a voulu savoir qui j'étais. Un détail entre autres l'intriguait : comment se faisait-il qu'étant né en Argentine, je puisse être citoyen français ? Et il a voulu le vérifier auprès du ministère de l'Intérieur français.

La lenteur de l'administration m'a sauvé. J'étais de retour avant que les Anglais aient pu obtenir une réponse.

À Paris, l'affaire a été enrayée tout de suite. C'est le journal qui s'en est chargé. En revanche, en Angleterre, cela aurait pu être beaucoup plus grave : d'abord six mois de travaux forcés pour fausse déclaration d'identité. Puis expatriation dans mon pays d'origine. Non pas en Argentine où j'avais vu le jour, mais en Russie soviétique à laquelle j'appartenais. Et là, vu les articles que j'avais déjà écrits, prenant parti contre les bolcheviques, mon avenir eût été plus qu'incertain...

Ainsi, pour ce premier grand reportage, j'avais été béni des dieux. Ma première chance fut de pouvoir partir, ma seconde de revenir sans encombre.

Inutile d'ajouter que je me suis fait naturaliser dans les quinze jours qui suivirent.

II

J'étais désormais reporter.

Mais le journalisme, c'était aussi pour moi la vie interne des journaux, les trucs, les astuces, les ficelles du métier. Et les collaborateurs qu'on croisait dans les couloirs. Ceux avec qui l'on discutait encore au marbre sur un mot, une mise en pages. Ceux avec qui l'on partageait les querelles, les déceptions, les enthousiasmes. Ceux enfin, qui, moins voyants, avaient aussi une histoire.

Était-ce le petit renom que m'avait valu *L'Équipage*, un court roman écrit à mon retour d'escadrille ou les articles publiés depuis qui entraînèrent la visite d'un certain M. Achelbé, détective privé ? Je ne le sus jamais.

Toujours est-il que ce monsieur est venu me trouver un jour, muni d'un exemplaire d'un journal qu'il dirigeait, avait fondé et appelé *Détective*, et dont j'ignorais l'existence.

Ce journal, ou plutôt cette « feuille » — elle

était bien mince —, était composé d'histoires policières, d'histoires d'espionnage glanées dans les bas-fonds de Marseille ou de Paris, et tirées des expériences personnelles de son directeur. Les noms des personnages étaient camouflés, les articles n'étaient pas signés, et la raison d'être de ce journal n'était autre en réalité que la publicité que faisait M. Achelbé pour sa propre agence. Mais l'affaire marchait mal. Achelbé perdait de l'argent sans voir le nombre de ses lecteurs augmenter; il voulait s'en débarrasser, et c'était là le motif de sa visite.

Il m'a demandé si je connaissais des gens susceptibles d'être intéressés, et il a ajouté qu'il était prêt à vendre à un prix très raisonnable. Puis il m'a quitté, me laissant deux ou trois exemplaires sur ma table.

Comme j'adorais les histoires policières et qu'il n'y avait aucune concurrence dans ce domaine à l'époque — la Série Noire n'existait pas encore — j'ai pensé qu'un hebdomadaire axé sur ce thème pourrait avoir un succès considérable.

J'en ai aussitôt proposé l'idée à Gaston Gallimard qui a montré un vif intérêt et a pris rendez-vous avec Achelbé. Deux jours plus tard, *Détective* était acheté.

Restait maintenant à trouver quelqu'un pour s'en occuper. Gallimard a confié la direction de ce magazine à un jeune homme de vingt-quatre ans qui était son secrétaire particulier et qui n'était autre que mon frère, Georges.

En peu de temps, *Détective*, à l'origine une toute petite affaire, est devenu un journal à succès avec un tirage de trois cent mille exemplaires et des bénéfices impressionnants.

C'était aussi un lieu de rencontres inattendues.

En 1914, Gruault était un petit comptable très modeste, sans besoins et sans prétention aucune. Sa vie était d'une monotonie parfaite jusqu'au jour où — histoire banale, classique — le destin l'a durement frappé sous la forme d'une femme que ses maigres ressources de comptable ne suffirent bientôt plus à combler. Éperdu, acculé dans sa pauvreté, il fit alors une rencontre. Une rencontre funeste. Son « nouvel ami » lui avait indiqué que les Allemands, comme toutes les grandes puissances, cherchaient en France des agents de renseignements ; qu'il n'y avait rien de mal à cela, et qu'il suffisait de publier une annonce dans un certain journal pour entrer en contact avec eux... Et pour devenir riche...

Gruault, en toute confiance, a fait passer une annonce dans laquelle, en termes voilés, il prétendait pouvoir communiquer les plans de la tour Eiffel.

Mais les délais, les retards... cette annonce est parue le 2 août 1914. La guerre venait d'être déclarée. L'annonce a été relevée et Gruault a été aussitôt arrêté.

Il a été condamné à mort pour intelligence avec l'ennemi. Puis, heureusement, grâce à un bon avocat et à la compréhension des juges, sa peine a été commuée en bagne à perpétuité. On l'a envoyé à l'île du Diable à Cayenne.

Albert Londres a relaté cette histoire. D'autres grands reporters également, qui, à sa suite, avaient pris l'habitude de faire tous les ans un reportage sur les bagnards. Notamment Louis Roubaut qui, quinze ans plus tard, en 1929, travaillant pour le compte de *Détective*, a pris ouvertement la défense de Gruault, et proclamé son innocence...

Enfin Gruault a été gracié.

Par les circonstances les plus fortuites, sa délivrance coïncidait avec la parution des articles de Roubaut dans *Détective*, si bien qu'il vit en celui-ci le seul artisan de son salut.

Et peu de temps plus tard, mon frère vit arriver dans son bureau un petit bonhomme en complet sombre élimé, aux traits tirés, au front largement dégarni, qui timidement lui a dit :

« Monsieur, je viens vous remercier de ce que vous avez fait pour moi.

— Je vous demande pardon, répond mon frère.

— Si, si », reprend le petit homme avec insistance.

Puis voyant qu'il ne comprenait toujours pas :

«Ah, je ne vous ai pas dit mon nom. Je m'appelle Gruault. J'étais au bagne, et grâce à vos articles, j'ai été libéré.

— Eh bien, répond mon frère, j'en suis très heureux, je vous félicite.

— Oui, bien sûr, continue Gruault, c'est très bien, et sur un ton hésitant, mais... c'est-à-dire que... Vous comprenez, avec mon passé... je ne trouve pas de travail. Alors j'ai pensé que peut-être vous pourriez... »

Détective était en travaux à ce moment-là. Jusque-là, ses services administratifs étaient assurés par ceux de *La Nouvelle Revue française*. Mais des bureaux étaient précisément en construction, qui devaient abriter la nouvelle comptabilité du journal.

«Avez-vous un métier? Que savez-vous faire? lui demande mon frère.

— Je suis comptable, répond Gruault.

— Dans ce cas, c'est parfait, vous êtes engagé comme comptable à *Détective*. »

La carrière de Gruault a été fulgurante. Il a fini chef comptable de toute la maison Gallimard.

Dieudonné fut également une figure de *Détective*. Il avait, disait-on, appartenu à la bande à Bonnot, mais lui s'en défendait farouchement. Il les avait tous connus, il ne le niait pas — et Garnier, et Victor Serge, et Raymond la Science et Bonnot lui-même. Il les avait même reçus chez lui. Mais il prétendait qu'il n'avait pas à les livrer, que c'était contre ses principes, et qu'en rien il n'avait été mêlé à leurs histoires sanglantes. Le fait que Bonnot, assiégé par la police et par l'armée, coincé entre ses deux matelas, et transpercé de toutes parts par les balles, ait trouvé la force avant de mourir d'inscrire avec son sang, sur l'un des murs de la pièce : « Dieudonné est innocent », n'avait pas suffi à le « blanchir ».

L'opinion publique était tellement montée contre la bande à Bonnot que Dieudonné ne fut gratifié d'aucune circonstance atténuante. Il fut condamné au bagne à perpétuité. Comme il l'avait fait pour Gruault, Albert Londres avait pris sa défense. Il ne fut pas non plus le seul.

Et, comme ce fut le cas pour Gruault, Dieudonné a finalement été gracié.

Il était menuisier. *Détective* continuait de se développer. Il restait beaucoup de placards, d'étagères à construire. Et l'atmosphère qui y régnait était telle que Dieudonné fut tout désigné pour exécuter ces travaux.

Ainsi les journalistes, les visiteurs purent discuter très souvent avec le principal témoin de la grande affaire de la bande à Bonnot.

C'est Dieudonné aussi qui fut à l'origine d'un de nos plus beaux fous rires. Alors que mon frère cherchait à établir un questionnaire destiné à sonder son public, il lui fit part d'une idée très simple.

Juste deux questions :

Dans le dernier numéro que vous avez lu, quel est l'article qui vous a le plus intéressé et celui qui vous a le moins intéressé ?

L'idée a été retenue. Et la réponse, récompensée par un abonnement d'un an, et couronnée à l'unanimité, fut la suivante :

« L'article qui m'a le plus intéressé dans le dernier numéro que j'ai lu, répondait le lecteur, est celui sur la police au temps de Napoléon Ier, parce que je suis corse. Et celui qui m'a le moins intéressé est celui de la critique musicale, parce que je suis sourd ! »

Quand je travaillais à *L'Écho national*, j'ai eu la chance de bien connaître son directeur, André Tardieu. Un homme d'un tout autre registre, qui a fait la carrière que l'on sait, et qui me fascinait d'abord par ce que je savais de lui — il avait réussi l'exploit d'intégrer Cacique la même année au concours de l'École normale supérieure lettres et au concours de l'École normale supérieure sciences — et ensuite et surtout, parce qu'il était capable de chaleur humaine et, de toute évidence, d'une intelligence lumineuse.

Or Tardieu aimait bien, lorsqu'il avait un moment de libre, descendre dans la salle de rédaction et raconter des histoires.

Il y avait toujours, à la une, un éditorial écrit par lui mais qu'il ne signait pas. Une fois n'est pas coutume. Pour varier les plaisirs comme il disait, il a convoqué ses trois rédacteurs en chef et leur a dit :

« Voilà, au lieu d'écrire l'éditorial tout seul, aujourd'hui, nous allons l'écrire à quatre. Il comportera quatre paragraphes. Le premier commencera par *or*, le second par *mais*, le troisième par *cependant*, et le quatrième par *donc*. Et, chacun d'entre nous, sans nous consulter, se chargera d'en écrire un. »

Tardieu et ses trois rédacteurs en chef ont mis quatre petits bouts de papier dans un chapeau. Puis chacun de son côté, ils sont repartis dans leur bureau écrire le paragraphe qu'ils avaient tiré au sort. Chacun ensuite est allé porter son « papier » à la composition. Et, comme par enchantement, lorsque l'éditorial a paru, il était parfaitement cohérent. Parfaitement dans le style du journal. Qui aurait pu soupçonner qu'il ne fût écrit par une seule et même personne ?

Je tiens aussi d'André Tardieu cette anecdote qui se rapporte à *L'Éclair,* un quotidien du matin. Un journal essentiellement politique qui devait avant tout sa renommée à un remarquable journaliste, Émile Buré.

Était-ce à cause de sa mauvaise gestion ? *L'Éclair* a commencé à perdre de l'argent. Et peu à peu, tant et si bien, que le bailleur de fonds s'est retiré. Un autre bailleur de fonds a pris sa place, un financier sorti tout droit de la Bourse, qui ignorait jusqu'aux bases du journalisme, et dont la première décision fut de congédier Émile Buré. Une erreur grossière.

Grâce à ses nouvelles ressources, *L'Éclair* a continué de paraître. Son nouveau patron s'est alors mis en tête d'assouvir ses ambitions de journaliste — car il en avait — en y écrivant tous les jours un article.

Le premier essai fut désastreux, le second tout autant. Il était incapable d'aligner deux phrases à la suite l'une de l'autre. Mais la solution n'a pas été longue à trouver. Et pour cause. Il s'est tout simplement adressé à un vieux rédacteur rompu à toutes les pratiques journalistiques, et lui a demandé de faire le travail à sa place.

«Tous les jours, lui a-t-il dit, vous écrirez un article d'ambiance sur les événements politiques du moment. Et je le signerai.»

Le vieux rédacteur qui, lui, avait abandonné depuis longtemps toute ambition, n'y a vu aucun inconvénient. D'autant moins qu'il était pour ce travail assuré d'une confortable rétribution.

Tout allait pour le mieux. Les deux hommes étaient parfaitement heureux, jusqu'au jour où le patron, fou furieux, convoque son « nègre » et lui dit :

« Monsieur, je suis scandalisé, c'est inadmissible. *Mon* article de ce matin est nettement moins bon que les autres. »

Le malheureux rédacteur a été congédié. Et l'affaire s'est arrêtée là.

Mais, parmi les nombreuses histoires que Tardieu aimait raconter, c'est peut-être celle-ci, que je lui avais rapportée moi-même, qu'il préférait :

Certains groupes de presse, entre les deux guerres, possédaient des journaux de chantage avoué. Ainsi se voulait *Le Grand Guignol*, de loin le plus virulent, le plus répandu, le plus craint. Or, un jour, alors que je me trouvais dans son bureau, pour un tout autre motif, j'ai été témoin d'un entretien entre le directeur de ce journal et son confrère d'un autre journal spécialisé dans les mêmes chantages.

« Écoutez, mon cher, disait le confrère, sur un ton désabusé alors qu'il constatait avec désarroi la baisse singulière des revenus de son hebdomadaire, je ne sais pas si vous êtes de mon avis, mais vraiment les gens n'ont plus d'honneur. On a beau dire sur eux n'importe quoi, les couvrir de n'importe quelle infamie, ils ne nous paient même plus pour que l'on cesse ! »

Comme je tentais de dissimuler mon étonnement, j'ai appris alors que les banques étaient néanmoins sensibles aux attaques du *Grand Guignol*. Lorsqu'il s'en prenait à l'une d'elles, cela faisait le plus mauvais effet sur les clients. Il arrivait que certains d'entre eux, furieux, repartent avec leur argent sous le bras. La Banque de Paris et des Pays-Bas n'avait pas échappé à la règle,

bien qu'elle ait résisté longtemps. Plus longtemps que les autres.

Le Grand Guignol l'avait prise pour cible, tournée en ridicule et traînée dans la boue.

Au début, malgré les nombreux appels du
pied, les menaces, Horace Finaly, le directeur, un homme de caractère très ferme, a
refusé de recevoir le patron du journal. Il s'est
obstiné, a refusé de verser le moindre centime.
Les menaces, les injures ont redoublé. Horace
Finaly a tenu bon. Des jours, des semaines.

Alors, à bout de patience, le directeur du
Grand Guignol a changé de tactique. Il a inversé
la vapeur. Gratuitement bien sûr, il a transformé
le paragraphe ordurier qu'il consacrait d'ordinaire à la Banque de Paris et des Pays-Bas en une
page entière de publicité élogieuse. La mesure
était comble.

Cette fois, Finaly n'a pas résisté. Il a payé pour
que l'on cesse de parler de sa banque !

S'il existait alors des journaux capables de
telles méthodes, de déployer tant de ruses pour
équilibrer leur budget, il en existait d'autres, en
revanche, qui semblaient ne pas regarder à la
dépense.

Le Matin était de ceux-là, qui, à l'automne de
1929, me donna carte blanche pour le reportage
de mon choix. Et... des frais illimités.

Albert Londres avait prouvé qu'un grand reportage pouvait faire monter le tirage d'un journal de cent mille exemplaires; et celui du *Matin* ne cessait de baisser. J'avais devant moi un pari difficile à tenir, mais aussi une aventure qui me passionnait.

Quelques années auparavant, dans le désert syrien, sous les tentes des chefs bédouins, j'avais vu des esclaves. Saint-Exupéry m'avait dit en avoir vu également lorsqu'il était chef d'escale de l'Aéropostale dans le Maroc espagnol, au cap Juby, et qu'il survolait les colonies françaises.

Je m'étais renseigné depuis. J'avais appris qu'un trafic régulier s'effectuait, par caravane, du cœur de l'Afrique noire jusqu'aux bords de la mer Rouge. De là, les esclaves étaient embarqués sur des boutres arabes pour le Yémen d'où on les acheminait vers l'Arabie Saoudite et notamment vers La Mecque.

On pouvait compter sur les doigts des mains les Européens qui avaient traversé ces contrées lointaines. L'idée me parut excellente. Elle fut acceptée par *Le Matin*.

Il ne me restait plus qu'à former une équipe et à plier bagage.

J'ai choisi trois camarades. Du moins deux officiellement. Le premier était un excellent marin qui s'appelait Lablache. Officier de marine, il était bloqué dans la rade de Toulon où il s'ennuyait à périr. Il a pu obtenir un congé pour cette expédition et venir me rejoindre à

Paris. Le deuxième était Émile Peyré — le frère de Joseph Peyré, l'écrivain — qui était médecin militaire, qui avait servi dans les compagnies méharistes et qui parlait couramment l'arabe. C'était le compagnon idéal.

Et puis s'est joint à nous Gérard, un vieux copain journaliste, dont la carrière était sérieusement compromise par l'usage qu'il faisait de l'opium, et qui voulait profiter de cette expédition pour tenter de s'en désintoxiquer.

« Si tu peux payer le voyage, lui ai-je dit, c'est d'accord. Ensuite, qu'on soit trois, qu'on soit quatre, cela revient au même. »

L'affaire était conclue.

Il manquait cependant pour compléter notre équipe, pour qu'elle soit pleinement efficace, une *clef*. J'entends par là un homme qui a la confiance des gens ou des tribus que l'on veut approcher, qui permet d'aller plus vite et surtout plus au fond des choses. Et cette *clef*... ce fut Henri de Monfreid, un personnage devenu célèbre depuis.

Comme je revenais de Sibérie en 1919, j'avais entendu parler à Djibouti d'un homme étonnant, extraordinaire. D'un aventurier, pirate, contrebandier, dont la légende courait tout au long de la mer Rouge. Je n'avais pu le rencontrer à l'époque, mais je savais que si la moitié de tout ce que l'on disait sur lui était vrai, c'était un homme hors du commun.

Son nom m'était resté dans la mémoire. Je

rêvais de temps à autre à ce personnage et, comme nous étions sur le point de partir, j'ai dit à Lablache :

«Ah, si nous pouvions retrouver Monfreid !

— Monfreid ? Mais je le connais. Je m'en occupe, me répond-il. Je vais me renseigner auprès de l'amirauté, peut-être pourra-t-on le joindre à Djibouti ou en Éthiopie où il a une maison. »

Vingt-quatre heures plus tard, Lablache revient avec un sourire enthousiaste :

«Monfreid est à Neuilly, je lui ai téléphoné, il nous attend. »

Cette fois encore le destin s'était fait mon complice.

Il était tel que je l'avais imaginé. En plus sec peut-être. En plus vif encore. Nous avons immédiatement sympathisé.

«Je suis votre homme », nous a dit Monfreid.

Je lui ai obtenu un billet par *Le Matin*.

Et nous avons fait route ensemble.

Première étape : Djibouti. Puis ce fut l'Éthiopie où, à Addis-Abeba, nous eûmes le grand honneur d'être les invités d'Hailé Sélassié, qui n'était alors que négus et que l'on appelait ras Tafari. Le dîner fut somptueux dans un palais somptueux. Et l'amabilité du Négus ne fit qu'ajouter à l'agrément de notre soirée. À mon grand étonnement, il me décora de l'ordre de l'Étoile d'Éthiopie. Je fus aussi digne que possible. Mais, au fond de moi-même, je ne pouvais que sourire en pensant à la raison d'être de mon séjour dans ce pays. Je m'étais gardé bien entendu de lui faire part du but de mon reportage étant donné que l'Éthiopie, bien qu'elle appartînt à la Société des nations, n'avait pas mis fin à l'esclavage. Des centaines d'esclaves y transitaient.

Notre véritable aventure commençait.

Le lendemain, nous avons gagné la province du Harar, le « territoire » de Monfreid. Monfreid, le « pirate », ou plutôt Abd el-Haï — c'était son nom désormais — qui s'était converti à l'islam, parlait la langue sur le bout des doigts, était considéré comme Arabe à part entière, et qui, pour mieux y faire croire, avait poussé le courage jusqu'à se faire circoncire, à plus de trente ans, avec un tesson de bouteille.

Nous avons assisté chez lui à une scène ahurissante.

Une trentaine d'esclaves appelés sur son ordre ont fait leur apparition à la tombée du jour — des hommes, des femmes, des enfants ; certains énormes, au ventre dilaté, d'autres squelettiques avec des visages ahuris ; un effrayant échantillon de bétail humain.

Un des serviteurs de Monfreid les a conduits sous un vaste tamarinier où était attaché un bœuf. Retenus par une corde épaisse, les esclaves se sont assis dans le sable, serrés les uns contre les autres. Le cuisinier a apporté un long coutelas à la lame fine. Devant les yeux écarquillés des esclaves, le serviteur a tranché la carotide de la bête qui s'est mise à mugir, à trembler, à vaciller et qui s'est effondrée d'un seul coup. Puis il a brandi son arme et l'a baissée d'un geste sec.

Il avait donné le signal.

La corde a valsé dans les airs. Les esclaves affamés ont bondi. Comme des piranhas, ils se sont précipités sur la dépouille que les nerfs agitaient encore. Ils avaient si faim qu'ils ont dépecé le bœuf avec leurs ongles, qu'ils ont dévoré la viande crue sanguinolente et jusqu'aux intestins pleins d'excréments. Ils ont tout mangé. Tout. Tout. Puis, ivres de nourriture et de sang dont certains s'étaient barbouillé le visage et les membres, ils se sont mis à sauter, à danser et à chanter leurs complaintes millénaires originaires du cœur de l'Afrique d'où on les avait arrachés.

Les esclaves que nous avions sous nos yeux étaient semblables en tous points à ceux qui, cinq mille ans plus tôt, avaient servi les Pharaons.

L'enfant dans le ventre de sa mère appartenait à son maître avant même de voir le jour. Pour des fautes vénielles de paresse ou pour des larcins minuscules, ils étaient pendus par les pieds à la branche d'un arbre, au-dessus des brasiers sur lesquels on versait du poivre rouge. On ne les détachait que lorsqu'ils étaient aveugles.

Il nous fallut ensuite organiser une caravane pour traverser le désert de Somalie et suivre la piste d'un marchand d'esclaves que Monfreid nous avait signalé. De là nous devions gagner la baie de Tadjoura et nous embarquer pour le Yémen. J'avais obtenu du chef de la police la permission d'emporter avec nous des armes. Les régions que nous devions traverser étaient dangereuses. Nous risquions d'être attaqués. Nous portions tous un revolver à la ceinture et des fusils. Monfreid nous avait procuré des hommes sûrs dont le chef était un ancien sergent de la Coloniale qui avait servi en Somalie. Et aussi, des mulets, des chameaux. J'avais également recruté un jeune Éthiopien, Amar, qui avait travaillé chez Monfreid, qui avait l'air plus dégourdi que les autres, et heureux de courir l'aventure. Il parlait à peine le français, il était joyeux, enfantin. Pourtant il était déjà marié.

« Et ta femme ?

— Ma femme, me répond-il, elle sera très contente que je m'en aille. »

Et il ajoute :

« Si tu lui donnes de quoi s'acheter un troupeau de chèvres, elle sera très contente de m'échanger contre un troupeau de chèvres ! »

Ce n'était pas grand-chose. Amar a filé dans son village, avec dans ses poches le prix de sa liberté. Très vite après, il est revenu en courant. Ayant entendu que mes amis m'appelaient Jef, il avait compris « chef ». Et c'est ainsi qu'il m'appelait, ce qui lui semblait tout naturel puisque tel il me considérait. Durant tout le chemin, fièrement il a tenu à marcher à pied devant moi et s'est fait un honneur de porter mon fusil comme un véritable guerrier.

Au pas saccadé de nos mules, nous avons cheminé dix jours dans le sable, dans les pierres. Enfin nous sommes arrivés dans la baie de Tadjoura.

Là, Monfreid nous a abandonnés. Non pas qu'il le désirât, bien au contraire. Mais il avait eu des démêlés avec l'imam Yaya, le souverain du Yémen, le grand-père de l'imam Baba, qui se battait encore il y a peu contre les républicains soutenus par Nasser. Monfreid avait fait de la contrebande pour lui, et les choses avaient mal tourné. Il n'avait pas satisfait aux désirs de l'imam qui avait juré d'avoir sa peau.

« Si je débarque à Hodéida, me dit-il — c'était le grand port du Yémen —, on va me reconnaître tout de suite et on va m'empaler. »

Devant de tels arguments, nous ne pouvions que nous incliner.

Nous nous sommes donc embarqués sans lui mais sur un boutre qu'il nous avait prêté, *Le Fils du Vent*, avec pour chef de bord le borgne Ali, son fidèle *narcouda*, son homme de confiance. Ali qui, depuis dix ans, à la nuit tombée, avec la complicité d'un matelot copieusement « arrosé », venait chercher les caisses d'armes que Monfreid, revenant d'Europe, cachait dans les cales des cargos. Et qui, maintenant, était chargé de nous mener à bon port.

Nous ne pouvions malheureusement échanger une seule parole avec lui car il ne parlait que l'arabe de Somalie. Un arabe que ne comprenait pas Peyré.

Et juste après le détroit de Bab-el-Mandeb, la tempête s'est levée. Ciel impeccablement bleu, soleil magnifique, mais un vent à décorner les bœufs et des vagues immenses qui faisaient danser dans des craquements terribles notre petit voilier comme un bouchon. Nous étions éblouis par ce spectacle, fascinés par l'azur des vagues et du ciel. Nous en avions perdu la notion du danger. Il a fallu que les marins de Somalie, pourtant coutumiers des coups durs, et le borgne Ali se jettent à genoux sur le pont et lèvent les bras au ciel en priant Allah, pour nous ramener à la réalité.

Lablache a sauté sur la barre devenue folle et lancé des gestes dans tous les sens afin d'indiquer à notre équipage ce qu'il fallait faire. En quelques secondes, les voiles ont été affalées ; une autre, petite, carrée, a été hissée aussitôt, qui sert uniquement à fuir devant la tempête, et qu'on appelle la fortune carrée.

Un nom, un symbole que j'ai repris pour le titre du livre que j'ai écrit à mon retour.

Puis, soudainement, a surgi une petite île absolument déserte. Une masse noire escarpée, dans laquelle Lablache a entrevu un passage minuscule. Il a manœuvré de telle manière qu'en quelques secondes nous nous y sommes engouffrés. Et là, miracle, le calme plat, le silence, un lac intérieur, totalement abrité où nous avons attendu que la tempête se calme.

Le lendemain, devant nos yeux se dressaient les minarets d'Hodéida.

Il n'y avait pas d'ambassade française au Yémen, ni de légation d'aucune sorte. Indépendant depuis une dizaine d'années, ce pays avait fait partie de l'immense Empire turc qui s'étendait des rives du Bosphore jusqu'à celles de l'océan Indien. Et l'imam Yaya, qui y régnait en maître absolu, avait conservé une méfiance totale vis-à-vis de tous les étrangers. Il ne tolérait pas que flottât au Yémen un autre drapeau, un autre emblème, que son propre étendard, lequel du reste était fort beau : un cimeterre sur fond rouge avec sept étoiles blanches.

Nous avons été accueillis par un détachement d'*askaris* — des guerriers au bec d'aigle, aux yeux noirs, aux larges épaules, aux cheveux flottants. Ils avaient des fusils niellés à la main et le torse bandé de cartouchières. Nous ayant vus venir de loin, ils nous attendaient.

À peine avions-nous déchargé nos bagages qu'est apparu, se frayant un chemin au milieu des guerriers, un petit homme âgé, courbé, qui vendait des boyaux de chat, et qui nous annonça très dignement :

« Je suis le représentant de la France ! »

Il était syrien mais il parlait quelques mots de français et cela nous suffisait.

J'ai compris qu'il ne nous aiderait que si nous le flattions. Je l'ai appelé « Monsieur l'ambassadeur » et lui expliquai :

« Nous voulons aller à Sanaa, la capitale. Nous voulons visiter le pays. On nous a dit que c'était un pays admirable, gouverné par un grand souverain... »

Nous fûmes conduits chez le gouverneur d'Hodéida, le fils cadet de l'imam.

Nous l'avons salué cérémonieusement, lui avons expliqué les motifs de notre venue et notre désir de poursuivre notre route.

« Moi, je ne peux rien pour vous, a-t-il répondu au Syrien qui nous tenait lieu d'interprète, c'est mon père qui doit prendre la décision. Je vais dépêcher l'un de mes hommes à Sanaa pour savoir si mon père me donne l'autorisation de vous laisser passer. »

Escorte en tête, nous avons été installés dans un vaste appartement avec une terrasse donnant sur le port. Deux askaris veillaient sur nous jour et nuit et nous servaient. Ils dormaient en travers de notre porte. Nous avons pu nous détendre enfin, profiter de l'hospitalité fastueuse de ce pays, et vivre comme des princes en attendant la réponse de l'imam.

Celle-ci fut finalement positive. En majeure partie, je crois, grâce à la casquette d'officier de marine avec trois galons d'or dont s'était couvert Lablache pour aller voir le fils de l'imam. Elle avait fait grosse impression.

Nous avions donc l'autorisation de poursuivre notre route. Des mulets, une demi-douzaine d'askaris, guides et serviteurs, étaient à notre disposition pour le départ. Nous étions comblés. Et tout cela nous était offert sans que l'on nous ait réclamé le moindre centime. J'ai senti d'ailleurs qu'un geste de notre part n'aurait pu qu'offenser nos hôtes.

Jusqu'à Sanaa, perché sur un plateau à trois mille mètres d'altitude, la montée fut longue, escarpée, difficile. Chaleur torride. Soleil de plomb. De terrasse de caféiers en terrasse de caféiers, de plateau en plateau, nos mulets trébuchaient sur les pierres des sentiers. Autour de nous des sources d'eau claire. Et au-dessus de nos têtes des aigles blancs traçaient de grands cercles dans le ciel d'un bleu vif, en planant. Nous nous sentions seuls au monde dans ce paysage féerique, bien que se détachassent parfois, à plusieurs kilomètres, des silhouettes humaines dans des palanquins portés par des chameaux. C'étaient les femmes des grands chefs de tribus accompagnées de leurs servantes.

Et un beau matin, enveloppée dans ses remparts crénelés, ce fut Sanaa, la capitale du Yémen.

À la porte nous attendait un délégué de l'imam, entouré d'une troupe d'askaris. Nous le suivîmes jusqu'à un palais orné de moucharabiehs, de portes de bois finement ciselé, qui dominait un splendide jardin ordonné autour de trois fontaines jaillissantes et d'un bassin. Ce palais était destiné à devenir notre demeure.

Quand nous y sommes entrés, il n'y avait pas un lit, pas un rideau, pas un tapis et les murs étaient nus. Mais tout à coup, une troupe d'askaris a surgi, portant dans les bras, sur le dos, tout ce dont nous aurions besoin. Ils entendaient par là nous montrer que rien de ce qui allait nous servir n'avait déjà servi. Le moindre drap, la moindre étoffe était vierge, sans souillure. Nous nous sommes installés.

On nous a aussitôt annoncé une visite.

Très digne, très droit, l'homme devait avoir soixante-quinze ou quatre-vingts ans. Yeux brillants, courte barbe de neige en pointe, turban impeccablement noué, longue djellaba de soie qui lui tombait jusqu'aux pieds, il était chaussé de babouches du cuir le plus fin, et marchait sans qu'on pût l'entendre.

D'instinct, nous nous sommes levés.

Il s'est adressé à nous dans le français le plus pur :

« Je m'appelle Cadi Rahib. Je ne suis pas

ministre, il n'y en a pas dans ce pays, il n'y a que Sa Majesté l'imam, mais je suis le délégué aux Affaires étrangères, et c'est pourquoi je viens vous saluer. C'est moi qui vais m'occuper de vous car je suis la seule personne à parler une langue étrangère. »

On nous a apporté de larges plateaux. Et en buvant le thé, j'ai appris son histoire.

Cadi Rahib avait vu le jour à Constantinople dans le milieu du XIXe siècle. Originaire d'une noble famille turque, il avait vécu dans l'entourage d'Abdul Hamid, le Sultan Rouge, qui se débarrassait de ses ennemis ou des femmes de son harem qui l'importunaient en les enfermant dans des sacs cousus qu'on jetait dans le Bosphore (la Turquie d'avant Pierre Loti).

Élevé par des gouvernantes européennes et instruit par les meilleurs professeurs, il était devenu diplomate et avait rencontré les grands de ce monde. À Moscou, vers la fin du XIXe siècle, il avait dansé avec l'Impératrice de Russie. Puis, nommé à l'ambassade turque à Paris, il avait connu Félix Faure et la belle Mme Steinheil.

Quand, en 1914, la guerre a éclaté, Cadi Rahib était gouverneur du Yémen, alors colonie turque. Et il a senti le vent tourner : l'épopée de Lawrence d'Arabie, la libération de la Palestine par le maréchal d'Alemby. Bref, l'Empire turc commençait de s'écrouler. Alors, plutôt que de s'écrouler avec lui, il a pris les devants. Il a déclaré lui-même le Yémen indépendant, et proclamé l'imam Yaya, alors son subordonné, chef du gouvernement yéménite.

L'Empire turc a éclaté peu après. Le Yémen a dû prendre son destin en main. Ne sachant que faire de Cadi Rahib, leur sauveur, mais aussi l'objet de bien des méfiances, les *séides* — le conseil des grands prêtres qui entourent l'imam et décident avec lui de la marche à suivre pour les affaires du pays — se sont réunis. Ils décidèrent de lui confier les relations extérieures, puisqu'il était le seul à parler le français, l'anglais et le russe. De cette façon, pensèrent-ils, ils pourraient aussi le surveiller.

Cadi Rahib fut emmené à Sanaa et comblé d'honneurs. On lui offrit une garde personnelle, de l'argent en grande quantité, une très belle maison. Mais il n'avait pas le droit de sortir de la ville. Il était prisonnier dans une cage dorée.

Grâce à lui, nous avons pu circuler librement, visiter la ville, les alentours, et faire des rencontres.

Toujours à la recherche des caravanes d'esclaves qui, je l'appris alors, ne passaient plus par le Yémen, j'ai découvert une mission commerciale et médicale russe et je me suis lié d'amitié avec l'un des deux médecins qui s'en occupaient. Un Arménien du nom de Babadjian.

Un jour, comme je lui rendais visite, j'ai vu sur sa table une tête en albâtre devant laquelle je suis tombé en arrêt, tant elle était belle, impressionnante.

« Qu'est-ce que c'est que cette tête ? lui demandai-je.

— Il y a au nord-est de Sanaa, m'expliqua Babadjian, à six ou sept jours de marche, une ville mystérieuse qui s'appelle Mareb. Ce serait, dit-on, la ville de la reine de Saba. C'est de là qu'elle serait partie pour aller rejoindre Salomon. Toujours est-il qu'il reste dans le sable des chapiteaux, des colonnes de temples, cassés, renversés, des statues à demi enfouies, que des Français et des Allemands ont essayé en vain de piller au début du siècle. Les deux derniers archéologues allemands qui sont allés sur les lieux ont été retrouvés morts, assassinés ; les chefs des tribus locales leur avaient tranché la gorge. Ils considèrent que ces ruines sont « tabou » et que d'y toucher est un sacrilège.

» Même l'imam n'a aucune autorité sur ces gens-là. Aucun de ses hommes n'a pu s'aventurer sur leur territoire.

» Hier, poursuivit Babadjian, un jeune Bédouin de Mareb est venu frapper à ma porte. Derrière lui, sur un méhari, se trouvait un homme évanoui, sans connaissance. Le garçon l'a pris péniblement dans ses bras et m'a dit que c'était son père, qu'il était grièvement blessé.

» Voici ce qui s'était passé : le père et le fils avaient entendu dire par des commerçants qui revenaient du marché de Sanaa, que les morceaux de leurs ruines étaient achetés très cher par les rares Européens de passage.

» Ils avaient ramassé quelques pierres et s'apprêtaient à les emporter au marché quand on les a découverts. On les avait poursuivis, tué le méhari du père, et tenté de le tuer lui-même. Ils avaient réussi à s'échapper de justesse.

» J'ai pansé les blessures qui n'étaient pas trop graves et j'ai dit au fils : "Je réponds de la vie de ton père. Ne t'en fais pas."

» Et le garçon, pour me remercier, m'a offert cette tête en albâtre que tu vois sur ma table. Elle a deux mille ans. Et depuis deux mille ans, elle est exposée au vent, au sable et au soleil du désert.

» Prends-la, insista Babadjian, je te la donne.

— Mais enfin tu es fou, c'est un cadeau qu'on t'a fait à toi !

— Ça ne fait rien, me dit-il, prends-la et si tu peux la vendre à Paris, on partagera. »

Il insista encore. Je n'ai pu résister.

« D'accord ?

— D'accord ! »

Et au moment où je franchissais la porte, il a ajouté :

« Attends, j'ai autre chose pour toi. »

Je me suis retourné.

Il m'a glissé habilement dans la poche une bouteille soigneusement enveloppée. De la vodka qu'il avait fabriquée en grand secret à partir d'alcool à 90 degrés qu'on lui fournissait pour ses soins.

« Méfie-toi, me dit-il, c'est de la vodka à 80 degrés. »

Je suis reparti avec mes deux trésors, la tête de Mareb sous un bras — que je n'ai jamais vendue bien sûr, que je conserve toujours précieusement, et qu'un expert en la matière, André Malraux, aimait à contempler lorsqu'il venait chez moi — et la bouteille de vodka que je dissimulais le mieux possible, car la consommation d'alcool était un crime au Yémen.

Je suis allé retrouver mes amis qui m'attendaient impatiemment dans leur somptueux palais.

C'était un jour de circonstance, l'anniversaire de Lablache, l'occasion ou jamais de faire un sort à cette bouteille.

Nous avons commencé tout doucement, tout discrètement, en nous cachant autant que possible des askaris. Mais, peu à peu, le climat, la chaleur aidant, et surtout le sevrage auquel nous avions été contraints — depuis plusieurs semaines nous étions à l'eau et au thé comme tous les Yéménites —, l'alcool nous est monté à la tête. Tant et si bien que bientôt nous ne nous préoccupâmes plus de ce qui se passait autour de nous et que la discussion s'enflamma. Pour une raison futile, Lablache et moi, qui avions puisé au breuvage un peu plus que les autres, nous nous sommes mis à nous disputer, et de plus en plus violemment malgré les regards insistants et l'inquiétude grandissante de nos askaris.

« Viens dehors, ai-je dit à Lablache, nous allons nous expliquer dans le jardin. »

Nous sommes sortis en titubant. La dispute a dégénéré en bagarre. Nous nous sommes roulés par terre. Et pour finir en beauté, nous sommes tombés tous les deux dans une des fontaines du palais. Aussitôt dégrisés, nous sommes partis d'un immense éclat de rire. Puis, comme si de rien n'était, nous sommes allés nous sécher et nous coucher.

Lorsque, le lendemain, je me suis réveillé, abruti par les excès de la veille, mais sobre, j'ai été pris de panique.

Nous avions bu jusqu'à nous battre comme des chiffonniers dans un pays où la consommation d'alcool est sanctionnée par la peine capitale. C'était le désastre. Les askaris nous avaient vus. Un rapport avait sûrement été fait à l'imam. Et si nous n'étions pas jetés en prison comme des chiens, nous serions en tout cas expulsés avec perte et fracas.

J'ai couru chez Cadi Rahib. Et, avec une angoisse qui faisait trembler ma voix :

« Écoutez, Excellence, vous avez vécu à Paris, vous avez vu boire, et vous avez peut-être bu vous-même...

— Mais bien sûr, d'ailleurs en Turquie on est beaucoup plus libéral dans ce domaine. »

Et j'ai continué :

« Ne me demandez pas comment je me suis procuré de l'alcool. Je pense que vous le devinerez sans peine. Mais ce qui est grave, c'est que les askaris nous ont vus. Y a-t-il encore un moyen de réparer la chose ?

— Oui, a dit Cadi Rahib en me mettant calmement la main sur l'épaule, ne vous inquiétez pas.

— Mais voyons, l'imam va le savoir tout de suite et... »

Il m'a regardé alors avec les yeux que l'on prend pour expliquer quelque chose de simple à un enfant et il m'a dit :

« Ces askaris sont à *moi*, vous entendez, je vous garantis que si l'un d'eux ouvre la bouche... »

Et en posant le tranchant de sa main droite sur sa gorge, il a fait le geste du couperet. Le geste du Sultan Rouge. Le geste de la Turquie féodale et impériale. Je l'ai quitté aussi impressionné que rassuré.

Deux jours plus tard, Cadi Rahib me fait savoir qu'il veut me voir. Et qu'il veut me voir seul.

Je fus à nouveau pris d'angoisse. Les askaris avaient-ils eu le temps de parler ?

Il m'en dissuada tout de suite.

« Vous me jurez le secret le plus absolu sur ce que vous allez voir, me dit-il.

— Bien sûr, répondis-je, vous avez ma parole. »

Et il me laissa seul un moment.

Un document confidentiel. Un projet de traité entre le Yémen et la France, pensais-je...

Il est revenu me chercher. Nous avons traversé des couloirs, des couloirs de marbre qui n'en finissaient plus, une cour intérieure, des jardins, des allées ombragées. Je le suivais toujours, un peu perplexe. Il avait quatre-vingts ans, mais ce jour-là, il trottait comme une gazelle. Quand soudainement il s'est arrêté devant une porte, une lourde porte de bois gravé. Il a jeté un coup d'œil à gauche, à droite, et, d'une main preste, l'a ouverte.

« Mon fils », m'a-t-il dit, avec un regard d'une intensité qu'aucun mot ne peut traduire.

J'ai vu alors devant moi un jeune homme qui ne pouvait qu'avoir moins de vingt ans. Il était chaussé de mocassins noirs et habillé d'un costume européen, trop large pour lui : c'était celui que son père avait porté sous Félix Faure ! Il m'a tendu la main, et très poliment :

« Bonjour, monsieur. »

Puis enchaînant aussitôt, il s'est mis à réciter : « Le Corbeau et le Renard ».

Cadi Rahib venait de me témoigner sa plus haute marque de confiance — au même titre que l'alcool, c'était un crime dans ce pays que de s'habiller à l'européenne et de réciter des vers autres que ceux du Coran. Il venait aussi de me prouver son amour éperdu pour la France.

Comme nous revenions sur nos pas, il m'a redit :

« C'est un secret absolu, n'est-ce pas... parce que sinon... »

Et il a refait, pour lui-même cette fois, le geste du couperet.

À mon retour à Paris, j'eus quelques surprises. De bonnes. De moins bonnes.

L'annonce de mon reportage dans *Le Matin* avait été placardée sur les murs de la capitale et le tirage était monté de cent vingt-cinq mille exemplaires. J'avais donc tenu mon pari, et me sentais triomphateur.

Je suis allé porter au journal mes derniers articles et j'ai repris contact avec le rédacteur en chef qui me les avait commandés : Georges Dupont, dont la carrière était à juste titre fameuse puisque, coupeur à La Belle Jardinière, il s'était retrouvé en très peu d'années le bras droit du grand patron et directeur général, M. Buneau Varilla.

« C'est très bien, me dit-il, M. Buneau Varilla vous félicite. Il voudrait d'ailleurs vous rencontrer. » Et, ajoute-t-il, avec un sourire complice :

« Je crois bien qu'il voudrait aussi vous témoigner sa reconnaissance... »

Un huissier en livrée vient me chercher. Nous traversons une antichambre, une seconde antichambre et nous arrivons dans le bureau de M. Buneau Varilla. L'huissier s'efface. Je reste face à un homme plutôt souriant et visiblement satisfait de lui-même.

« Asseyez-vous », me dit-il.

Il me congratule sans excès. Et me fait comprendre qu'il va me gratifier d'une faveur exceptionnelle.

Il marque un temps puis sort délicatement trois flacons qu'il pose en rang d'oignons devant moi. Trois flacons de Synthol !

Je suis resté stupéfié. Trois bouteilles de Synthol... c'était déjà ridicule en soi. Mais pire, c'était un comble car M. Buneau Varilla était aussi propriétaire de l'usine qui fabriquait ce même Synthol.

Et ce n'était pas tout.

Trois mois plus tard, je reçois un coup de téléphone de Georges Dupont. Il me réclamait trois cent cinquante francs cinquante — un chiffre qui m'est resté gravé dans la mémoire — pour le dédouanement de vingt kilos de café Moka — le meilleur café du monde — que m'avait généreusement offert à la veille de mon départ l'imam Yaya, et dont je m'étais proposé de donner la moitié au *Matin*.

Trois cent cinquante francs cinquante ! alors que mon reportage avait coûté l'équivalent de plus d'un million de nos francs actuels !

Trois bouteilles de Synthol pour un reportage au Yémen... Au retour de Palestine déjà, j'avais eu une gratification singulière. J'aurais dû être prévenu et moins surpris.

Le Dr Leisman était président de l'exécutif sioniste. Israël n'existait pas encore. C'était la Palestine sous mandat anglais. Par l'entremise d'un journaliste russe qui avait émigré à Paris avant la guerre de 14, j'ai rencontré ce docteur.

Tout en proposant à mon ami de visiter avec lui les colonies sionistes en Palestine, il m'a dit :

« Et vous, pourquoi ne viendriez-vous pas ? »

Je n'étais pas encore suffisamment connu pour choisir mes reportages. Et trop heureux de pouvoir aller au Moyen-Orient, je lui répondis que l'idée me séduisait, mais que vraiment je n'avais aucune attache avec le sionisme, que d'ailleurs je n'y croyais pas, que cela me paraissait tout à fait utopique.

« Peu importe, me répond Leisman, venez avec nous. Vous êtes mon invité. Vous regarderez. »

Pour être franc, j'avais dans l'idée de profiter de cette occasion pour me rendre ensuite en Syrie et au Liban, ce qui m'intéressait bien davantage.

Je n'étais attaché à aucun journal, mais comme je connaissais Jacques de Marcillac qui était rédacteur en chef du journal *Le Journal*, je suis allé lui demander si, à mon retour, une série d'articles l'intéresseraient éventuellement. Bien entendu, il n'avait pas un sou de frais à me donner puisque j'étais invité.

« Oui, bien sûr, me dit-il.

— Combien d'articles ? ai-je demandé.

— Pour l'instant, disons six. Et si cela plaît à M. Mouthon, vous en ferez douze. »

M. Mouthon n'était pas le vrai patron du journal, mais il en était l'éminence grise et il occupait une telle position de force que même un homme comme Marcillac qui ne se laissait pas facilement impressionner, l'appelait respectueusement « Monsieur » Mouthon.

« Et pour la pige ? ajoutai-je.

— En tout cas quatre cents francs par article... et si M. Mouthon est content, cinq cents francs. »

Pour l'époque, c'était plus qu'honorable.

Je suis donc parti avec le Dr Leisman. Et, contrairement à toute attente, j'eus pour les colonies sionistes et ce qui allait devenir Israël un véritable coup de foudre. Plus que dans l'esprit, ce fut dans le cœur que je fus touché par ces hommes. Je suis resté depuis attaché à cette cause. Et je le suis pour toujours.

Dès mon retour, j'ai apporté mes six articles à Marcillac. Il m'a demandé de revenir quelque temps plus tard. Mais, le lendemain même, le téléphone a sonné.

« M. Mouthon a lu vos articles, me précise-t-il, il vous demande d'en faire douze. »

Très flatté d'avoir attiré l'attention d'un homme aussi influent, je me suis précipité sur ma plume et j'ai écrit six autres articles. Je les ai déposés. Je suis revenu ensuite pour me faire payer.

« Bon, je monte voir M. Mouthon, me dit Marcillac. Il a l'air tellement content que, naturellement, ce sera cinq cents francs. »

Quelques secondes plus tard, il redescend, l'air gêné, la mine piteuse. En évitant mon regard, il me dit :

« Vous êtes nouveau, c'est la première fois que vous écrivez pour nous... vous comprenez... Bref, reprend-il, M. Mouthon m'a demandé de vous faire une cote mal taillée. »

Et, en avalant ses mots, il me lance :

« Quatre cent cinquante francs ! »

Alors que *Le Journal* rapportait à M. Mouthon des millions chaque année, il ergotait pour cinquante francs !

J'ai senti le sang me monter à la tête et j'ai répondu à Marcillac :

« Puisque c'est ainsi, eh bien que "monsieur" Mouthon garde ses cinquante francs pour ses bonnes œuvres. Au revoir. »

Et j'ai claqué la porte.

Ainsi des reportages à succès s'accompagnèrent, à mon retour, de déceptions, d'amertumes... Mais il existe un heureux équilibre. Des entreprises, reportages, scénarios, interviews, qui n'aboutirent pas, me valurent des rencontres, des émerveillements, des moments précieux.

En 1924, il se produisit dans la vie politique française un événement de taille.

Alexandre Millerand, qui fut d'abord socialiste, mais qui s'était rallié depuis ouvertement à la droite, a été élu président de la République alors que la majorité de la Chambre, elle, était à gauche. C'était la première fois qu'un tel phénomène se produisait.

Il y avait bien sûr incompatibilité. Et, peu de temps après, Alexandre Millerand a donné sa démission.

Il s'était enfermé chez lui, ne sortait plus, et avait refusé systématiquement de recevoir aucun journaliste.

Je faisais à ce moment-là une longue enquête sur les lendemains de la victoire du Cartel des gauches, en collaboration avec Georges Suarez que j'avais connu à *L'Écho national*. Lui, était spécialisé dans le reportage politique. Et moi, j'écrivais surtout des « papiers » qu'on disait d'« atmosphère ». Joints ensemble, nos deux articles rendaient nos interviews plus vivantes.

Suarez, qui avait de nombreuses relations dans les milieux politiques, et qui était un journaliste des plus habiles, avait obtenu de Millerand un miracle. Un véritable miracle. Il allait enfin accorder une interview. La première. Et c'est à nous qu'il l'accordait.

Le rendez-vous fut pris. Mardi, trois heures trente.

L'ancien président habitait boulevard de la Tour-Maubourg à Paris. Nous étions convenus de nous retrouver un quart d'heure avant, devant sa porte. À trois heures et quart pile, je devais être là.

Or, ce jour-là précisément, mon frère, Georges, que je n'avais pas vu depuis plusieurs mois est venu me rendre visite. J'habitais dans une petite maison que j'avais louée à Sceaux. Et j'étais, ce matin-là, un peu nerveux. La perspective de cette interview, d'une importance capitale, m'intimidait.

Les heures étaient longues. Pour tromper le temps, pour tromper l'attente, nous avons commencé à jouer à la belote. Entre nous, bien entendu, il ne pouvait s'agir d'argent. D'abord nous étions frères. Et puis j'en avais très peu. Et Georges encore moins.

La première partie, je la perds. Je lui demande ma revanche. On rejoue. Il est l'heure de déjeuner. Tant pis. La partie n'est pas finie. Nous continuons, cette fois c'est moi qui gagne. Je surveille toujours l'heure, garde en mémoire les horaires de la ligne de Sceaux. Mais il me demande une revanche à son tour. C'est d'accord. On recommence. Il est deux heures, et nos esprits s'échauffent de plus en plus.

« Viens avec moi, lui dis-je, nous continuerons dans le train. »

Les parties se succèdent. Fébrilement. Nous gagnons chacun à notre tour.

Nous arrivons gare du Luxembourg.

Je jette un coup d'œil sur ma montre. Vingt minutes d'avance. Ça va.

On s'installe dans un café en face... pour en finir.

Et là, la fureur de jouer, d'aller jusqu'au bout... Le temps disparaît, n'existe plus. Tout s'efface. Il n'y a plus rien au monde que les cartes. Les cartes qui se battent, se chevauchent. Les plis qu'on prend, ceux qu'on perd. Cela n'a pas l'air d'être vrai. Cela relève de l'absurdité la plus totale, de l'incohérence la plus grande. Mais à cause d'une belote endiablée avec mon frère, j'ai raté le rendez-vous accordé par l'ancien président de la République.

Cette journée m'a causé bien des reproches et bien des remords.

Mais, à y bien réfléchir, j'ai l'impression qu'aujourd'hui, je ne la regrette pas.

En 1950, Carol Reed, le metteur en scène, m'a demandé de lui trouver une histoire qui fût susceptible de fournir un scénario pour un film. Une histoire à Tanger. Je précise qu'elle n'eut malheureusement pas de suite.

Je connaissais déjà Tanger.

En 1939, j'avais été envoyé par un quotidien du soir à Gibraltar alors que la guerre était imminente, et que, pour la première fois, la flotte française était mouillée aux côtés de la flotte anglaise. Cette démonstration d'amitié avait pour but d'impressionner Hitler, ce qui, comme chacun sait, ne fut pas un succès.

De là j'avais sauté dans un avion pour Tanger. Un quart d'heure de vol.

Je m'étais installé dans le premier hôtel venu, et je m'étais mis à flâner, à faire le tour de la ville, des rues et des gens.

Dans un bar, alors que je buvais un café, j'avais fait la connaissance d'un Danois dont les allures m'avaient frappé. Il mesurait deux mètres de haut, les cheveux en brosse, une canne à la main, il boitait singulièrement et arborait un visage de marbre. Je lui avais tendu la main. Nous avions parlé. Son accent trahissait ses origines nordiques, mais il s'exprimait remarquablement en français.

« C'est la Légion, me dit-il. Dix ans de Légion. Et cette blessure à la jambe qui n'en finit pas de me faire mal » (il avait frappé sa cuisse d'un coup sec avec le plat de la main, comme pour conjurer la douleur).

Il était arrivé à Tanger un an auparavant. Sans un sou. Mais il s'était mis au travail. Dans un restaurant d'abord, dans un garage ensuite où, à force de combines, il avait fait des affaires florissantes. Il était maintenant le patron d'une des plus fameuses boîtes de la ville, La Casbah. Un vaste sous-sol où se croisaient les entraîneuses et se déroulaient toutes sortes de trafics plus ou moins licites.

Mon nouvel ami le géant s'appelait Teddy.

Onze ans plus tard, j'étais donc à nouveau à Tanger. Avec cette fois un but précis mais, à vrai dire, aucune idée en tête.

Comme je commençais mon tour d'horizon, je suis tombé, par le plus grand des hasards, dans la rue, sur Teddy. Je l'avais oublié, mais il était toujours là ; avec onze ans de plus, des rides plus amères, la même canne et la même démarche.

«J'ai toujours ma boîte, me dit-il, mais tu sais, elle a beaucoup changé. Il n'y a presque plus personne. J'essaye de me défendre comme je peux. C'est dur. J'achète, je vends des babioles pour m'en sortir.»

Nous avons bavardé une bonne demi-heure et avant de me quitter il a dit :

«Viens boire un verre un soir, ça me fera plaisir.»

Le soir même, j'y suis allé.

La porte de La Casbah était bien la même. La même porte en bois avec la même poignée de fer forgé, et la même enseigne. Mais cette immense cave que j'avais connue déchaînée, endiablée, assourdissante, sentait le renfermé et les parfums bon marché. Les lumières étaient bien tamisées, indirectes, mais l'atmosphère n'y était plus. Ni la gaieté. Ni la joie de vivre. Accolés à la piste de danse, deux musiciens tentaient désespérément de mettre un peu d'animation. Et le long des murs, attablées derrière des tasses de café au lait, une brochette de filles résignées, morfondues, attendait que quelqu'un vienne leur adresser la parole.

« Tu vois, me dit Teddy, ces filles ne sont pas mal, mais il n'y a personne pour elles. Elles se sont échappées d'Espagne, et pour un verre, elles dansent avec le premier venu. »

Quelques instants plus tard, est arrivé un jeune guitariste qui jouait du flamenco. Lui aussi avait quitté l'Espagne clandestinement, car le régime franquiste refusait les passeports. Il s'était infiltré dans Gibraltar et avait pu débarquer à Tanger en évitant les contrôles. N'ayant pas de quoi manger, il jouait toute la nuit, pour un salaire de misère. Il est venu autour de nous, il m'a souri, et s'est mis à chanter.

Teddy a débouché une bouteille. Deux ou trois couples ont fait leur apparition puis sont partis.

Il était minuit.

Nous bavardions, buvions, fumions comme toujours, et je commençais à sentir la tristesse de cette boîte de nuit m'envahir lourdement lorsque Teddy, en tournant la tête vers la porte, me posa la main sur le bras.

« Voilà, c'est elle que j'attendais », me dit-il.

J'ai tourné la tête à mon tour.

Une femme est passée derrière une table à quelques mètres de nous et s'est assise sans bruit. Elle avait dans les quarante ans, un visage blême, des yeux brûlants. Bien qu'habillée très pauvrement, se dégageait d'elle une grande élégance. Une robe droite de drap sombre, légèrement plissée à la ceinture et boutonnée jusqu'au cou, la couvrait presque entièrement. Elle était mince, silencieuse, concentrée. Elle n'avait rien d'une entraîneuse. Et pourtant...

« Allons boire un verre avec elle, me glisse Teddy. Ne lui parle de rien. Et après, je te raconterai son histoire. »

Comme prévu, pour meubler les silences, nous avons parlé de la pluie et du beau temps. En buvant son whisky, elle a balbutié quelques mots, mais dans le peu qui me sont parvenus, j'ai cru reconnaître un accent d'Europe centrale. Au bout de dix minutes, voyant que je n'étais pas un client sérieux, sans un sourire, un mot plus haut que l'autre, elle s'est levée, nous a dit bonsoir, et s'est dirigée tout droit vers la porte.

« Elle s'appelle Monica, a enchaîné Teddy, elle est d'origine tchèque et juive... »

Monica était arrivée à Tanger juste après la guerre, en 45 ou 46. Les affaires alors marchaient très bien, car durant toute la durée de la guerre, un marché noir énorme, un trafic de devises gigantesque avaient sévi. Tous les espions s'étaient retrouvés là, et y avaient dépensé des sommes fabuleuses. Monica avait beaucoup de succès. Elle était très belle, et savait le faire voir. Elle dansait comme une princesse, levait le coude mais n'était jamais saoule. Elle était différente des autres.

Pour un patron, c'était une entraîneuse idéale. On lui reprochait, certes, d'être un peu trop distante. Elle ne couchait pas souvent avec les clients. Mais Teddy ne s'en plaignait pas. Après tout, cela la regardait. Et, du moment que les clients consommaient...

Six mois après l'arrivée de Monica, est entré un soir à La Casbah un petit homme blond, plutôt frêle, qui ne payait pas de mine. Son seul trait distinctif : l'argent qu'il semblait avoir dans son portefeuille, sa montre luxueuse en or et la chaîne épaisse qu'il portait autour du cou et que laissait entrevoir sa chemise, légèrement transparente. Il s'est assis, a invité une fille, a commandé une bouteille de champagne. Puis une autre fille, une autre bouteille. Une troisième fille et encore une bouteille. Au fur et à mesure que les heures passaient, de plus en plus de bouteilles s'accumulaient sur la table, et de filles autour de lui.

Au petit jour il est parti.

Le lendemain à la même heure, il est revenu, s'est assis à la même table. Mais comme il commandait sa première bouteille, il a croisé le regard de Monica qui venait de passer devant lui. Il est resté immobile, estomaqué, ahuri. *Le coup de foudre*. Le véritable coup de foudre qui vous prend aux tripes, à la gorge, saisit la totalité de l'être, vous envoûte et vous emporte.

Il s'est ressaisi, s'est levé, est allé immédiatement vers elle. Désormais toutes ses nuits allaient lui être dédiées !

Et effectivement, sans exception, à heure fixe, toutes les nuits il était là. Assis à côté d'elle, attentif, prévenant, subjugué, il la couvrait de champagne et du tabac le plus luxueux.

Pour lui, le reste du monde avait disparu.

Monica, elle, impassible, ne réagissait pas. Elle semblait même d'une complète indifférence. Sans jamais lever un sourcil, sans prononcer un mot, d'un geste mesuré, elle levait sa coupe, la portait à ses lèvres, la reposait. Et son regard se perdait sur la piste de danse...

Quand son compagnon, de plus en plus fébrile, redoublait d'empressement, elle était d'autant plus distante. Puis soudainement sans prévenir, sans remercier, elle se levait et disparaissait dans la foule. Il restait seul.

La première semaine, ce furent des fleurs. La deuxième, des poupées. La troisième, une bague, un collier et encore des fleurs. Mais Monica restait toujours glaciale.

Intrigué, inquiet, Teddy un soir est allé lui parler :

« Mais enfin, je ne comprends pas. Jamais un homme ne t'a fait autant de cadeaux, et toi, tu ne bronches pas, tu restes indifférente. Je t'en prie, fais un effort, c'est notre meilleur client !

— Tout ce que tu veux, a-t-elle répondu, mais pas ça. Je t'expliquerai, je t'expliquerai, plus tard...»

Teddy a baissé les bras, déconcerté.

Et le jeu a continué. Un jeu qui, cette fois, s'est amplifié, s'est nuancé. Monica semblait peu à peu se laisser aller à accepter des propositions. Elle dansait maintenant avec lui, sortait dans les restaurants les plus huppés de la ville, et l'accompagnait même dans des excursions autour de Tanger. Mais bien qu'elle fît tout ce qu'elle pût pour le rendre de plus en plus fou d'elle, on aurait dit qu'elle le haïssait chaque jour davantage.

À bout de forces, de nerfs, le compagnon de Monica est allé trouver Teddy.

«Je vous en supplie, lui dit-il. Je suis prêt à n'importe quoi pour elle. Je veux l'épouser, l'emmener avec moi où elle voudra, dans n'importe quel pays, lui donner tout ce que je possède. Et plus encore. Expliquez-lui, dites-lui que je l'aime à la folie, que je ne peux vivre sans elle. Je vous en supplie, aidez-moi.»

Ému et exaspéré à la fois, Teddy a pris Monica à part. Il lui a tout raconté. Puis :

«Écoute, il faut que tu m'expliques maintenant. Ça peut finir mal. Il va devenir complètement dingue, te faire un mauvais coup. En tout cas ne plus remettre les pieds chez moi.

— Non, a répété Monica. Non. Je sais ce que

je fais, je t'expliquerai mais plus tard. Attends. Pas encore, pas encore... »

Les jours passèrent. Identiques. Les mêmes scènes se déroulaient. Et Monica restait toujours impassible.

Puis un soir... après un dîner copieux et copieusement arrosé, au lieu de retourner à La Casbah comme à l'accoutumée, elle invite son amoureux chez elle.

Elle apporte une bouteille, deux verres. Ils s'assoient tous deux sur un sofa. Sentant enfin le moment arrivé. Ce moment qu'il a chéri dans son cœur, caressé de tant d'espoirs. Ce moment dont il a rêvé depuis tant d'heures, de jours, de semaines, sans plus oser y croire. Il est là, enfin. Enfin. Tremblant d'émotion, il s'approche d'elle. Il tend le bras. Il pose sa main sur la sienne. Elle demeure immobile, droite, pétrifiée. Il remonte sa main le long de son bras. Une main hésitante et blême comme son visage. Il effleure son épaule. La caresse. Il promène un doigt sur son cou, sur sa nuque. Puis se penche doucement, tout doucement. Il tente de l'embrasser. Elle jette sa tête en arrière, et de ses deux mains, le repousse violemment.

Quelques minutes plus tard, à La Casbah, le téléphone sonne. Teddy, qui se trouvait derrière le bar, décroche. Entre deux sanglots, saccadés, les mots de Monica :

« L'horreur, le drame, je t'en supplie, viens, viens, tout de suite !... »

Elle a lâché l'écouteur.

La main crispée sur son verre, tirant nerveusement sur sa cigarette, revivant la scène comme si le téléphone venait de sonner, Teddy m'a raconté :

« Je me suis précipité chez elle, dans le petit appartement qu'elle avait loué à deux rues d'ici. La porte était ouverte. Je l'ai franchie. Sur la moquette, allongé de tout son long, le bras gauche replié sur le ventre, l'autre en l'air, au-dessus de la tête, il était là, sur le dos, les yeux grands ouverts, fixés au plafond. Dans sa main droite, un doigt encore sur la détente, un revolver de poche, pas plus grand que sa paume.

» Il avait la tempe écarlate.

» Je me suis agenouillé aussitôt auprès de lui, j'ai relevé les manches de sa chemise. J'ai pris son pouls. Aucun battement. Aucun espoir.

» Comme je le tenais encore dans ma main, j'ai vu alors un tatouage à son poignet : des chiffres, un numéro.

» Un matricule de camp de concentration !

» J'ai tourné la tête vers Monica. Elle était effondrée sur le sofa, agitée de tremblements, les yeux clos, les joues striées de larmes. Et sur l'accoudoir, son bras pendait. À son poignet découvert, un tatouage identique, un autre matricule. »

Elle était certaine de l'avoir connu, de l'avoir reconnu. C'était lui. C'était bien lui, l'officier S.S. qui l'avait battue, torturée ! Et elle avait préparé sa vengeance, jour après jour, à petit feu.

Mais l'officier S.S. était comme elle, un déporté. Elle avait pris la victime pour le bourreau.

CHEZ NINE

I

À cette époque, je comptais Henri Torrès parmi mes amis les plus sûrs, les plus chers. Entre les deux guerres, dans les années 20 à 30, il était l'avocat le plus prestigieux de France. Les photographes de presse, les reporters l'assiégeaient. Ses plaidoiries aux assises ? Pour les entendre, on s'étouffait, on se battait. Par la force des choses, il fut amené à défendre de grands truands : les plus chevronnés, les vrais durs, les gloires du milieu.

À plus d'un il a sauvé la vie, alors que tout semblait perdu d'avance. Mais s'ils lui vouaient une sorte de culte, ce n'était pas seulement par gratitude. Ils l'aimaient pour lui-même. Pour sa générosité, sa bravoure, sa chaleur humaine, sa résistance increvable dans le travail comme dans la fête. Et plus encore, parce qu'il les traitait d'égal à égal. Il les tutoyait tous, les appelait par leur prénom. Et quand certains, les meilleurs, ceux qui avaient le sentiment instinctif de leur dignité, lui rendaient la pareille, il trouvait cela tout naturel.

Eux et lui n'étaient pas nés sous la même étoile, mais ils étaient de la même trempe. Et ils passaient ensemble des nuits mémorables.

Tandis que les hommes du milieu parlaient métier : coffres imprenables, braquages, vendettas, évasions, avec pour relais les prisons les plus célèbres de France, d'Europe, d'Amérique, ou encore évoquaient le bagne de Cayenne, Torrès, stimulé par l'ambiance, se mettait à conter ses expériences, ses souvenirs. Et il les contait si bien, avec tant de force, que perceurs de murailles, faussaires, gros bras, hommes de main faisaient silence et l'écoutaient, le souffle suspendu, tels des enfants aux anges.

Il était tout pour eux, à la fois leur pote et leur bon Dieu.

Et, j'ai eu cette chance, c'est lui qui m'a ouvert leurs portes.

L'une d'elles était celle d'un restaurant situé à l'angle de la rue Victor-Massé et de la rue Pigalle, qui s'appelait Chez Nine. A priori, un endroit banal, plutôt exigu, on passait devant sans même le remarquer. Il y avait bien une petite enseigne au-dessus de la porte mais discrète, et à l'intérieur, derrière des rideaux de tulle, des lumières tamisées. Ce n'était ni un endroit à la mode ni un bouge, seulement une espèce de couloir avec un comptoir en zinc sur la gauche, une table ronde en face, recouverte d'une nappe à petits carreaux blancs et rouges, et dans le fond, cinq ou six autres tables visiblement réservées aux intimes, les experts de la gâchette, les complices de carambouilles.

Si un étranger y pénétrait, il était accueilli par un tel silence qu'il se sentait immédiatement indésirable et faisait demi-tour.

Ce bistrot de quartier serait resté pour toujours anonyme si un fait divers qui a défrayé la chronique n'en avait fait brusquement, du jour au lendemain, l'un des endroits les plus courus de Paris...

Gaucher était le fils d'un bon bourgeois parisien. Il avait toujours mené une existence honorable, rangée, studieuse. Or un jour, pris d'un amour délirant pour une femme du monde dont les appétits de luxe le ruinaient, il perdit la tête, assassina un commerçant du XVIe arrondissement, fractura et emporta la caisse. L'enquête ne fut pas longue. La filière était facile à remonter. Il s'agissait d'un novice. Et Gaucher se fit arrêter alors qu'il s'était réfugié, à bout de souffle, par hasard, Chez Nine. Dès le lendemain et dans les jours qui suivirent, ce fut une véritable ruée. Une foule avide se précipita, des badauds mais aussi des vedettes de théâtre, de cinéma, de la politique, et jusqu'au Tout-Paris, pour réserver la table où Gaucher s'était assis.

La patronne, Nine, qui avait donné son nom à son établissement, menait son affaire tambour battant. La cinquantaine, bien en chair, tablier noir et chignon bas, elle était excellente cuisinière — petits plats mijotés comme à la maison. Elle avait aussi un caractère bien à elle. Dans ses bons jours, elle était aimable, souriante et chantait même la romance. Elle avait une très belle voix. Mais quand quelque chose lui déplaisait, ou quelqu'un, elle ne se privait pas de le dire et se faisait entendre.

« Regarde, c'est un vrai Cézanne, me dit un soir André Beucler.

— Cézanne, Cézanne ? » répéta Nine, sans comprendre.

Et depuis, c'est André qu'elle appelait Cézanne, ce qui fut une source inépuisable de plaisanteries.

Et derrière le comptoir, comme il se doit, Louis, le patron, le mari de Nine. On ne pouvait se tromper. Visage marqué, gestes lents, mais regard précis, stature impressionnante, larges épaules carrées et poigne de fer ; tout dans Louis témoignait d'une vie mouvementée, aventureuse.

À force de risques, de courage, de tensions, ses lettres de noblesse, il les avait gagnées. Et bien gagnées.

Maintenant, bien sûr, les choses avaient changé. L'âge aidant, il s'était calmé, retiré. Nine y était pour beaucoup.

« Rangeons-nous, lui avait-elle dit, nous avons un peu d'argent devant nous, c'est le moment.

Tu sais que je sais faire la cuisine, et toi tu as beaucoup d'amis. Alors si on ouvrait un bistrot, ça pourrait marcher. Ce sera bon, pas cher. Tu verras. »

Louis avait fini par accepter. Mais il se souvenait de sa belle époque. De l'époque où il était sur tous les coups.

Un soir entre autres...

Ils étaient six. Six casseurs et pas des moindres. La rue était déserte, silencieuse, tous feux éteints. Et à l'angle sur la gauche, une banque avec au sous-sol le coffre. Un modèle récent, énorme, et bien rempli, leur avait-on dit. Dans une voiture, à l'arrière, les pinces, les chalumeaux et même de la dynamite. C'était risqué. Il fallait faire vite mais tous avaient leur rôle, l'avaient répété et le connaissaient sur le bout des doigts. Au début, c'est sans problème, ils ont l'habitude, le sang-froid. Ils pénètrent dans la salle du coffre : un signal d'alarme, un deuxième signal d'alarme, mais le troisième ils ne l'ont pas vu. Pas coupé. Un geste a suffi, un seul geste, et c'est la catastrophe, tout se déclencha. Alors il ne reste qu'une solution, filer par les toits. Dans trois minutes, la police sera là. Ils abandonnent le matériel et... chacun pour soi.

La poursuite s'engage. Les flics sont sur leurs pas. Les coups de feu claquent. Un bruit sourd...

« Je me retourne, reprend Louis, c'était Fiersi, un de mes meilleurs potes, recroquevillé sur les tuiles. Rudement touché, le pauvre, deux balles,

105

l'une dans l'épaule, l'autre dans la cuisse. Il était foutu. Je l'ai pris sous le bras, je l'ai traîné, j'ai glissé, dérapé, je me suis repris, je l'ai traîné, traîné encore. On s'est cachés derrière une cheminée, puis une autre. On avançait en crabe. Mais rien à faire, les autres étaient là, plus nombreux, plus rapides. "Laisse-moi, laisse-moi, ça ne sert à rien ; tire-toi, mais tire-toi, bon Dieu", a crié Fiersi. »

Louis était toujours là. Il ne voulait pas lâcher son ami.

« Fous le camp, bon Dieu ! »

Dans une seconde, il serait trop tard. Cette fois, il a filé, sauté comme un lièvre. Il s'est arrêté sur le toit voisin, derrière un chien assis pour suivre ce qui allait se passer.

Fiersi, tapi derrière sa cheminée, acculé, a empoigné ses deux revolvers.

« Écoutez, a-t-il dit à la police, je vous préviens, je suis corse, je m'appelle Fiersi, et je n'accepterai de me faire arrêter que par l'inspecteur Luzatti, parce qu'il est de mon village et qu'à lui, je veux bien remettre mes revolvers ! Sinon, vous me tuerez peut-être, mais il y aura du sang, ça coûtera cher. »

Les policiers ont tenu conseil. Au bout de trois minutes, l'un d'entre eux a été chercher Luzatti. Et Fiersi lui a rendu ses armes. Sans opposer la moindre résistance, il s'est laissé passer les menottes et emmener.

Louis en avait vu d'autres, il avait reçu des

balles lui aussi, comme Fiersi, mais de cela il ne parlait pas.

Il avait gardé une vénération pour un truand dont il avait été le bras droit, l'homme de confiance : le grand Batistin Travail.

« Un héros, celui-là ! » disait Louis.

Fils de serrurier marseillais, Batistin avait appris le métier très tôt. Et dès l'enfance, il avait montré pour les serrures un véritable génie. De même qu'il les fabriquait, inventait de nouveaux modèles avec de nouvelles combinaisons, il savait les forcer, les ouvrir, n'importe comment, dans n'importe quelle situation et avec n'importe quel instrument. Peu à peu, séduit par la vie facile, l'argent rapidement gagné, il avait transformé son habileté de serrurier en habileté de cambrioleur.

« Il a inventé des trucs dignes du Far West, me dit Louis entre deux plats qu'il venait de porter à ses clients.

» C'est lui qui a inventé le coup du parapluie. C'est tout bête, tout simple, mais il fallait y penser. Quand tu "vises" une banque, au lieu de faire comme tout le monde, de casser la porte ou la vitre, tu montes à l'étage au-dessus, tu pénètres, tu te débrouilles comme tu peux, en général c'est plus facile. Et là, tu fais un petit trou dans le plancher, c'est-à-dire dans le plafond de la banque. Puis tu y enfiles ton parapluie tout doucement, tout doucement, et tu l'ouvres. Résultat : tu peux continuer à faire ton trou, les gravats tombent dans le parapluie et ça fait moins de bruit que de casser une porte ! Mais il a fait mieux encore. Beaucoup mieux.

» Il avait repéré une grande maison bourgeoise qui appartenait à un industriel de Marseille et qui était, paraît-il, bourrée d'argenterie. Des copains l'avaient pourtant prévenu qu'il était repéré. Mais quand Batistin avait une idée en tête, il n'en démordait pas. Jamais. Un seul problème, la maison se trouvait isolée, en rase campagne, à plusieurs kilomètres. Et à l'époque, bien sûr, c'était au début du siècle, il n'y avait pas encore de voitures. Alors Batistin, il y est allé à cheval. Un cheval dont il avait emballé les sabots. Et puis, au moment de partir, son affaire faite, il les a déballés, les sabots : ils étaient ferrés à l'envers. Ce qui fait que les traces, elles arrivaient à la maison, tu comprends, elles n'en partaient pas !

» À Marseille, toujours, il a trouvé le meilleur des alibis, continua Louis.

» Cette fois, c'était une bijouterie, au cœur de la ville. Il s'est mis à tituber sur le trottoir. À invectiver les passants. À gueuler de plus en plus fort avec un litron dans la main. Un panier à salade est passé, l'a embarqué. Ébriété sur la voie publique, c'est vingt-quatre heures au poste. Minimum. La nuit venue, quand personne ne le surveillait, Batistin a fait jouer la serrure. Pour lui, un jeu d'enfant. Et tranquillement, il est allé cambrioler sa bijouterie. Et tout aussi tran-

quillement, il est revenu s'enfermer dans sa cellule.

» Le violon, tu vois mieux comme alibi ? Impa-
rable ! »

Lorsque la guerre de 1914 a éclaté, Batistin
Travail avait passé l'âge d'être mobilisé. Depuis
plus de vingt ans, il menait ses « affaires » et il les
menait si rondement qu'il était toujours passé
entre les mailles. Son casier judiciaire était toujours vierge. Et il continuait... il continuait, jusqu'au jour où, sur dénonciation, il fut incarcéré
et placé sous haute surveillance. Des preuves
contre lui, il n'y en avait pas. Aucune. Il attendait de passer en jugement. Et en attendant, il
était bel et bien là, coincé, prisonnier, quand à
son grand étonnement, au début de l'année
1918, il fut conduit au ministère de la Guerre.

Lui, le truand des bas-fonds, la vermine de la
société, la pègre de Marseille, que pouvait-on lui
vouloir ?

Convoi spécial. Sirènes. Motards. Il arrive
devant le ministère. On ouvre la grille, traverse
la cour d'honneur. Il descend du fourgon,
menottes aux mains, encadré de deux policiers,
traverse des couloirs, marche sur des tapis
rouges et débouche sur une porte gardée par un
huissier en habit. On lui retire ses menottes, les
policiers s'écartent, la porte s'ouvre.

En face de lui, derrière un bureau Louis-XV,
un petit homme trapu, à l'œil sévère, à grosses
moustaches : Clemenceau !

Clemenceau, le Tigre, le président du Conseil héroïque et légendaire. Devant lui. Devant ses yeux.

Il s'approche timidement, maladroitement.

«Asseyez-vous», fait Clemenceau.

Il s'assied, garde le silence, le regarde ahuri.

«Batistin, vous êtes un bon Français?

— J'espère, monsieur le président.

— Alors voilà...»

À Berne, qui était la plaque tournante de l'espionnage européen, se trouvaient, dans un immeuble attentivement gardé, les bureaux de l'attaché militaire allemand. Et dans ces bureaux, un coffre-fort, que personne, qu'aucun agent secret, à quelque prix que ce soit, n'avait réussi à ouvrir. Il contenait des documents secrets de la plus haute importance.

Clemenceau avait tendu à Batistin la description détaillée du coffre-fort et les croquis qui l'accompagnaient.

«Croyez-vous que vous puissiez y arriver?

— Jusqu'à présent, monsieur le président, aucun coffre ne m'a jamais résisté.

— Mais je vous préviens, ajoute Clemenceau, même si vous réussissez votre mission, vous retournerez en prison. Il ne se sera rien passé. C'est votre devoir de le faire si vous voulez vraiment servir votre pays. Mais pour le reste...»

Batistin Travail est allé à Berne. Il s'est introduit dans le bâtiment, puis dans le bureau de l'attaché militaire. Il a ouvert le coffre. Il a pris les documents. Il est revenu à Paris. Il les a remis en main propre à Clemenceau. Et il est reparti du ministère, menottes aux mains, dans le même fourgon qui l'avait amené. Direction la prison.

Ce qui s'est passé ensuite est une histoire obscure. J'ai eu beau interroger, faire des recoupements, je n'ai jamais pu savoir.

Condamné au bagne, Batistin Travail serait mort d'une poussée de fièvre typhoïde à Saint-Martin-de-Ré, avant de s'embarquer pour Cayenne. On m'a affirmé aussi qu'il avait été empoisonné. Mais ça... Ce qui est sûr, c'est que Batistin Travail connaissait beaucoup trop de choses sur trop de gens.

Peu de temps après cette époque héroïque, Louis s'était donc retiré des affaires. Il s'occupait de son restaurant que l'actualité avait fait prospérer considérablement, en avait profité pour doubler ses prix et gagnait de plus en plus d'argent. En outre, il grossissait son capital grâce à ses activités de bookmaker. Les champs de courses, les chevaux, c'était sa nouvelle passion.

Maintenant qu'il était entré dans la légalité, il se sentait tout ce qu'il y a de plus respectable. Un jour, cependant, il eut une mauvaise surprise.

Un après-midi, vers six heures, on frappe à la porte de Chez Nine. Il ouvre : descente de police en bonne et due forme, avec mandat de perquisition.

« J'étais fiché depuis longtemps, m'explique Louis, ça je le savais, mais je ne touchais plus à rien et ces salauds essayaient encore de me coincer. J'avais la conscience tranquille. Mais moi, tu le sais, je suis fidèle aux copains, alors pour rendre service, dans un débarras, derrière le bistrot, j'avais encore des flingues, des chalumeaux... Et j'aurais eu beau leur raconter n'importe quoi, ils ne m'auraient jamais cru et j'étais bon pour le violon. Et pas pour des mois... des années. L'inspecteur a poussé la porte, il est entré, il m'a demandé ce qu'il y avait derrière, j'ai dit la cuisine. Il y est allé. Il a vu l'autre pièce à côté. "Et ça?"

» Il a poussé à nouveau la porte, il était à un mètre du débarras et tout d'un coup son regard a pivoté. Il a regardé les livres posés sur la table. "Qu'est-ce que c'est?" "Des bouquins, des bouquins." (C'étaient les tiens.)

» Il les a ouverts, feuilletés et quand il a vu les dédicaces, il s'est tourné vers moi. "Alors, tu es un ami de Kessel?" "Il vient ici tous les soirs!"

» Il a réfléchi une seconde : "Bon, ça va, je te fais confiance..."

» Et ils sont tous repartis. »

Par quel hasard cet inspecteur a-t-il su que j'avais des relations parmi les hauts fonctionnaires de la police et comment en a-t-il déduit que j'étais une caution suffisante? En tout cas, cet épisode me valut de devenir *persona grata*, et désormais, Louis et Nine n'eurent plus de secrets pour moi.

Quand tous les clients étaient partis ou presque, et que Nine avait éteint ses fourneaux, elle passait par le bar, y prenait deux bouteilles, une de vodka pour moi, une de pastis pour elle, et venait s'asseoir à ma table.

Ce soir-là, il restait cinq ou six personnes.

«Je ne vous dérange pas, Jef?

— Au contraire.»

Je l'attendais.

Depuis notre première rencontre, Nine avait encore pris de l'embonpoint. Mais les personnalités multiples qui se bousculaient chez elle et qu'elle traitait sans plus d'égards que quiconque, son succès grandissant, ne lui étaient en aucune façon montées à la tête. Il lui en fallait plus pour s'émouvoir. En rien elle n'avait changé sa façon d'être, de vivre.

Jamais, comme Louis, elle ne s'était enfuie par les toits, jamais elle n'avait participé à des coups durs, mais elle avait été témoin, et si souvent confidente.

«Tu vois, le petit qui sirote son marc, celui-là, il a eu une de ces peurs!

» Un soir, avant le dîner, une dame de la haute, des bagues à tous les doigts, est entrée par curiosité, pour boire un verre. Elle s'est assise

113

sur un tabouret du bar, elle a demandé un Martini. On a fait un brin de causette. Son mari était parti en voyage. Et puis elle s'est retournée, elle a reluqué le petit — il avait dix-neuf ans et il était joli garçon. Elle a engagé la conversation, lui a fait des yeux de velours et elle l'a embarqué dans sa voiture décapotable.

» Une heure se passe. Brusquement, la porte s'ouvre : c'était le petit gars, échevelé, les yeux exorbités, menaçants qui me dit : "Mais qu'est-ce que c'est ? C'est un piège, on a voulu me donner. Ça n'ira pas comme ça !" "Calme-toi, qu'est-ce qui t'arrive ?" "Écoute, on prend les Champs-Élysées, on tourne dans l'avenue Victor-Hugo, et elle m'arrête pile devant la maison où, au rez-de-chaussée, il y a une bijouterie que j'ai cambriolée il y a trois jours !"

» J'ai éclaté de rire. "Naturellement, fada, c'est la femme du bijoutier. Elle voulait t'emmener chez elle, dans son appartement au-dessus de la boutique. Son mari, il est pas là !"

» Du coup, rassuré, il a fait demi-tour et il est retourné sur les lieux de ses exploits.

» C'est ce pauvre bijoutier qui n'a pas eu de chance. Dans la même semaine, il s'est fait prendre ses bijoux et sa femme. Enfin, sa femme... elle était consentante. »

« Celui-ci, à côté, c'est Barbou, a continué Nine en baissant le ton. Il a fait son service en Afrique dans les bataillons. Il a vécu longtemps dans les bas-fonds d'Alexandrie et il connaît l'Amérique du Sud comme sa poche. »

Nous étions en train de discuter quand un homme brun de haute taille est passé devant lui et lui a fait un petit signe avant de s'éloigner. Alors, Barbou s'est levé brusquement et a hurlé à travers le bistrot :

« Tu diras bonjour de ma part à la Grande Maison. Salope ! »

L'autre, en tirant les bords de son feutre, a pressé le pas et a disparu. Barbou s'est rassis en grommelant :

« Je n'en rate pas un ! », et voyant que je ne comprenais pas très bien, il a ajouté :

« Mais enfin, vous voyez pas, c'est un indic. »

Il s'est rapproché, Nine nous a présentés. Et l'a aussitôt branché sur un de ses coups d'éclat. Il a raconté :

« La guerre venait de finir. Je revenais en 18, comme tout le monde plus pauvre que je n'y étais allé. Il fallait se refaire une situation. Bref, un jour, j'ai vendu un bracelet qui ne m'avait pas coûté cher à un petit receleur de rien du tout. Le crapaud m'a donné, je m'en suis tiré avec un an, ma seule condamnation en France. Quand je suis sorti, inutile de vous dire que je n'avais qu'une idée en tête : le descendre, ce vendu. C'était plus qu'une idée, une certitude. Sa peau, j'allais l'avoir. Seulement lui, entre-temps, il avait dû se renseigner, et deux mois avant ma libération il avait vendu son fonds et disparu.

» Heureusement, entre gens du "métier", on a sa police, et pas plus mauvaise que l'autre.

» J'ai appris aussitôt que mon gars avait monté une bijouterie au Venezuela... C'était un petit bonhomme pas très futé et il ne s'est pas douté qu'au Venezuela c'était plein de copains qui s'étaient tirés du bagne et qu'ici on était en touche avec eux.

» J'ai eu vite fait de le retrouver et quand je suis entré dans sa boutique à Caracas, j'aime autant vous dire qu'il est devenu blanc comme un cachet d'aspirine. Il pétait de frousse. J'avais pensé l'étendre sur son comptoir, mais en voyant ça, j'en ai profité pour faire mieux. Pour raffiner, je lui ai dit de monter dans la voiture du copain qui m'avait accompagné. Il m'a suivi comme un petit chien. Je l'ai conduit en dehors de la ville, et là, j'ai pris mon rasoir et je lui ai coupé la langue. Histoire de la lui boucler une fois pour toutes. Il paraît qu'il n'en est pas mort. J'aime mieux ça », a conclu Barbou.

Ce n'est pas le seul règlement de comptes qu'il m'ait raconté ce soir-là. Il y en avait un autre dont il était tout aussi fier. Je ne me souviens plus précisément des termes qu'il avait employés.

Alors qu'il était encore au Venezuela, à Paris, le chef d'une bande de Bordelais, qui tenait un café, l'avait injurié des pires noms, calomnié, traîné dans la boue. Marc-Antoine, un des meilleurs amis de Barbou, en tout cas un de ceux qu'il respectait le plus, avait eu vent de la chose. Pour venger l'honneur de son ami, il est allé dans le café du Bordelais et là, devant tous ses hommes, il l'a traité de « fille » et l'a giflé à tour de bras. Vingt pistolets étaient prêts à partir, mais celui de Marc-Antoine aussi et comme il avait des yeux terrifiants et une réputation bien établie, personne n'a bronché.

À son retour en France, Barbou a appris l'histoire et s'est mis en tête de retrouver le Bordelais. Coûte que coûte. Il l'a cherché pendant des semaines, a écumé tous les bars, sans jamais le trouver. Mais un après-midi, par le plus grand des hasards, en remontant le faubourg Saint-Denis en compagnie de Marc-Antoine, il l'a croisé. Aussitôt, les deux hommes ont fait demi-tour, l'ont encadré, serré de près.

Le type a réalisé en une seconde que, s'il ne réagissait pas, il était un homme mort. Il a sorti son revolver et s'est mis à tirer en l'air dans tous les sens. Avec ses antécédents, il en a pris pour six ans de réclusion.

C'est le seul moyen qu'il avait trouvé de sauver sa vie.

J'étais à nouveau seul avec Nine, Barbou nous avait quittés, il était retourné à ses « affaires », lorsque Onésime est entré.

« Celui-là, c'est le plus malin, m'a dit Nine.

Approche, Onésime. Tu connais Jef? Je suis en train de lui raconter des histoires.

— Des histoires? Je vous raconterai celle du café postal. Mais d'abord passez-moi cent francs. Vous n'avez qu'à m'attendre ici, le temps de perdre mon argent au cercle et je suis de retour. »

Il a couru au tripot et je ne l'ai revu qu'au petit matin.

« Je me suis défendu plus longtemps que je ne croyais et j'ai même eu quelques gros billets devant moi. J'aurais dû m'en aller et tenir parole. Voilà, maintenant je suis à votre disposition. »

Il a commandé un grog et s'est tourné vers moi.

« Je vous dois une explication. J'ai reçu une certaine instruction, j'ai débuté dans la vie comme employé aux Postes. J'étais un jeune homme rangé, tranquille, sans besoins. Je le suis resté d'ailleurs. Mais ma parole, je ne sais pas d'où m'est venu le vice du jeu. J'ai été mordu la première fois qu'un camarade m'a emmené aux courses. Et depuis cet après-midi-là, je n'ai plus pensé qu'à flamber. Ça mène loin.

» Il y a une dizaine d'années, je me suis tiré d'affaire avec les mandats, et puis j'ai été brûlé. Je n'étais pas trop maladroit, on n'a pas pu me prendre la main dans le sac mais on m'a congédié.

» Et puis un matin, en me réveillant avec seize

francs en poche, j'ai lu dans le journal que le bureau de poste d'une grande place — je ne me souviens jamais des heures ni des endroits — allait être forcé de déménager : on démolissait l'immeuble où il se trouvait. Je n'ai pensé à rien, je vous jure. Mais une fois habillé, je suis allé me balader tout doucement vers la place en question. J'aime bien marcher, ça fait germer les idées. Pourtant je n'en avais aucune quand je suis arrivé devant le bureau qu'on devait démolir. J'ai regardé les vitres et, ne sachant que faire, je suis entré dans un café tout proche. Il était dix heures du matin, pas de clients, le patron est venu causer avec moi. Et je ne sais vraiment pas ce qui m'a poussé, mais j'ai dit en parcourant des yeux l'établissement : "On ferait un beau bureau de poste avec votre café."

» Le patron a rigolé, puis j'ai payé ma consommation et je suis parti. Vous me croirez si vous voulez, mais je n'avais pas fait vingt pas que ma combine était sur pied. Elle était venue d'une parole en l'air.

» Je suis retourné au même café le lendemain, j'ai demandé au patron de venir s'asseoir à côté de moi et je lui ai dit : "Vous savez, je n'ai pas plaisanté hier, je suis chargé par le ministère de repérer un emplacement pour le bureau d'à côté. Voilà deux semaines que je cherche, et je ne trouve rien ; votre café me rendrait bien service. Seriez-vous disposé à le vendre ?" "Je n'y pensais pas, a répondu le patron, je viens d'acheter le fonds il y a six mois." "Combien ?" "Huit cent mille francs."

» J'ai fait mine de réfléchir avant de lui demander : "Deux millions, ça vous irait ?" Il a haussé les épaules. "Vous voulez rire, on se retirerait à moins, mais c'est impossible. Et puis qui me prouve..."

» Je lui ai vu de la méfiance, j'ai réglé ma consommation. Je me suis levé.

» Je l'ai laissé mijoter trois jours et je suis revenu, mais cette fois avec ma serviette, car je dois vous dire que j'ai toujours une serviette très cossue sur laquelle j'ai fait mettre en grosses lettres de cuivre qui brillent PTT et dans laquelle j'ai du papier à lettres à en-tête. Et même à en-tête du cabinet du ministre. Ce matin-là, j'ai dit simplement au patron : "Je ne trouve toujours rien de convenable pour deux millions..."

» Puis nous avons parlé de la pluie et du beau temps. Et je l'ai quitté en faisant exprès d'oublier ma serviette.

» Une demi-heure plus tard, j'étais de retour, jouant l'inquiétude. Le patron était d'une considération toute nouvelle. "Ne craignez rien, monsieur l'inspecteur, m'a-t-il dit, je vous l'ai gardé précieusement, votre portefeuille."

» Et il fut le premier à parler de la cession de son établissement. "Vous savez, j'ai bien réfléchi, à deux millions, je m'en irai, si le local vous convient toujours."

» Il me regardait avec inquiétude. Je l'ai rassuré, il pouvait considérer l'affaire comme réglée. Je l'ai fait mijoter une semaine cette fois. Il fallait lui laisser le temps de les voir ces deux millions, de les toucher presque.

» Puis il a vu arriver un ami à moi, qui fait très sérieux, avec une barbe et des guêtres foncées. "Je suis l'architecte des Postes", a dit mon ami avec sévérité.

» Il s'est mis à mesurer le café de long en large et grommelait de temps en temps : "Ici le télégraphe, ici les recommandés, ici la cabine téléphonique..."

» Et enfin il a ajouté : "Le local peut convenir. Je le prendrais pour douze cent mille." "Mais c'est entendu pour deux millions, a protesté le patron." "Vous plaisantez, douze cent mille et pas un sou de plus, a répondu mon copain."

» Le lendemain, ce fut à mon tour de rendre visite à notre homme. "Eh bien, vous êtes content ? J'ai vu l'architecte, il s'apprête à faire un rapport favorable." "Oui, mais nous sommes loin du compte, a gémi le patron, il ne veut payer que douze cent mille."

» J'ai hoché de la tête et, sur le ton d'une confidence un peu gênante, j'ai glissé : "Vous n'avez rien offert, je parie, comme commission ?" "C'est-à-dire que... non." "Mais mon vieux, qui ne donne rien n'a rien !"

» Et j'ai ajouté en toute franchise : "D'ailleurs, j'ai mon intérêt moi-même dans l'affaire. Avec quatre cent mille francs de ristourne, je décide l'architecte."

» Eh bien, vous me croirez si vous voulez, le patron, il me les a donnés les quatre cent mille francs. Et il m'en a été reconnaissant. »

Le jour était maintenant complètement levé. Les premiers rayons pénétraient déjà dans la salle. Mais Onésime tenait à me raconter encore une dernière histoire.

Son seul ami s'appelait Gonzague. C'était un jeune loup marseillais.

« Un bon môme, et crâneur avec ça. »

Il l'avait rencontré juste après son service militaire, et depuis Gonzague avait eu une vie mouvementée : voyages, trafics, bagarres, cambriolages, prisons.

On l'avait retrouvé pas très loin de la Bourse avec un couteau dans le ventre. Il s'en était sorti. Il avait filé sur Marseille et on n'avait plus entendu parler de lui. Or, vingt-deux ans plus tard, alors qu'Onésime se trouvait dans le « tunnel », une cachette de truands de la butte Montmartre, il avait retrouvé, par hasard, son copain. Ils avaient bavardé quelques minutes ensemble. Et juré de se revoir.

Gonzague était passé en Italie pendant la guerre — celle de 14 bien sûr. Il s'était établi à Naples. Mais l'âge et le climat ne l'avaient pas adouci. Au contraire. Il était toujours aussi crâneur et, pour lui, ça devait finir mal.

Après l'armistice, il avait tué deux hommes. Les carabiniers ont fini par l'avoir, mais pour le prendre, ils ont dû lui mettre trois balles dans le corps. Il s'en était sorti, cette fois, pour être condamné au maximum. Le maximum là-bas, ce n'était pas la peine de mort, elle avait été supprimée, mais peut-être pire, les plombs. On l'a enfermé dans un cachot sous terre. Seul. Il ne voyait jamais personne. Jamais un visage. Une fois par jour seulement le gardien venait juger de son état. Il ouvrait une petite trappe, celle par laquelle on lui passait sa nourriture, jetait un coup d'œil et faisait demi-tour. Et Gonzague devait rester là jusqu'à la fin, jusqu'à ce que mort s'ensuive.

Alors il s'est mis à simuler la folie. C'était la seule solution. Et pour y bien faire croire, il a commencé à se ronger le pouce gauche. Tous les jours, il s'en mangeait un petit morceau ! Il lui a fallu quatre ans pour qu'il n'y ait plus de pouce. Enfin on l'a cru. On l'a enfermé dans une maison de fous. Il s'est évadé.

Onésime s'est resservi un verre d'alcool. Il avait le visage terriblement tendu.

« Je lui ai donné tout ce que j'avais sur moi, dit-il, mon argent et mon adresse. Je veux lui refaire une situation. Tu comprends, un type comme ça, on n'a pas le droit de le laisser tomber. »

La journée qui suivit fut longue. J'avais eu tout de même le temps de récupérer quelques heures de sommeil durant l'après-midi. Et le soir, à nouveau, c'était plus fort que moi, j'étais attablé Chez Nine. Louis a engagé la conversation.

«Sur le coup de minuit, comme ça, en voisin, je suis allé jeter un coup d'œil à Tabarin pour voir ce qui se passait.»

Au début de la guerre; le Tabarin, qui se trouvait à quelques centaines de mètres de Chez Nine, avait été fermé. Puis ouvert à nouveau et transformé à l'usage des permissionnaires, des soldats en garnison.

Ce soir-là, le 11 novembre 1918, ce fut la grande liesse, le grand délire de l'armistice. Le french cancan avait repris ses droits et l'immense salle était devenue la plus grande piste de danse et de patins à roulettes de Paris.

«J'étais au bar, continua Louis, en train de me faire servir un demi, lorsqu'un troufion, l'air menaçant, s'est approché d'un adjudant, et lui a dit bien en face : "Je t'ai prévenu que je te ferais payer ce que tu m'as fait au front."

» Il a sorti un revolver, l'a abattu froidement d'une balle dans le ventre et a disparu.

» Malgré le tintamarre général, les hurlements, les rires, la musique, le coup de feu a déclenché une émeute. Toute l'animosité de la foule s'est portée soudainement sur un gars, un colosse, dont les seuls défauts étaient d'avoir une tête de plus que tout le monde, et de se trouver à un mètre de la victime. Les gens se sont rués sur lui, mais comme il était d'une force herculéenne, il a fait une trouée dans la foule. Il s'est adossé contre un des murs et là, il a attrapé un patin à roulettes qui traînait. Il a levé le bras, brandi le patin, méchamment. À chaque fois que la vague humaine se jetait sur lui, je voyais le patin à roulettes s'abaisser et un type qui tombait, le patin à roulettes se relever, se rabaisser, et un autre type qui tombait. Ils étaient plus de cent contre lui, je me suis dit : "Ils vont finir par l'avoir !" Alors, bien que je ne connaisse pas du tout le gaillard, j'ai pris à mon tour un patin. Je me suis mis à côté de lui et j'ai fait pareil. Et ainsi, nous avons tenu le coup jusqu'à l'arrivée de la police.

» C'est comme ça que j'ai connu le gros Albert, a conclu Louis. Depuis on est devenus amis à la vie à la mort. »

Plus tard seulement, j'ai fait la connaissance du gros Albert. Il était effectivement tel que me l'avait décrit Louis, immense, herculéen. Mais sa voix très douce, très suave, contrastait étonnamment avec son allure de mastodonte. Ses cheveux courts, frisés, son cou taurin, son teint basané, mat, ses yeux proéminents contribuaient à lui faire une tête étrange... de pékinois. C'étaient des chiens qu'il affectionnait particulièrement d'ailleurs, et dont il promenait toujours une paire, comme une vieille dame, ce qui accentuait le côté pittoresque de son personnage. Il était originaire d'Algérie et juif de naissance. D'une famille très pauvre, il avait grandi dans le ghetto, le « mellah » de Constantine. Dès l'enfance, on l'avait placé chez un tailleur comme apprenti. Cela ne lui a pas plu. Il était devenu mauvais garçon. À quinze ans, il en paraissait vingt et, décidé comme il l'était, il réussit à s'imposer plus facilement qu'un autre.

« À quinze ans, il volait déjà de ses propres ailes, a repris Louis. Il avait mis au point quelques petites escroqueries. Et puis il avait les faveurs de quelques filles...

» Un jour, son père est tombé gravement malade. Il délirait. Il délirait. Et dans son délire, il répétait : "Je veux mourir dans la Ville sainte, je veux mourir à Jérusalem, à Jérusalem..."

» Contrairement à toutes les prédictions médicales, le père s'est sorti d'affaire au bout de quelques semaines. Et à partir de ce moment-là, Albert n'a plus eu qu'une idée en tête, une obsession : exaucer le vœu de son père.

» Cela se passait en 1905. Albert venait d'avoir dix-huit ans et Jérusalem, c'était le bout du monde. Il n'y avait pas d'autres moyens de transport que le bateau jusqu'à Jaffa ou Alexandrie. Et de là, une caravane, à travers le désert. Et Albert n'avait pas un sou en poche. Il ne s'est pas dégonflé, il a pris son père sous le bras, un baluchon pour deux, et ils sont partis à pied, comme des pèlerins.

» Il a bien fallu qu'il se débrouille en route.

Mais ça, il n'a jamais voulu me le raconter. Quand il disait "débrouille", ça voulait dire vol à l'étalage, escroqueries, et sûrement des tas d'autres choses encore...

» Le voyage a duré six mois. Et pendant six mois, Albert a traîné son père qui montrait des signes de fatigue de plus en plus fréquents, qui voulait toujours s'arrêter pour dormir. Et chaque jour, il a trouvé le moyen de survivre, et de continuer. Il racontait à son père qu'il avait rencontré des amis charitables, qu'il avait gagné de l'argent en faisant des petits travaux. Et c'est de cela qu'il était le plus fier, Albert. Non pas de s'être procuré les moyens de poursuivre sa route, mais de l'avoir fait de telle façon que son père ne s'était jamais douté de rien. Clopin-clopant, ils sont arrivés à Jérusalem. Albert a confié son père à une communauté pieuse. Il est resté là. On n'a jamais plus eu de nouvelles de lui. Ce qui est sûr, c'est qu'il est mort à Jérusalem. »

« Quand Albert est revenu, je ne sais pas de quelle façon, poursuivit Louis, il était en âge de faire son service. Mais vu qu'il avait eu des démêlés avec la police et que son casier judiciaire était loin d'être vierge, on l'a envoyé dans un bataillon disciplinaire. À l'époque, ça ne rigolait pas. C'était pire que le bagne. Sa principale activité consistait à casser des cailloux sur les routes, par quarante degrés à l'ombre. Et sous la férule d'officiers alcooliques qui n'y allaient pas de mainmorte. Des gardes-chiourme, ces salauds, qui faisaient payer très cher aux "joyeux" leurs anciens péchés.

» Albert a tout de même tenu le coup. Il était costaud. Sauf une fois...

» Au départ de Marseille, ils étaient enchaînés deux par deux dans la cale d'un cargo. Et le "joyeux" qui était avec lui, il ne le connaissait ni d'Ève ni d'Adam. Mais c'était un lamentable, un type qui rechignait, qui pleurait tout le temps. Lui, il lui restait un peu d'argent. Il pouvait acheter quelques vivres, un peu de pinard à la cantine. Et systématiquement, il partageait. Enfin, il faisait de son mieux pour aider l'autre. Quand ils sont arrivés au dépôt, son "joyeux" qui était du genre complaisant, du genre à faire des basses flatteries, a été nommé caporal en peu de temps.

» Quelques jours plus tard, alors qu'Albert sortait de la caserne, le caporal en question, qui était de garde, l'a appelé. Il a inspecté Albert de haut en bas, des pieds à la tête, et il a appuyé la baguette qu'il avait dans la main sur un des boutons de sa chemise. "Et ça, qu'est-ce que c'est ? Retourne dans ta carrée, et recouds-moi ce bouton !"

» Déjà, de recevoir des ordres d'un caporal, ça le mettait hors de lui, mais qu'en plus, ce soit le type qu'il avait aidé, il est devenu fou de rage. Il l'a tabassé jusqu'à ce que l'autre ne puisse plus bouger.

» La punition n'a pas traîné. Le jour même, il a été fichu dans un camion, envoyé dans le désert, au régiment des "irrécupérables".

» Là, il est tombé sur un lieutenant corse qui avait une gueule diabolique avec une petite barbiche en pointe, mais un type de valeur, qui avait su se faire respecter par tous ses hommes. Albert, qui est une tête de lard comme il n'y en a pas, disait que c'était presque un plaisir de lui obéir.

» Au début, c'était dur, très dur, mais tout allait bien. Seulement Noël approchait et tous les jours, à mesure qu'arrivait le 25 décembre, Albert se sentait de plus en plus cafardeux. Le coup de bourdon. Le bourdon qui vous ronge à un tel point qu'on devient capable de tout. De tuer. Ou de se suicider.

» La veille de Noël, le lieutenant passe ses hommes en revue et commence un discours. Pas vraiment un discours, un petit *speech*, histoire de remonter le moral.

» Et tout à coup, brusquement, Albert est devenu dingue. Mais vraiment dingue. Ce n'était ni une crise de palu ni un coup de soleil.

» Quand le lieutenant est passé devant lui, il s'est jeté dessus. Il s'est agrippé à sa barbiche et il a tiré de toutes ses forces. Il n'a pas tout arraché, mais une bonne touffe de poils lui est restée dans les mains.

» Le lieutenant n'a pas bronché. Il l'a regardé droit dans les yeux et il a continué à marcher.

» Quand Albert s'est ressaisi, il était trop tard. Il avait insulté un officier devant son régiment — qui plus est un régiment disciplinaire.

» Il risquait cette fois le maximum.

» Deux hommes l'ont pris sous les bras, l'ont embarqué et jeté au "silo" — un trou de deux mètres de profondeur creusé dans le sable, juste assez large pour pouvoir s'y accroupir, et gardé jour et nuit par des Sénégalais qui se relayaient toutes les quatre heures et qui étaient prêts à l'embrocher au moindre mouvement suspect. De toute façon, il n'avait pas l'intention de s'échapper, il se sentait écrasé par la honte, le remords. Il était prêt à se faire fusiller. Il savait d'ailleurs que ce serait le châtiment de la cour martiale, et il attendait, résigné. La seule chose à laquelle il pensait, c'était à son père qui apprendrait un jour que son fils avait été exécuté, comme un lâche, pour faute capitale envers un supérieur. Et il en pleurait.

» Il a fini par s'endormir. À l'aube, un des Sénégalais lui a jeté une corde pour le faire sortir. On l'a conduit devant le lieutenant. Et ils sont restés quelques minutes, tous les deux, face à face, en silence. Il se tenait droit comme un *i*, immobile. Le lieutenant était beaucoup plus petit, mais c'est Albert qui avait l'impression de lui arriver à la cheville. "Tu mérites douze balles dans la peau, a dit le lieutenant. Mais je vais te punir moi-même."

» Albert était toujours immobile. Le lieutenant a pris sa cravache posée sur son bureau. Et de deux coups secs, il lui a ouvert les deux joues. Le sang a giclé.

» Albert, qui n'a jamais supporté qu'on le touche, s'est incliné. Il a dit : "Merci, mon lieutenant." »

Quand j'ai revu Louis et Albert, après la Deuxième Guerre, en 46, Louis était somptueusement habillé dans un costume sombre. Il avait des cheveux blancs, lissés en arrière, et des allures de sénateur américain. Albert était toujours le même, avec sa tête de pékinois et sa voix douce. Il était devenu bookmaker lui aussi. À eux deux, ils connaissaient tous les jockeys, les entraîneurs et les combines. Ils étaient toujours, depuis Tabarin, comme les deux doigts de la main. Ils se retrouvaient chaque jour, faisaient leurs paris ensemble. Enfin, ils avaient acheté un cheval. Un cheval si bien choisi qu'il remporta le Grand Prix de Paris.

Et Louis et Albert, tous les deux en jaquette et haut-de-forme gris, eurent les honneurs de la journée. Ils serrèrent la main du président de la République, Vincent Auriol.

C'est en lisant le journal un matin que j'ai appris cette nouvelle. J'ai aussitôt appelé Louis. Mais tandis qu'il me répondait, un défilé d'images passait devant mes yeux : mes livres qui l'avaient sauvé de la perquisition, sa retraite sur les toits avec Fiersi, Batistin Travail cambriolant

pour le compte du grand Clemenceau, Albert
attendant la mort dans son « silo »...

Toutes ces images tournoyaient, tournoyaient
dans ma tête. Et lorsque j'y repense encore, je
me dis que la vie parfois...

II

Un soir, comme Torrès et moi nous étions en train de souper dans une brasserie de la place des Ternes — nous avions l'habitude de nous retrouver presque chaque nuit, tôt ou tard, ne fût-ce que pour un verre ou deux —, un homme s'est arrêté devant notre table. Il a touché du bout des doigts le bord de son chapeau et dit à Torrès :

« Faites excuse, Maître. Je crois avoir un gagnant pour Auteuil, dimanche. »

Il a posé un papier plié en quatre sur la nappe, touché de nouveau le bord de son chapeau et s'en est allé vers le fond de la salle. Malgré ses lourdes épaules, son torse massif et pas mal de graisse sur beaucoup de muscles, il avait une démarche singulièrement vive et souple.

« Encore "léger sur pattes", a dit Torrès qui l'avait suivi du regard. Tout ce qui lui reste du temps où il était un espoir du ring, catégorie mi-lourds. Depuis, il a mal tourné. Oh ! pas le grand format. Abus de confiance... escroquerie à l'esbroufe... Combines de boxe. Tu vois... sans intérêt. Mais pour les chevaux, vraiment il s'y connaît. »

Tout en parlant, Torrès avait déplié le papier laissé à portée de sa main.

« *Rubis sur l'ongle*, a-t-il dit pensivement. C'est une idée... *Rubis sur l'ongle.* »

N'ayant personnellement aucun goût pour les courses — il y faut trop d'études : pedigree, performances, handicap, terrain — et les entractes qui n'en finissent pas... nous avons changé de propos. Je n'ai plus pensé à l'ancien boxeur.

Mais à notre rencontre suivante les premiers mots de Torrès furent :

« Tu es au courant pour Raph, oui, Raph, le pugiliste marron qui m'a donné le tuyau *Rubis sur l'ongle*. Eh bien, il a quitté la brasserie parmi les derniers. Au petit matin. Et il n'avait pas fait dix pas qu'il recevait deux balles en plein poitrail.

— Règlement de comptes ?

— Pas de doute — ça devait arriver. Il n'était pas assez régulier avec des gars qui n'aiment pas ça du tout. Là, rien que de banal. Mais ensuite, ça l'est moins. Raph a encaissé les projectiles sans s'affaler et il a marché seul jusqu'à la grande pharmacie ouverte toute la nuit qui fait le coin de la place des Ternes. Il y est connu. C'est un de ses quartiers préférés. On le panse dans l'arrière-boutique, on lui bande la poitrine à l'étouffer. Il prend un taxi, va chez lui, change ses vêtements et son linge tachés de sang pour des effets propres et se fait conduire successivement dans les bars où il sait que se retrouvent les truands qui ne peuvent pas le souffrir. Ternes, Clichy... Pigalle. Barbès. Il ne reste qu'un instant dans l'embrasure de la porte. Mais seul, droit, en pleine vue. Pour qu'on sache qu'il est bien vivant et toujours dans le circuit. Ensuite, il fait venir un toubib, un peu mouillé sur les bords, spécialiste du "milieu". Les balles n'ont rien touché d'important. Il se remettra vite. »

Nous avons commandé nos boissons et Torrès a repris :

« Personne qui a pratiqué Raph, moi compris, ne lui croyait un tel cran. À sa bonne santé. »

Dans les mois qui suivirent, j'ai revu Raph à plusieurs reprises.

Il m'avait fait part de sa passion pour les livres mais aussi de la honte que lui procurait son inculture et m'avait demandé de lui servir de guide dans ce domaine. Après Nick Carter, Morgan le pirate et Buffalo Bill, Raph eut pour compagnons d'Artagnan, Monte-Cristo, Jean Valjean et Gavroche, le père Goriot, Vautrin...

Et c'est précisément dans une librairie que j'avais rendez-vous avec lui ce jour-là.

Elle était située sur les Grands Boulevards, tout près de l'Opéra, au cœur du quartier qui était alors le plus vivant, vibrant, flamboyant du Paris nocturne avec ses cafés littéraires célèbres, ses restaurants et théâtres glorieux. Cette librairie, remarquablement approvisionnée, ne fermait qu'à deux heures du matin. On y pouvait feuilleter, consulter à son gré les éditions les plus coûteuses comme les plus populaires. On y trouvait toujours des gens avec qui bavarder, discuter à loisir. Bref, c'était à la fois un club, un bazar et un haut lieu des livres.

Et c'était donc là que par une nuit de décembre je devais, après avoir assisté à une répétition générale, retrouver Raph pour souper ensuite avec lui. La pièce était détestable. Je n'ai pas pu tenir jusqu'au dernier acte et je suis arrivé en avance au lieu de notre rendez-vous. Le directeur de la librairie qui, à son ordinaire, se tenait sur le seuil pour saluer ses fidèles m'a averti de la présence d'un autre ami :

« Gérard est quelque part par là, je pense... Le coin des dictionnaires et des encyclopédies. »

J'y suis allé aussitôt.

Gérard était un vieux copain : vingt-cinq ans (trois de moins que moi), un mètre quatre-vingt-cinq. Élancé. Larges épaules, élégant de corps et de vêtement. Bonnes études (lettres) à Bordeaux. Majeur, vient à Paris faire du journalisme, réussit brillamment. Très vite, signe en première page, première colonne de quoti-

diens de qualité des chroniques littéraires, his-
toriques, artistiques remarquables. Aime les
galas, les bals masqués, les femmes du monde.
Excelle à l'escrime, se bat en duel (ça se faisait
encore), sort souvent en habit, chapeau claque,
œillet ou camélia à la boutonnière.

Tout cela n'était pas toujours à mon goût, de
mon bord.

Mais pour Gérard, c'était différent. Parce que
lui, jeune provincial émerveillé par les fastes de
Paris, il s'amusait tout autant dans les bouges où
il était bon à toutes les bagarres et respecté, là
comme ailleurs, pour sa bravoure, sa droiture,
sa générosité et sa gentillesse. J'aimais aussi sa
façon d'écrire : vive, juste, enthousiaste, les
poèmes qu'il composait et ne montrait qu'à de
rares amis. Enfin, chez lui, de temps à autre, on
fumait l'opium.

Il nous arrivait de fumer selon l'humeur, le
hasard des rencontres et surtout du ravitaille-
ment. On ne trouvait pas le suc de pavot chez
l'épicier du coin. Et comme il reste toujours un
enfant dans l'homme, l'interdiction ne faisait
qu'ajouter à notre plaisir — celui du fruit
défendu.

« Tu tombes à pic », me dit-il.

Il n'y avait personne dans le coin des encyclopédies. Pourtant Gérard m'a mis le bras
autour du cou pour chuchoter :

« Détour par Marseille... Un matelot que je
connais. Du Yunnan. »

Cela voulait dire qu'il avait pu acheter de l'opium qui venait de cette province chinoise. Il y avait d'autres espèces cultivées aux Indes, en Birmanie, au Siam, au Laos et j'en passe. Chacune avait son goût, son arôme personnel comme en ont les vins de régions différentes. Le Yunnan comptait parmi les meilleurs.

« Je t'enlève, a dit Gérard. Je cherche ici des mots savants, mais j'ai trop envie d'étrenner avec toi la première des petites boîtes. »

J'ai répondu à Gérard que cette nuit je ne pouvais absolument pas laisser tomber le gars que j'attendais. Un gars un peu spécial, écorché par la vie. J'ai expliqué brièvement qui était Raph.

« Superbe, s'est écrié Gérard. Un truand converti aux belles-lettres ?

— À peu près.

— Superbe ! Tu l'amènes. Il y a de quoi manger à la maison. Moi, je pars devant. Tout sera prêt : table et plateau. »

Raph est arrivé peu après et j'ai vu tout de suite que la soirée n'avait pas été bonne pour lui. Les plis aux coins de la bouche étaient si profonds, crispés et rigides, qu'ils l'empêchaient pratiquement de sourire. Et surtout il n'avait pas accordé un seul regard aux livres.

« Ça ne va pas ?

— Quelle vacherie ! »

Il a mordu brutalement sa lèvre inférieure et n'a pas ajouté un mot. J'ai essayé de plaisanter :

«Pour vous étonner, vous, ça doit être quelque chose. Je voudrais bien la connaître.»

Il lui est venu une expression où se lisait une haine incontrôlable puis il a dit très vite :

«Je ne sais pas ce que j'ai ce soir... Je ne me sens pas bien dans ma peau.»

Il m'a regardé bien en face. Une sorte de taie qui lui faisait les yeux plus sombres s'est levée et il a souri de ce sourire presque enfantin qu'il avait parfois et que je savais être réservé à moi seul.

«Allons, terminons-en, a dit Raph. Avec vous, toujours en pleine forme. Où va-t-on ?»

Je lui ai communiqué l'invitation qui nous était faite. Raph a hésité un bon moment. Il avait besoin sans doute de musique, de lumières, de visages pour oublier les heures qu'il venait de vivre.

«Et pourquoi votre ami, on ne l'amènerait pas, nous, manger dehors ? Qu'est-ce qu'il y a chez lui de spécial qu'on ne trouve pas dans un cabaret ?

— De l'opium», ai-je dit à l'oreille de Raph.

Il a eu un net mouvement de recul et m'a regardé avec une incrédulité à travers laquelle perçait une étrange, une indéfinissable peur. Pourtant, à propos de livres célèbres, n'avions-nous pas longuement parlé des paradis artificiels ? Il était savant dans ce domaine pour avoir assisté à beaucoup de réunions où il avait vu, sans jamais y toucher lui-même, user et abuser d'une variété de drogues. Et il convenait que, parmi elles, l'opium, pour lequel je lui avais dit mon goût, semblait de loin la plus attrayante.

« Ça vous ferait vraiment plaisir ?

— Sans doute, mais pas au point de... Il suffit d'un coup de fil...

— Pas question. Ce que je veux avant tout, c'est ne pas vous priver d'une bonne soirée. »

Une grande fille est venue nous ouvrir, Nelly, la maîtresse de Gérard. Avant qu'il ne l'enlève, elle dansait aux Folies-Bergère avec une troupe de girls venues d'Amérique. Elle était très jeune et très timide. Elle parlait peu et souriait beaucoup d'un sourire qui faisait du bien — naïf, discret, affectueux. Je l'ai embrassée. Raph n'a pas desserré les dents, n'a pas enlevé son chapeau. « Une souris » n'avait pas sa place dans une réunion d'hommes. En cela, Raph était bien du milieu.

Nelly nous a conduits au bout d'un corridor tordu, a poussé une porte et s'en est allée sans un mot, sans un sourire.

Dans un coin de la pièce où nous sommes entrés une table était dressée. Le premier mouvement de Raph a été de compter du regard les couverts : trois seulement. Il a hoché la tête en signe d'approbation. Là-dessus, en bras de chemise, un tablier de cuisine noué autour des reins, Gérard est apparu. Il brandissait une

poêle fumante. Il l'a présentée à Raph en s'in-
clinant un peu :

« Omelette aux morilles... Seul plat chaud.
Surprise du chef, en bienvenue pour l'invité
d'honneur. »

Dans son propos, son attitude, pas trace de
pitrerie. Juste la bonne humeur qu'il fallait pour
dire plaisamment à Raph « cette maison est à
vous ». Un chef bédouin sous sa tente n'aurait
pas fait mieux.

À ce moment, j'ai été pris d'inquiétude. Raph
visiblement perdait contenance. Un tourment
lourd et secret le rongeait ce soir-là. Il dominait
mal ses nerfs. Il s'est brusquement ramassé sur
lui-même et a cherché des yeux la porte. Mais
entre elle et lui, il y avait le visage de Gérard,
toute la chaleur d'accueil qu'un homme peut
offrir à un autre homme. Raph s'est balancé un
instant d'un pied sur l'autre, puis il a dit brutalement : « Faut pas laisser refroidir votre omelette » et baissé les bras avec un soupir haletant
comme un pugiliste qui renonce.

Dès lors, les choses ont pris leur place, leur
sens. Feu de bois. Sièges confortables. Ambiance
feutrée. Nelly enfin, qui servait, desservait,
légère, avec pour seul langage son sourire. Tout
invitait à la détente. Pourtant je ne me sentais
pas entièrement rassuré. C'est que Raph ne
disait pas un mot. Nous avions, Gérard et moi,
tout essayé pour qu'il prenne part à la conversation. En vain. Il était ailleurs, quelque part

où nos propos n'avaient pas d'accès. Alors —
hasard ou inspiration? je ne sais — Gérard a
demandé à Raph :

«Vous pensez, j'en suis sûr, que vous et moi
on ne s'est jamais rencontrés. Eh bien, vous êtes
dans l'erreur. »

Raph a tourné la tête vers Gérard lentement,
très lentement.

«Évidemment, a repris Gérard en riant, évidemment vous, vous ne pouvez pas le savoir.
J'étais dans la salle et vous, sur le ring.

— Où ? Quand ? »

Raph avait une voix basse, dure, et les muscles
du visage en alerte. Il était bien sorti de son trou.
Je me suis souvenu des rencontres traquées, des
combines frauduleuses qui avaient cassé sa carrière. L'une d'elles, Gérard en avait peut-être eu
connaissance, été le témoin.

«À Bordeaux, a-t-il répondu. Il y a cinq ou six
années.

— Je vois », a dit Raph d'un coup apaisé.

Ensuite, les yeux mi-clos, il a pour lui seul
murmuré :

« 1921, le 13 juin.

— Vous n'avez pas oublié la date, mon vieux,
et comme je vous comprends, s'est écrié Gérard
(il s'est penché de mon côté et a poursuivi avec
feu) : Figure-toi, vers le milieu du match, tout le
monde tient Raph pour foutu. Michel le Basque
touche où il veut, comme il veut. Joie du public.
C'est un enfant du pays. Pour lui, bravos, cris de

fête. Pour Raph, sifflets, quolibets. Au sixième round, il n'en peut plus, il traîne lamentablement jusqu'au gong, s'affale. Une loque. Bien... On annonce la septième reprise. Le Basque gagne fièrement le centre du ring. Il n'a pas un bleu, pas une ecchymose. Il est enfin prêt, certain du triomphe. Il se couvre, se garde à peine. Une poussée et Raph s'écroulera pour le compte. Et puis, et puis... Personne dans les gradins, autour des cordes, ne comprend ce qui vient de se passer. Le boxeur paumé, sonné, vidé, crevé, soudain muscles frais, souffle neuf, fonce et frappe. Une fois, deux fois, trois fois. Droite — gauche — droite — direct — crochet — uppercut — plexus — mâchoire — menton. Le Basque plie les genoux, glisse, glisse, se répand à terre, ne bouge plus. Rideau. »

J'écoutais Gérard, mais je regardais Raph. Il se balançait doucement sur sa chaise, le cou appuyé au dossier, un vague sourire aux lèvres et les yeux fixés sur le plafond. Il semblait y suivre une procession d'images. Quand Gérard eut achevé son récit, Raph a parlé sans changer d'attitude, si bien que c'est à ces images qu'il semblait s'adresser :

« Vous savez, la grande cloche de Basque, tout en biscoteaux et rien dans la tête, j'ai pas eu de mal à le couillonner.

— Pardon, a répliqué Gérard avec vivacité, pardon, il y fallait aussi un sacré estomac pour encaisser, une sacrée science pour esquiver sans en avoir l'air et jouer la demi-mort en gardant toutes ses réserves. »

Raph a fait pivoter sa chaise, l'a laissée retomber sur les quatre pieds tout en disant à Gérard :

« Ah çà ! vous semblez vous y connaître. Est-ce que par hasard...

— Oh non ! Juste le club universitaire. Vous savez : les fils à papa qui veulent bien mettre les gants pour s'amuser. Mais sans risque pour leurs chères petites frimousses. Alors, les gars comme vous, ils étaient nos héros, nos idoles. »

Gérard s'est mis à citer des noms et Raph également. Tantôt d'accord dans leurs jugements, tantôt opposés. Dans ce domaine, ils se montraient aussi érudits, calés l'un que l'autre. Liés, portés par la même passion. Et dans cet instant, je n'avais plus devant moi Raph tel que son existence l'avait façonné mais « Battling Raph », au seul temps et si bref de sa jeunesse où il était fier, naïvement, du surnom qu'il s'était donné, du métier qu'il avait choisi, de son talent et de son espérance. Le temps où il avait foi dans son destin et en lui-même. Amertume, mépris, cynisme — tout avait été lavé de son visage. Par Gérard, à travers Gérard, qu'il appelait tantôt « mon vieux », tantôt « mon pote », il revivait, comme s'ils étaient tout neufs, ses instants de gloire. Il était heureux. Et cela faisait mal : la flambée éteinte, comme la nuit serait froide...

J'avais raison de redouter ce moment. Nelly est venue servir le café, nous a souhaité bonne nuit, s'en est allée. Alors les scories, les stigmates ont repris sur la figure de Raph leur place accoutumée et il a fait à mi-voix une remarque qui semblait adressée à lui seul :

« Bien dressée, "la souris". »

L'intonation ne permettait pas de savoir si c'était compliment ou sarcasme. Gérard a choisi de ne pas entendre. Il a bu rapidement son café.

« Maintenant, a-t-il dit, passons chez moi, je vous prie. »

Raph a un peu traîné pour finir sa tasse et, ce faisant, a demandé :

« Qu'est-ce que ça lui fait à "la souris", vos fumeries ?

— Rien. Parce qu'elle n'en sait rien. Je me suis toujours enfermé pour écrire. Quand je suis avec mon bambou, elle me croit toujours au travail. Ne vous inquiétez plus pour elle. "La souris", comme vous l'appelez, dort comme un loir. »

C'était dit avec une gaieté de bon aloi mais en appuyant sur chaque mot, de façon à lui donner une importance inhabituelle. Nous avons suivi Gérard en silence jusqu'à son bureau.

Les murs de la chambre semblaient avoir été construits en livres. Du plancher au plafond ils en étaient entièrement couverts. Pour tout mobilier, il y avait, contre les rideaux tirés de la fenêtre, une table et un fauteuil. La table en bois blanc, le fauteuil en osier. Par terre, au milieu de la pièce, se trouvaient deux matelas minces

et durs et des coussins de plage séparés, au chevet, par un grand plateau sur lequel brûlait une
lampe chinoise. C'était le seul éclairage.

Je crois, jusqu'à ce jour, que Raph, dans les
premiers instants, n'a pas vu ce qui reposait à
nos pieds. Fasciné, aimanté par les bibliothèques, il s'est approché d'un rayon et a voulu
déchiffrer des noms et des titres sur le dos des
volumes. Il n'y avait pas assez de lumière. Alors
il a passé doucement la main sur les quelques
reliures et, sans avoir conscience qu'il le faisait,
a murmuré :

« Rien de beau, de bon que les livres. »

Gérard se tenait derrière Raph. Il lui a pris
l'épaule et lui a murmuré, lui aussi et de la
même façon :

« Comme vous avez bien dit ça, mon vieux. »

Ils sont restés sans bouger une seconde puis
se sont écartés l'un de l'autre, avec l'embarras
de gens qui se sont trop dénudés.

Gérard et moi, nous nous sommes étendus sur
les matelas, installés face à face. Raph s'est assis
en tailleur sur un coussin. Sous mes yeux, dans
la lumière tranquille, tamisée par un verre épais,
luisaient doucement l'ivoire et le bois des pipes,
l'acier, le cuivre, l'argent des aiguilles, des
petites cuillères, des palettes, du plateau. Le tout
nettoyé, récuré, briqué à merveille. J'en ai fait
l'éloge à Gérard.

« Il faut bien honorer, a-t-il répondu, la chance

146

d'avoir chez soi le même jour du Yunnan et un ami pour le partager. »

Il a orienté son grand corps du côté de Raph et ajouté :

« Je suis désolé vraiment, mon vieux, de ne pas vous avoir près de nous dans cette fête. Mais vous êtes contre, n'est-ce pas ?

— Ni pour ni contre, a dit Raph. Je tiens simplement à garder toujours toute ma tête bien à moi. »

Gérard s'est retourné vers moi, a commencé à rouler une petite boule brune.

« Il est bon parfois de la perdre.

— Je n'en ai pas les moyens », a répliqué Raph.

La lampe chinoise l'éclairait de bas en haut. On ne distinguait bien que sa mâchoire inférieure. Elle s'était brusquement avancée et durcie.

Nous avons commencé à fumer. À tour de rôle. Une série de deux ou trois pipes que préparait Gérard. Il faisait cela comme tout le reste : avec aisance, adresse, talent naturel. Nous nous taisions. Seul bruit dans la pièce : le grésillement des boulettes brunes au-dessus de la lampe. Le temps avait de moins en moins de mesure, de sens. Enfin Gérard m'a demandé :

« Ça va ?

— Ça va. »

Gérard a déposé soigneusement la pipe sur le plateau, a baissé un peu la flamme de la lampe, s'est allongé sur le dos et a fermé les yeux. J'ai fait comme lui.

« On peut vous causer maintenant ? » a dit une voix.

Elle avait beau être feutrée, insonore, elle nous a surpris. Raph s'était tenu si tranquille sur ses jambes croisées... Nous avions oublié sa présence.

« Je vous en prie, a répondu Gérard sans relever les paupières.

— Les gens que j'ai vus s'accrocher au bambou, c'étaient toujours des minables, des gloutons, des de la partouze, a dit Raph. Mais vous, pour quoi faire ? Tout ce qu'on peut vouloir est à vous.

— Pas vrai, a répondu très doucement Gérard avec son regard toujours aveugle. Je ne connais personne d'assez juste, bon et sage pour se suffire de ce qu'il a.

— Et avec votre fumée ?

— Je suis en dehors de la vie, surtout de la mienne. En dehors et de très haut. Je ne prends plus part, je regarde.

— Et de finir drogué, intoxiqué, ça ne vous fait rien ?

— Échapper à la vie de temps en temps, je veux bien. Y renoncer, pas question. Malgré tout, elle me plaît.

— Mais en quoi, bon dieu, en quoi ? »

Raph avait brusquement élevé la voix. Gérard

n'a pas ouvert les yeux mais ses paupières se sont plissées, contractées :

« Pas si fort, soyez gentil, mon vieux, a-t-il dit avec amitié. On échange des idées, on ne se bagarre pas. Ce que j'aime dans la vie, demandez-vous ? Est-ce que je sais... Tant de choses : la beauté, le courage, les poètes, l'honneur.

— Ah ! l'honneur... », a répété Raph.

On ne pouvait pas se tromper sur l'accent dérisoire dont il avait marqué le mot. Gérard, enfin, a ouvert les yeux pour les fixer sur Raph et lui répondre en toute sérénité :

« C'est ce que j'estime le plus important. Je suis allé, pour l'honneur, jusqu'au duel.

— Quoi ! c'est pas possible ! s'est écrié Raph.

— Deux fois », a dit Gérard.

J'ai craint de la part de Raph une moquerie proche de l'insulte. Il n'en a rien été.

« Un vrai duel ? a-t-il chuchoté. Comme dans *Les Trois Mousquetaires*, à l'épée... au sang ?

— La première fois, j'ai eu l'épaule traversée. La deuxième, j'ai été touché au bas-ventre.

— Eh bien, eh bien, chapeau », a dit Raph.

Il m'avait tellement surpris et jusqu'à un certain point ému par cette déférence imprévue et comme enfantine que je n'ai pu m'empêcher de répondre :

« Allons, allons, ne faites pas le modeste. Votre promenade aux plus mauvais endroits avec deux balles... »

Il m'a interrompu d'une voix qui n'admettait pas de réplique :

« Rien à voir. »

Il s'est redressé lentement, sans toucher le sol des mains, en souplesse, et a secoué ses épaules.

« Vous m'excuserez, a-t-il dit à Gérard. J'ai affaire dehors. »

Gérard a voulu se lever pour le reconduire.

« Non, non, a dit encore Raph. Restez en dehors de la vie.

— Merci, mon vieux, a dit Gérard. À bientôt.

— On ne sait jamais », a dit Raph.

Nous ne l'avons pas entendu sortir.

« Est-ce que nous l'avons blessé en quelque chose ? m'a demandé Gérard.

— Mais non, ai-je dit. Il était mal luné, ce soir, c'est tout. »

Je n'avais qu'une envie : écouter le grésillement de l'opium sur la lampe chinoise.

Après des nuits comme celle que nous venions de passer, j'aimais bien — porte au verrou et téléphone coupé — prendre une sorte de retraite. Pour mettre en ordre livres, papiers, idées et sentiments. Ou encore m'étendre, fermer les yeux et glisser dans une étrange somnolence où, tout en restant lucide, j'étais emporté par une lente houle de rêves qui mêlaient leurs mirages aux souvenirs du réel. C'est ainsi que j'ai passé la journée et la nuit qui suivirent. Le lendemain, enfin, j'ai dormi, d'un trait, jusqu'au soir.

Autour de moi et en moi, tout était bien au point, bien en place. Entre Gérard et Raph la rencontre avait finalement été bonne.

J'ai ouvert une fenêtre. La nuit était là, franche, saine, étoilée, merveilleusement glacée. Une impatience fiévreuse m'a saisi. Sortir... sortir. Avec qui ? Pendant deux jours j'avais abandonné le monde. Oh, je me débrouillerai seul et puis il y avait chaque fois des rencontres. J'ai voulu tout de même remettre le téléphone en marche. On ne savait jamais. Et c'était amusant de jouer avec le destin. J'ai manœuvré la manette qui commandait le courant.

La sonnerie a retenti, tout de suite, à la seconde même, comme déclenchée par mon propre geste. Un cri affolé, hystérique :

« Allô ! Allô ! Allô !... »

J'ai essayé de le couvrir :

« Qui êtes-vous ? Mais qui êtes-vous ? »

Des paroles brouillées, hachées de sanglots m'ont répondu :

« Oh my God, at last. Thank you, my God. »

De l'anglais... Nelly qui remerciait Dieu de m'avoir enfin trouvé. Sans me laisser le temps de dire un mot, elle a balbutié en français :

« J'ai sonné des heures... des heures... J'arrive. »

Malgré le froid, je suis resté courbé au-dessus de l'appui de la fenêtre à surveiller la rue. Un taxi s'est arrêté. Nelly s'est jetée vers l'entrée de la maison. Je l'ai attendue sur le palier pour lui ouvrir la porte de l'ascenseur. Mais elle est montée en courant et, toujours en courant, est passée devant moi. Je l'ai trouvée au fond d'un fauteuil, écroulée, effondrée, comme un mannequin de son. Livide. Avec de grandes taches rouges aux pommettes. Je lui ai pris les mains. Inertes, gelées. J'ai demandé :

« Gérard ? Un accident ? Grave ? Très grave ? »

Elle m'a fait signe de me taire. Elle respirait à peine. Je lui ai donné un grand verre de whisky. Elle l'a bu. Un autre. Elle l'a bu encore. Son tremblement s'est atténué peu à peu et le visage a repris couleur humaine. Elle a pu me faire le récit de ce qui s'était passé.

Elle se réveillait assez tôt à l'ordinaire et m'avait entendu partir comme le jour poignait. En cette saison, huit heures environ. Elle avait pris son thé puis s'était baignée, fardée, habillée, et commençait à mettre de l'ordre dans la maison quand a retenti la sonnette de la porte. Trois fois de suite et très fort. Un visiteur bien pressé, a-t-elle pensé. Ils étaient deux, le visage enfoncé dans les cols de leurs imperméables gris à martingale. Le plus petit a demandé brièvement si Gérard habitait bien là. Nelly a dit que oui. Ils l'ont repoussée jusqu'au fond du vestibule comme pour l'empêcher de s'enfuir et lui ont ordonné de les conduire dans la chambre de Gérard. Elle a voulu le prévenir.

« Pas question, a dit le plus petit des hommes. Police. »

Il a montré sa carte de la préfecture. Son compagnon a fait de même. Gérard ne dormait pas vraiment mais n'était pas non plus vraiment réveillé. Je suis sûr qu'il se trouvait dans l'état de semi-conscience qui était le mien à ce même moment. Et je suis sûr que, en voyant les silhouettes des deux hommes, qui poussaient devant eux Nelly, se dessiner sur le mur de la chambre, Gérard a tout de suite compris qui ils étaient.

Le plus grand est allé tirer les rideaux.

« Le jour déjà », a dit Gérard.

Il a consulté machinalement une petite pendule sur sa table de chevet et ajouté avec son extrême politesse :

« Évidemment, messieurs, vous ne sauriez manquer aux règles. »

L'inspecteur court de taille qui menait l'affaire s'est approché de Gérard.

« Levez-vous pour la perquisition, a-t-il dit en lui mettant sous les yeux son mandat couvert de tampons.

— En règle là aussi évidemment », a dit Gérard.

Il s'est mis debout avec une grimace. Le bel équilibre entre deux mondes commençait à se défaire. Il est allé dans la salle de bains pour passer un peu d'eau sur sa figure et une robe de chambre sur son pyjama.

« Je vous accompagne », a dit l'inspecteur
principal.

Nelly a ébauché un mouvement vers Gérard.
L'autre policier lui a saisi le bras :

« Pardon, ma petite, vous et moi on reste
ensemble. »

Il s'est mis à l'interroger. Il était moins agres-
sif que l'autre. Au commencement, il s'y est pris
assez gentiment, par allusions. Mais que pouvait-
elle faire ? Plus il répétait : « Allons, ne faites pas
l'innocente. On vous tiendra compte de votre
aide », et moins elle comprenait ce qu'il désirait
savoir. Alors il s'est fâché.

« Vous me prenez pour un imbécile ou quoi ?
a-t-il crié. Vous voulez me faire croire que vous
vivez depuis six mois avec un fumeur d'opium
sans le savoir ! »

Même là Nelly n'avait pas compris. L'opium,
elle ignorait ce que c'était. Elle avait vaguement
l'impression de quelque chose de défendu, de
nuisible, de sale... Il a fallu que l'inspecteur
insiste, explique, s'emporte pour que, enfin, ses
propos prennent un sens. Un sens qui l'avait
révoltée. Quoi ! L'opium et Gérard ! Qu'est-ce
que cela venait faire ensemble ? C'était impossible. Qui mieux qu'elle pouvait savoir que
Gérard était le dernier homme capable de ce
vice ?

À toutes les questions, Nelly n'a pas cessé de
répondre cela, jusqu'au moment où Gérard a
été ramené à l'inspecteur-chef. Gérard habillé,

un manteau plié sur le bras, le policier portant un sac fermé par des scellés.

« Bonne récolte ? lui a demandé son collègue.

— De première. Et toi ? La demoiselle ?

— Rien, une tête de mule. Chez nous elle sera plus causante. Allez, on les embarque avec leurs papiers d'identité. »

Dans la voiture, Gérard et Nelly n'ont pu échanger un mot. Il était assis à l'avant, elle, à l'arrière à côté d'un policier. Ils ont été conduits à un bâtiment sinistre au bord de la Seine et tout de suite séparés. Depuis elle n'avait pas revu Gérard, rien su de lui. Elle, on l'avait enfermée dans une cellule ; des policiers, tantôt les mêmes, tantôt d'autres venant l'y interroger. Ils lui promettaient, juraient que la liberté lui serait rendue, qu'elle ne serait pas inquiétée si elle consentait à donner quelques petits renseignements.

Mais que pouvait-elle dire, même avec la meilleure volonté du monde ? Elle n'avait rien, absolument rien à dire. Ce jeu horrible avait duré toute la journée de la veille et toute la matinée de ce jour. Et, alors qu'elle n'espérait plus rien, on l'avait, le soir venant, relâchée. Et alors elle m'avait appelé, appelé, à devenir enragée, démente. Chaque minute comptait pour tirer Gérard de sa prison.

« Vous, vous, criait Nelly agrippée à mes deux mains, vous le savez aussi bien que moi, Gérard

155

n'a jamais touché à cette saleté. Vous allez le dire, l'écrire, vous porter garant. »

J'avais baissé la tête et je ne disais rien. J'ai senti les doigts de Nelly se détacher doucement l'un après l'autre.

« Quoi ? a-t-elle chuchoté d'une voix qui faisait très mal. Quoi ? C'était vrai ! »

J'ai incliné un peu plus la tête.

« Et vous aussi ? »

À cette question-là au moins je pouvais répondre. Elle ne mettait que moi en cause.

« Alors, Gérard est perdu », a murmuré Nelly.

Du coup je me suis senti comme désentravé. Je devais agir.

J'ai appelé le quotidien auquel j'étais attaché ; j'ai demandé le rédacteur de l'équipe du soir qui *faisait* depuis dix ans la préfecture. Il y connaissait des fonctionnaires à tous les échelons, il avait lié amitié avec nombre d'entre eux et, service pour service, il obtenait beaucoup, vraiment beaucoup de choses.

Quand il a été en ligne, j'ai fait signe à Nelly de prendre un écouteur. Elle m'a entendu lui raconter l'affaire, lui dire d'employer auprès des gens qu'il fallait toutes les pressions, toutes les promesses nécessaires, de me mettre entièrement dans le bain.

« J'ai pris note, a répondu le préfecturier. C'est pas terrible. Tu peux être tranquille. J'ai arrangé des cas autrement coriaces. Pour aujourd'hui, dommage, les bureaux sont fermés à l'heure qu'il est. Mais demain dans l'après-midi au plus tard, ton copain sera dehors. »

Nelly a laissé retomber l'écouteur. Elle est restée sans bouger.

« Et voilà, lui ai-je dit. Tout est bien qui finit bien. »

J'aurais mieux fait de me taire. Ma voix était d'une fausseté à faire grincer les dents.

Malgré son état d'épuisement, Nelly s'est levée d'un bond, a cherché des yeux son sac. Elle ne pouvait pas supporter la pensée de rester un instant de plus chez moi... le complice... le traître. J'ai fait semblant de ne rien remarquer. J'ai dit qu'elle avait raison, elle serait mieux chez elle, j'allais la reconduire. Elle a refusé d'un mouvement de tête qui n'admettait pas de réplique.

« Je vais chez mon amie Clara... »

Elle a souri mais d'un sourire qui n'avait plus rien de commun avec son véritable sourire : tout petit, tout triste. Et elle a filé.

Courbé sur la rampe, j'ai écouté jusqu'à ce que cesse le bruit de ses hauts talons sur les marches. Puis je suis rentré chez moi, j'ai fermé la porte. Malgré cela, le martèlement des talons me suivait. Il était dans ma tête et faisait mal, très mal. Nelly avait dit quelque chose avant de partir. Quelque chose d'essentiel. Elle avait dit : « *Ils* savaient. »

Qui ça, *ils*? La réponse m'est venue en coup de masse. Les flics. Ce ne pouvait être que les flics. Et s'ils s'étaient comportés ainsi qu'ils l'avaient fait, tenant le succès pour acquis, c'est que... Avant même que la pensée fût arrivée à son terme, un nom s'est formé dans ma gorge et j'ai dû serrer les dents pour ne pas crier : RAPH !

C'était lui qui avait renseigné la police. Oui... lui. LUI, Raph. C'était une certitude indiscutable, entière, horrible. L'évidence m'a ébloui comme un éclair. Sur elle j'aurais joué ma tête.

Mais Raph... un homme qui n'avait que moi pour ami au monde, qui aurait volé, tué pour moi... Comment était-ce possible ? J'ai essayé de comprendre, cherché les profondeurs d'où était venue cette illumination affreuse. J'ai pensé au tourment qui rongeait Raph dès notre rencontre dans la librairie, à son réflexe de terreur quand je lui avais parlé de la fumerie chez Gérard. Il y avait aussi son attitude étrange envers ce dernier, l'hostilité, la sympathie, les élans et les reculs... À peine avais-je évoqué le règlement de comptes place des Ternes, son départ brusqué, brutal... Tout cela peut-être aurait dû éveiller la méfiance.

Peut-être... et peut-être pas. Et qu'est-ce que ça peut faire ? En cet instant, une seule chose était claire : Raph avait *donné* Gérard. Et j'en étais responsable, coupable.

J'avais présenté Raph comme un ami. Et, en ce temps-là, nous étions quelques-uns pour qui « l'ami d'un ami est un ami » n'était pas une formule en l'air mais une loi, une foi. De ces quelques-uns, Gérard faisait partie au premier chef. En fait, en vérité, le *donneur*, c'était moi. Un tel vertige m'a pris que, pour rester debout, j'ai dû me retenir à un coin de table. Trahi par Raph, traître à Gérard, je sentais littéralement, physiquement, mes appuis m'abandonner soudain : la confiance dans les hommes, l'amitié, mon honneur. Le mot est grandiloquent, emphatique, mais le sentiment qu'il inspire ne l'est pas, lui, et ne le sera jamais. La souffrance est devenue fureur délirante, démente. Trouver Raph. Au plus vite. Qu'est-ce que j'allais lui faire ? Je n'y pensais même pas... Il me fallait avoir Raph devant moi. Voilà tout. Ou bien ma tête allait éclater.

Je me suis habillé n'importe comment, j'ai jeté un manteau sur mes épaules et dévalé, ainsi que l'avait fait Nelly, les marches de l'escalier.

Seul objectif : Raph. Le plus rapidement. Je courus vers la station de taxis du quartier. Où que j'aille, il m'en fallait un. Mais où d'abord devait-il me mener ? Coupé du monde pendant quarante-huit heures, j'ignorais tout de ce qu'il pouvait faire ce soir-là, mais je connaissais à fond ses habitudes. Dès la tombée de la nuit, il sortait et suivait à peu près le même itinéraire jusqu'aux petites heures du matin. Nous l'avions pratiqué plus d'une fois ensemble. Ses étapes, je les avais dans la mémoire. Je le trouverais dans l'une ou l'autre.

Je me suis penché vers le premier chauffeur et là, tout à coup, au lieu d'un nom de taverne que j'étais prêt à lui dire, j'ai donné l'adresse de Raph.

J'étais attiré, mieux, j'étais tiré vers cet appartement. Voilà tout ce que je sais.

Il a ouvert au premier coup de sonnette.

Comme de juste, rien qui ressemblât à un bruit n'avait annoncé Raph. Simplement une silhouette vague s'était dessinée dans la pénombre d'un mince vestibule obscur.

« Bonsoir, Raph. »

Pas un mot de réponse, pas un mouvement. Ça m'était bien égal. Je le tenais. À travers les méchants rideaux de tulle d'une porte vitrée filtrait une lumière. La pièce tenait lieu à la fois de salon et de chambre, avec, partout, des livres. Sur le divan-lit et sur les deux fauteuils crasseux, sur la cheminée fissurée en faux marbre, à même le plancher écaillé — partout s'empilaient, traînaient des livres. Quelques-uns aux feuillets marqués par un long et fréquent usage s'étalaient ouverts entre les coussins du divan. Le lecteur avait dû aller de l'un à l'autre sans trouver dans ces auteurs ce qu'il cherchait. J'ai regardé les titres : *Le Comte de Monte-Cristo*, *Kim*, *Les Illusions perdues*. Ces volumes, j'en avais fait cadeau à Raph avec sur chacun un mot amical aux pages de garde...

Sur ma nuque j'ai senti une haleine. Le

souffle de Raph. Depuis combien de minutes se tenait-il là, dans mon dos ? Il chuchotait :

« Ça ne m'était jamais arrivé... Les bouquins, aucun secours. »

Une phrase de Raph m'est alors revenue à la mémoire. C'était chez Gérard et Gérard en avait été touché au plus profond. Je me suis tourné lentement vers Raph.

« Pourtant, vous vous rappelez... Il n'y a rien de bon, de beau que les livres. C'était bien de vous, ça ? »

On est restés un instant face à face. Depuis que j'étais là, je ne l'avais pas vu vraiment. Il avait le visage bouffi et d'un gris livide, une barbe de deux jours, drue, malpropre, et le regard comme dépoli. Je me suis souvenu de son accueil lorsqu'il m'avait vu apparaître du fond de la nuit sur son seuil. L'ombre d'un étonnement. Pourquoi cette insensibilité, ce manque total de réflexe ? Insomnie ? Abus de somnifères, d'alcool ? Et il continuait à se comporter comme quelqu'un hors de toute atteinte. Il s'est assis en silence, tête basse, et n'a plus remué. J'ai pris un fauteuil, les ressorts ont grincé. Machinalement, Raph a dit :

« Ils ne valent rien. Je vous demande pardon. »

C'était de ça qu'il s'excusait ! Pourtant je n'ai pas éprouvé d'indignation, de colère. Dès que j'avais mis les pieds dans cet appartement, j'étais maître de moi comme je ne l'avais jamais été, me semblait-il. Le temps ne comptait plus. Ma haine, à présent je l'aimais, et tout ce qui pouvait la nourrir. Je voulais que dure, dure le plaisir, la jouissance de traquer, de piéger Raph, pas à pas, doucement. Ne rien faire, rien dire, l'épier, le forcer à sortir de soi. Le silence a été long, très long. Mais c'est lui qui a fini par céder. Il s'est mis debout, m'a demandé :

« Un verre ? »

J'ai fait un signe de refus.

« Je pensais... Peut-être... a dit Raph maladroitement, péniblement, comme si ses cordes vocales étaient brûlées, je pensais... votre première visite. »

Il a espéré une réponse. En vain. À bout de forces et de voix, il a dit :

« Dommage... tout était prêt. »

Son regard était allé vers la cheminée sans feu. Entre les chenets il y avait, dans un seau plein de glace, une bouteille de Champagne et deux coupes. J'ai été pris d'une légère nausée. Et, malgré le serment que je m'étais fait de ne pas desserrer les dents, j'ai demandé à Raph :

« Vous attendiez quelqu'un ? »

Il a hoché la tête.

« Qui donc ?

— Mais vous, bien sûr », a dit Raph.

Ma nausée est devenue plus forte.

« Comment moi ? C'est moi que vous attendiez ? »

J'ai senti avec dégoût que je perdais le

contrôle de ma voix. Mais je n'y pouvais rien.
Raph a fait oui de la tête.

«Mais pourquoi, enfin pourquoi?

— J'étais sûr que vous saviez.»

J'ai crié alors (ce cri dans le silence de la nuit
et du meublé sordide, je l'entends encore). J'ai
crié:

«Savais... savais quoi, nom de Dieu?

— Vous saviez aussi bien que moi qui a donné
votre ami Gérard.»

Là, j'ai vu que, véritablement, les passions
n'ont pas de mesure, pas de limite. Quand
j'avais deviné la forfaiture de Raph, j'avais connu
à son égard une haine dont j'étais certain
qu'elle ne pourrait jamais être dépassée en
fureur et en fiel. Mais combien elle était tiède,
molle, auprès du sentiment qui m'a poussé vers
Raph cassé en deux sur son divan.

J'ai saisi Raph par les cheveux et lui ai
redressé la tête d'une secousse à briser des vertèbres. Il a vu — et qui ne l'aurait vu? — que
j'étais déchaîné, possédé, enragé, qu'il me fallait
le démolir, l'écraser. Il a poussé vers moi son
visage... il l'a offert.

Ça m'a coupé les bras. Mais comme il me
fallait trouver dans chacun de ses gestes une
nouvelle raison de le haïr, j'ai pensé à son entraînement de pugiliste et que mes poings ne
feraient que lui donner à bon compte encore
meilleure conscience. Je l'ai envoyé dinguer
contre les coussins et je lui ai dit, parce qu'il

m'était impossible de ne pas dire quelque chose :

« On ne frappe pas un boxeur véreux. »

Il a été debout tout de suite. En souplesse. En force. Sur ses yeux il n'y avait plus de voile. Il allait me sonner. Mais non... pas ça. Le regard incrédule, douloureux, semblait dire :

« Vous... vous... Ce n'est pas vrai... Vous n'êtes pas capable de coups si bas. »

Honte secrète ou fureur redoublée ? J'ai pris Raph aux épaules et me suis mis à le secouer avec autant d'aisance que si ce corps massif, au lieu de muscles, était bourré de paille. Et un vocabulaire auquel je prenais un plaisir affreux m'est venu tout seul à la bouche :

« Pourri, salope, enfoiré. J'ai connu bien des ordures dans ma vie mais comme toi, personne ! Jamais. Tu entends ? »

Toutes les injures, Raph les avait subies sans broncher. Mais aux dernières paroles, il s'est dégagé brusquement. Des taches rouges marquaient ses joues couleur de cendre. Ses lèvres tremblaient. Il a murmuré :

« Non... oh non... pas comme les flics. »

Les flics ? Qu'est-ce qu'ils avaient à faire ici ? Il ne m'a fallu qu'un instant pour deviner. J'avais tutoyé Raph et d'un tutoiement qui n'avait rien à voir avec l'amitié ou même la bonne franquette. Bien loin de là... C'était grossier, dégradant, destiné à dépouiller l'homme qui en était l'objet de tout sentiment de dignité, de tout respect de soi. C'était le tutoiement de policier à truand.

Ainsi, en même temps, Raph a su ce qu'il était devenu pour moi, et moi, j'ai repris mes sens.

Il m'interrogeait du regard avec je ne sais quel entêtement misérable dans l'espérance. Je l'ai fait attendre. J'ai sorti un paquet de cigarettes, choisi soigneusement l'une d'elles, l'ai allumée, ai tiré deux ou trois bouffées. Alors seulement j'ai répondu :

«Les flics, as-tu dit... Et pourquoi pas? Indic et poulet, c'est toujours copain, pas vrai? Comme toi et moi, pas vrai?»

Raph a reculé jusqu'au divan. Il s'est assis à la manière des éclopés, en plusieurs temps. Ses yeux étaient toujours fixés sur les miens mais n'interrogeaient plus. De nouveau dépolis, inertes. Et la bouche était veule, morte, comme paralysée.

«Et alors Gérard. Ça t'a rapporté gros?»

Il s'est borné à hocher la tête. Puis d'une voix neutre, il a dit :

«Vous êtes à côté de la plaque. Je n'ai pas vendu Gérard. Tout le fric de la terre n'y aurait pas suffi... J'ai *donné* Gérard.»

J'ai ricané bassement, salement.

«Pour vous, bien sûr, c'est la même chose, a repris Raph sans changer d'intonation et toujours cassé en deux. Pas pour moi. Il a été propre avec moi, Gérard. Il m'a reçu, traité comme si j'étais un des vôtres. En toute confiance. Non, pour tout l'or du monde, je ne l'aurais pas vendu. Mais je ne pouvais pas, je ne pouvais pas faire autrement. »

J'ai ricané de nouveau.

« Bien sûr, c'est toujours la faute de ce putain de sort, hein, Raph ? »

Il n'a pas entendu, sans doute. Il était ailleurs. Il gardait en parlant la même attitude et la même voix veule, impersonnelle. On aurait cru qu'il s'agissait d'un autre.

Il n'était tombé qu'une fois, une seule. Très jeune. Il commençait alors à boxer, disait-il. Beaucoup de gens qui n'avaient jamais mis les gants fréquentaient le gymnase où il s'entraînait. Curiosité. Goût du sport. Snobisme. Intérêt professionnel. Managers, hommes du monde et du demi. Publicistes, parieurs invétérés, ils « sortaient » les jeunes espoirs. Bars, restaurants, courses. L'un d'eux, bel homme, la trentaine, bien mis, courtois, affable, s'était pris de sympathie pour Raph, lui prédisait une grande carrière et, quand il était à sec, lui venait en aide largement, sans jamais demander à être remboursé. Raph le paierait le jour où il serait un champion, c'est-à-dire très vite. Mais un soir l'homme confie à Raph qu'il traverse une très mauvaise passe et il lui propose de le mettre sur un coup qui lui permettra de s'acquitter et, de plus, lui laissera un large bénéfice. Un coup d'une facilité enfantine : changer de faux billets de banque. Tout simple et rien à craindre. Le

faux-monnayeur, un as, avait fait ses preuves —
les caissiers n'y voyaient que du feu.

Raph a confiance dans son ami. Et il a pris ses
habitudes : bars et bistrots de luxe, Longchamp,
Auteuil. Il marche. Tout se passe comme l'autre
l'a prévu et la vie est belle. Et puis, un matin
dans le hall d'une grande banque, alors que
devant l'un des vingt guichets Raph attend que
le caissier ait fini de compter un à un les gros
billets, il est encadré soudain par deux hommes.
Et l'un d'eux lui souffle à l'oreille :

«Venez et sans histoire. Attention nous
sommes armés.»

Un caissier plus averti, plus soupçonneux qu'à
l'ordinaire a déclenché le système d'alarme.
Puis... commissariat du quartier. Panier à salade.
Quai des Orfèvres. Là un petit bureau avec deux
inspecteurs. Jeunes. Pas l'air méchants du tout.
Ils parlent à tour de rôle, avec cœur : «Pauvre
gars, pas de chance vraiment : la main dans le
sac. Et quel sac ! Fausse monnaie. Crime majeur
— les assises. Même pour un simple complice,
très lourde peine. La taule pour des ans et des
ans. Dommage, un garçon si jeune. Casier
vierge. Toute la vie devant soi... Mais il y a peut-
être moyen de le sortir du trou avant qu'il n'y
tombe. Ils veulent bien l'aider. Comment ? Eh
bien, il leur raconte tout et qu'est-ce qu'il peut
bien faire d'autre quand toutes les preuves, tous
les témoins sont là ? Il signe le procès-verbal. Ils
le fourrent dans leurs dossiers et ça ne va pas

plus loin. Ni vu ni connu, adieu le juge d'instruction, la cour d'assises, la prison. Libre comme l'oiseau. Pas même surveillé. Évidemment, il y a un petit contre-poids : service pour service. Naturel, non ? Si tu as un renseignement intéressant, eh bien, tu l'apportes ici. Oh, pas souvent, quand tu peux... une ou deux fois par mois. Et tu es tranquille. Et si tu y mets vraiment du tien et qu'il t'arrive par mégarde une mauvaise aventure, eh bien, mon Dieu, on est là [*un clin d'œil*]. Compris ? »

J'avais commencé à écouter Raph avec impatience et colère. Il remontait au déluge ! Et ce débit si lent, si morne !... Cela pouvait durer des heures ! Je n'étais pas dans ce meublé sinistre pour contempler une silhouette voûtée, les coudes aux genoux, le menton au creux des paumes, et moins encore pour entendre l'histoire de sa vie. J'étais venu pour abattre les défenses de Raph et le voir tordu de remords implorer mon pardon. Je devais arrêter son odieuse litanie. Plus d'une fois j'ai été sur le point de le faire. Et n'ai pu m'y décider.

C'est que, d'instant en instant, la voix sans timbre semblait s'en aller, s'en aller loin, plus loin, si loin de tous et de tout. Elle ne se plaignait pas. Elle ne demandait rien. Elle ne s'adressait à personne, pas même à celui qui s'en servait. À qui donc Raph pouvait-il parler de la sorte, sinon à son destin ?

Et Raph qui, je ne sais comment, ne reprenait

jamais un souffle de répit, poursuivait son histoire. Pénombre gluante dans laquelle travaillaient indicateurs et gens de police. Faux jour où se tenaient l'achat et la vente de la délation, de la liberté, de la corruption et du crime. Terminée la bonhomie des rapports ; il ne recevait plus que des ordres. Impérieux, grossiers et qui exigeaient toujours davantage de renseignements plus nombreux et plus sûrs. Impossible de se borner à la chance, de raconter des bruits recueillis par hasard. Il fallait fureter, pister, provoquer la confiance. Au besoin monter un coup, se mouiller pour faire tomber les autres.

Lui, il avait le condé. Les flics l'en sortaient toujours. Seulement, chaque fois il avait à signer un nouveau procès-verbal d'aveu. Fric-frac, carambouillage, chantage, combat de boxe frauduleux. Oui, quand sa chasse n'avait rien donné, faute de mieux, il vendait les copains. D'ailleurs, il n'y a plus eu pour lui de copains. Plus de boxe. Personne.

Seul l'envoûtement sous lequel me tenait la voix de Raph, sans timbre, sans espoir ni haine, sans complaisance ni merci pour lui-même, m'a empêché de crier : « Assez ! Tais-toi ! Je n'en peux plus. » Il me semblait que sous mes yeux se défaisait, se décomposait, vivant, un être humain. Et je souffrais de dégoût et de pitié.

Et le dégoût, j'en avais honte. À la place de Raph n'aurais-je pas agi comme lui ? Et la pitié, je n'en voulais pas, je devais punir ce vendu.

Il fallait sortir de ce cauchemar. N'importe comment. Par n'importe quel moyen. J'ai parlé très vite, très fort :

« Pourquoi ne m'avoir pas prévenu ? »

Raph s'est retourné vers moi péniblement et m'a regardé comme s'il avait du mal à me reconnaître. Il avait besoin de se retrouver, de s'ajuster au temps présent. Enfin, il a compris ma question. Il a eu un étrange sourire.

« Si je l'avais fait, a-t-il dit, votre amitié, est-ce que je l'aurais gardée quand même ? »

Sans doute l'orgueil m'a permis de soutenir le regard de Raph. Mais à quel prix ! Il avait visé juste, il avait touché le point faible. Il me prenait en faute, le salaud. Pour se défendre, ma mauvaise conscience n'a trouvé qu'un moyen : l'aveuglement de la colère. Venu tout contre le divan, j'ai relevé d'un coup le menton de Raph et j'ai dit à ce visage si proche du mien qui était flou, sans contour :

« Écoute, ordure, je ne vais pas m'amuser à discuter avec toi. Je ne m'en irai pas sans savoir une chose : pourquoi as-tu fait prendre Gérard au lieu de l'une de tes vermines ? »

Raph s'est borné à enlever doucement ma main de son menton. On s'est regardés en silence. Ce qui m'a frappé à cet instant, c'étaient les poils rêches, drus, malpropres, qui avaient poussé très vite, semblait-il, sur ses joues cireuses. Je me rappelle avoir pensé : comme chez les morts.

« Eh bien, ai-je demandé, pourquoi Gérard ?

— C'était lui au quai des Orfèvres ou bien moi dans le trou », a répondu Raph en me regardant droit dans les yeux sans montrer aucune gêne.

Il m'a donné ses raisons aussi nettement, froidement, que pourrait le faire un caissier qui présente ses comptes. Tout était sa faute, il en convenait. Mais les policiers l'avaient prévenu :

« Attention, tu prends le chemin du trou. »

Ils ne plaisantaient pas. Pour rattraper son déficit en délations, Raph a truqué. Renseignements ramassés n'importe où. Fausses pistes. Tuyaux bidons. Il a gagné quelques semaines. Puis, forcément, à la P.J. ils ont découvert son jeu. Ils l'ont eu mauvaise. Ils ont fait venir Raph pour lui dire que si avant la fin du mois il n'apportait pas une affaire bien ficelée, bien roulée, impec, c'était pour lui le bout de la route. Jeté aux chiens. Et l'on ne se contenterait pas de menu fretin, de tout-venant. Une affaire qui en vaille la peine, avant la fin du mois. Vu ?

Si c'était vu ! Fini les scrupules. Au rancart la conscience. Raph s'est mis fiévreusement en chasse. Seulement voilà, était-ce par manque de chance ou bien avait-il perdu la main, le flair ou encore cette terrible échéance, il ne possédait plus le sang-froid nécessaire, en tout cas pas trace d'un homme à livrer. Et le compte à rebours filait, filait. Plus que douze jours... dix... cinq... Alors Raph s'était donné encore quarante-huit heures. Après, s'il n'y avait toujours rien de neuf, il mettrait entre les flics et lui une frontière : Belgique, Suisse, Espagne, n'importe. Pas drôle. Tout reprendre de zéro. Ne jamais me revoir. Ça aussi il l'a mentionné en passant...

Il avait pris cette décision un matin au réveil. Le soir, nous nous sommes retrouvés à la librairie des Grands Boulevards. Gérard venait de me quitter pour préparer la nuit d'opium. Raph en a eu le tournis. Son gibier, enfin... Et qui l'attendait, l'invitait. Un gibier à enchanter la Mondaine. La drogue. Pas celle des pauvres, des cloches. Le public aimait ça : mystère, Extrême-Orient, visions extraordinaires... Sauvé d'un seul coup.

Raph s'est tu assez longtemps et j'ai cru qu'il en avait terminé. Non, pas encore. Il a quitté soudain le divan, est allé s'appuyer contre un mur comme s'il avait besoin d'être soutenu et il a parlé de nouveau. Mais la voix avait complètement perdu son débit mécanique et le visage était d'une mobilité, d'une sensibilité surprenantes. Dans cette faveur du sort, il y avait un os, quelque chose qu'il n'avait pas prévu. La personne de Gérard. De penser que demain Gérard serait quai des Orfèvres aux mains des flics, avait tordu les tripes de Raph.

Le gibier qu'il avait donné jusque-là c'étaient tous des vicieux, des malfrats, des condés. Mais Gérard !

Quand Raph était parti en trombe de chez Gérard, il ne savait pas vraiment... Il avait marché au hasard dans la nuit. Jusqu'à ce que la nuit gelée lui ait remis les idées en ordre. Oui, bien sûr, donner Gérard : dégueulasse ! Mais, après tout, qu'est-ce que ça représentait pour Gérard ? Une, peut-être deux mauvaises journées à passer, il avait du cran. Une amende, peut-être grosse, à payer : il avait de l'argent. Rien de plus. Rien de profondément changé dans sa vie tandis que lui, Raph, s'il laissait passer cette dernière chance (un tremblement de peur a déformé ses traits), lui, Raph, avec tous les aveux signés, tamponnés, enregistrés, il était bon pour des années derrière les barreaux, des années sans fin. Et la relégation sans doute.

Était-ce moi ou lui-même qu'il essayait de convaincre ? Un dernier argument lui est venu.

« Et encore, a-t-il dit, la taule n'était pas le plus terrible. Il y avait tous les autres taulards. Les flics m'avaient menacé de les affranchir sur moi. Ils l'auraient fait. Ça, pas question, j'étais cuit. De bouche en bouche, de cellule en cellule, de cantine à cantine, de préau en préau, je les entends : "Prenez soin de Raph, le vendu, le donneur." Il n'y aurait pas eu de cadeau, je vous le jure. Déjà des bruits avaient couru dans le milieu à ce propos. »

J'ai pensé et j'ai parlé en même temps :

« C'était donc ça, la place des Ternes, les deux balles, le règlement de comptes ? »

Raph a eu un petit rire grêle où se confondaient moquerie et amertume.

« Eh oui, a-t-il dit, ça n'était que ça, la vraie histoire. C'est elle qui vous a donné envie de me rencontrer. Mais pour vous, elle est devenue drame du milieu, guerre des gangs, honneur de truands. Le grand bla-bla... Alors qu'il s'agissait d'effacer un indic. »

Il a coupé net son petit rire, s'est tu à nouveau. Puis, usant de cette faculté de changer d'une seconde à l'autre d'attitude et d'expression, il a souri avec la tristesse et la tendresse que peut inspirer le souvenir d'un vieux rêve et sa voix s'est accordée à ce sourire :

« C'est quand même de ça que tout est venu. Les livres d'abord : vous m'avez appris qu'ils guérissaient tout. Et puis l'amitié : vous m'y avez fait croire. »

Raph a secoué soudain la tête et si fort qu'elle est allée cogner le mur contre lequel il s'appuyait. Il ne s'en est pas aperçu et a repris sourdement, sauvagement :

« Et tout ça, du bidon. Les bouquins, aujourd'hui je m'en fous. Et l'amitié... Où elle est, votre amitié ? Quand moi qui, vous le savez bien, tuerais pour vous encore en ce moment, vous me lâchez parce que, à moins d'y laisser ma peau, il a fallu que je marche dans cette combine. C'est pas vrai, dites, c'est pas vrai ? »

Malgré tout, il restait comme une étincelle d'espérance dans le malheur de ses yeux. Puis il est retourné à son divan en disant :

« Je sais bien, tout ça vous a fait mal. Vous

174

n'avez plus confiance. Mais vous êtes riche en amis honnêtes, instruits, qui ont de la classe, qui sont propres... Ça ne vous manquera pas long-temps d'en avoir perdu un qui était un salaud. »

Ses épaules ont commencé de tressaillir. Il s'est plié en deux pour coller sa bouche contre un coussin et n'a pas eu le temps d'étouffer le hoquet du sanglot. Alors il s'est mis à répéter indéfiniment :

« Un pauvre salaud... un pauvre salaud... un pauvre... »

Cela, je n'ai pas été capable de le supporter. Je me suis levé. Je suis parti. Je ne pensais plus rien. Je n'avais plus envie de rien.

Gérard a été relâché le lendemain en fin d'après-midi. Le préfecturier de notre quotidien m'en avait formellement donné l'assurance. Mais je ne l'ai cru qu'en voyant Gérard sortir du bâtiment de la police judiciaire. Je l'ai embrassé avec une force et une émotion qui l'ont touché. Mais l'un de nos mots d'ordre était : pas de sen-siblerie. Il a donc fait semblant de se défendre et dit gaiement :

« Tu tiens absolument à te compromettre avec un drogué ? »

J'ai répondu sur le même ton :

« Sois tranquille. À la "Grande Maison", c'est déjà sur ma fiche. »

Nous avons ri ensemble. Mais je me suis arrêté avant lui. J'avais pensé à Raph : « Ah non, me suis-je dit, non et non. Il ne va pas m'empoisonner ces retrouvailles ! » Trop tard. La question que je m'étais posée tout le long du jour était là de nouveau. Comment allais-je apprendre à Gérard qu'il avait été vendu et par qui ? J'étais tenu de le faire. Je ne pouvais pas, sous peine de lâcheté impardonnable, laisser ignorer la trahison de Raph dont j'étais, moi, responsable. Je n'avais qu'un souhait : cet aveu, m'en débarrasser, m'en délivrer au plus vite. Mais j'entendais Gérard :

« Formidable, vieux, l'air de Paris. Et ces lumières, ces premières lumières qui tremblent sur la Seine. »

Il se taisait un instant pour reprendre :

« Et ces parapets, ces bons vieux rugueux parapets ! On fait un bout de chemin à pied. Ça va ? »

Non ! Je n'allais pas lui gâcher ce premier bonheur. Plus tard... plus tard. Lorsqu'il aurait repris équilibre, sang-froid. Au moment où ça lui ferait le moins de mal.

Nous allions bras dessus, bras dessous. Sa joie devenait la mienne. Soudain, il m'a serré l'épaule d'un mouvement très fort et très bref et dit rapidement :

« Sans toi, j'y serais encore. Ne dis pas non. Je le sais, par ton copain du journal. »

« Sans toi... », remerciait Gérard !

Moi, bon Dieu, moi qui l'avais fait prendre. Mais que faire ? Pour Gérard, cela embellissait encore sa liberté de la devoir à un ami. Et voici qu'il reprenait :

176

« Oui, sans toi j'en avais encore pour un bon bout de temps... »

Je l'ai interrompu :

« Mais pourquoi veux-tu ? Ils avaient tout ce qu'ils voulaient : le matériel, l'opium. Ils ne pouvaient rien demander de plus.

— Tu oublies le marchand. Pour eux, c'était le principal. Ils espéraient me fatiguer à l'usure. »

Il a eu l'un de ses plus beaux rires, m'a donné une grande tape dans le dos.

« Tu me vois dans la peau d'un indic ! »

Je me suis senti épuisé. Nous avons pris un taxi. J'ai demandé à Gérard :

« Tu as eu des nouvelles de Nelly ?

— Comment veux-tu ? *Incomunicado.* »

Malgré le froid, il baissait une vitre pour se repaître des feux de la ville.

« Tu l'as vue, toi ?

— C'est elle qui m'a mis au courant.

— Plutôt déprimée, je pense...

— Plutôt.

— Pauvre gosse, a soupiré Gérard toujours le nez à la fenêtre. Je n'imaginais pas avant de la rencontrer combien ces filles sont en dehors de la vie. Esclaves du métier. Contrats draconiens. Sagesse obligatoire. J'ai dû la racheter... »

Il s'est enfin tourné vers moi :

« Elle m'attend ? »

J'ai dit que je ne le croyais pas. J'avais téléphoné plusieurs fois en vain.

L'état de son appartement a dégrisé Gérard. Ses yeux ont fait le tour de la pièce.

« On était si bien ici la dernière fois, tu te souviens ? Encore une chance qu'on se soit séparés assez tôt. Deux heures de plus et vous étiez bons vous aussi. Toi, encore, tu t'en tirais. Mais Raph, le pauvre, avec son pedigree... »

Raph ! Raph ! Gérard avait eu peur pour Raph ! À crever de rire ou de chagrin, ou les deux à la fois. Cela ne pouvait pas durer davantage. L'instant était venu... J'allais tout lui avouer. Mais il a ajouté :

« Pour le moins, Raph était cité comme témoin. (Il a vu que je ne comprenais pas.) Il n'y a de joué que le premier acte. Mon dossier n'est pas classé. »

J'ai bredouillé :

« Mais alors...

— Eh oui, mon vieux. Parquet, instruction, tribunal, toute la gamme... Pour moi, je m'en fous. Mais mon journal bien-pensant n'aimera pas ça. Et puis ma "sainte famille"... »

J'étais incapable de lui dire quoi que ce soit. Gérard en correctionnelle. Voilà où je l'avais conduit.

Je devais avoir un air vraiment misérable. Gérard m'a donné une claque dans le dos.

« Allons, ma vieille, on ne va pas pleurnicher tout de même. Écoute, je me fais propre, je quitte mes frusques de gardé à vue et on sort. »

Je suis resté avec les livres et les manuscrits

brutalisés. Il y en avait partout. J'ai dû débarrasser un fauteuil pour m'asseoir et j'ai fixé mon
regard sur le plafond blanc, en essayant de ne
plus penser. Un furieux mouvement intérieur
m'a mis debout et obligé d'aller et venir d'un
mur à l'autre. À chaque pas, mon idée fixe prenait plus de pouvoir. Ce qui attendait Gérard
était inadmissible, impensable. J'avais livré un
ami ! Si je n'empêchais pas qu'il paie ma faute,
je n'étais — et pour la vie — qu'un lâche, une
larve. Empêcher... empêcher... découvrir le
moyen... le moyen...

Mon front était brûlant. Je l'ai collé à la vitre
glaciale d'une fenêtre. Peu à peu s'est arrêtée
l'espèce de vis sans fin qui me taraudait le cer-
veau. Alors tout est devenu d'une simplicité
impitoyable. De quoi s'agissait-il ? Ne pas laisser aller le dossier de Gérard jusqu'au Parquet.
Comment ? Seule possibilité : trouver parmi les
gens que je connaissais un homme en place,
assez influent et assez courageux pour obtenir,
au besoin imposer, cette atteinte aux règle-
ments et aux lois. Et qui accepte de se compromettre uniquement pour me rendre service.
Uniquement. J'ai vu défiler devant mes yeux clos
beaucoup de visages. Patrons de presse, hauts
fonctionnaires, députés, ministres. Ils ne faisaient que passer. Aucun ne pourrait ou, s'il
pouvait, ne voudrait... Et puis, il y a eu ce front
un peu dégarni, ce menton un peu empâté, ce
nez légèrement camus. J'ai quitté l'embrasure

de la fenêtre. Oui, oui, lui seul et personne d'autre.

Au front en 1918, dans les tranchées de Champagne où j'avais été envoyé pour une semaine par mon escadrille — liaison avec l'infanterie —, nous avions sympathisé. Il avait une quinzaine d'années et deux ou trois galons de plus que moi. Il m'a pris en protection, affection. Sans doute parce qu'il aimait les poèmes et qu'à cette époque je savais des milliers de vers par cœur. Aussi, parce que j'étais un jeune chien un peu fou. On a bu ensemble l'affreuse gnôle du soldat. Quand je suis parti, on se tutoyait. À ma démobilisation, c'est un des premiers visages que j'ai voulu retrouver.

Depuis, je l'avais peu revu. Mais j'étais sûr de lui, plus que de moi-même. Il m'avait dit une fois pour toutes : « Si jamais tu es en difficulté et que tu me le caches, je ne te le pardonnerai pas. »

L'occasion ou jamais se présentait. Dans le magma de livres, je cherche l'annuaire du téléphone. Le voici. J'appelle le service que dirige mon ami.

« Pas là. En conférence à l'extérieur », répond sèchement une secrétaire.

J'essaie le domicile particulier. Là, j'ai plus de chance. La vieille et brave femme de chambre m'a ouvert la porte deux ou trois fois et sa mémoire est bonne. Elle sait que je suis un intime du patron. Elle parle sans réticences :

« Monsieur ne dîne pas à la maison, mais je

vous donne son numéro confidentiel où vous pouvez l'appeler à partir de dix heures. »

J'appuie de nouveau ma tête contre la vitre. Gérard revient. Rasé, baigné, sentant bon.

« Foutons le camp, dit-il. J'ai besoin de lumières, d'un peu de boucan, de copains. »

Nous voici dans un bar des Champs-Élysées où nous avons nos habitudes. Gérard est heureux. Il a le droit, lui, de se laisser aller au plaisir de vivre. Moi je ne fais que penser à ce coup de téléphone. Ce numéro confidentiel, qu'est-ce que c'est ? Affaire d'État ? Partie de poker ? Une maîtresse ? Quelques camarades ont remarqué mon silence.

« Tu es amoureux ? » dit l'un.

Je réponds que je suis en train d'écrire dans ma tête un article à livrer cette nuit même. On me laisse en paix. Le temps court avec une lenteur incroyable. On joue les verres aux dés. Je suis gros perdant. Bon ou mauvais présage ? On dîne. Je consulte sans cesse ma montre. Nouvelles plaisanteries :

« Ça vient, l'inspiration ?

— Tu veux qu'on s'y mette à plusieurs ? »

Enfin, enfin dix heures. J'attends cinq minutes et descends deux à deux les marches qui mènent aux cabines du téléphone. À peine ai-je perçu un déclic à l'autre bout du fil que j'ai donné le nom de mon ami et le mien. Pas de réponse mais l'on n'avait pas raccroché. Il y a eu un silence affreux. Et le téléphone a dit :

« Salut ! »

Sa voix ! Il me parlait... Il ne m'en voulait pas. Sans me laisser le temps de placer un mot, il m'a demandé :

« Coup dur, hein ? »

Je l'aurais embrassé. L'indiscrétion de mon appel lui avait suffi pour tout comprendre. J'ai répondu :

« Très dur.

— Mon bureau, demain matin, huit heures, a-t-il dit. Salut. »

J'ai remonté très lentement l'escalier. Je n'arrivais pas à reprendre haleine.

« Alors, ton journal, c'est arrangé ? » m'a demandé Gérard.

Je lui ai répondu avec un clin d'œil :

« Tout est arrangé. »

Il n'a pas deviné ce que signifiait le clin d'œil. Ou n'a pas voulu deviner.

Je n'ai pas traîné longtemps. J'ai usé à nouveau de l'article imaginaire. Mais je ne parvenais pas à m'endormir. Alors j'en ai écrit un vrai, promis depuis longtemps à un magazine.

Le lendemain matin, j'étais bien en avance pour mon rendez-vous. Je me suis réfugié dans un café. Là, l'inquiétude m'a repris. L'attente est de mauvaise compagnie. Je me suis rappelé que mon ami était tout d'un bloc et qu'il avait peu d'indulgence pour les faiblesses humaines. Surtout pour celles qu'il ne comprenait pas. La pratique des stupéfiants, en particulier, lui inspirait mépris et dégoût. Voudrait-il, même en ma faveur, renier ses principes ?

Un huissier m'a conduit, sans rien demander, jusqu'au grand bureau officiel. Mon ami m'a étudié une seconde à travers les verres de ses lunettes — il en portait maintenant — et a dit :

« Pauvre mine... Raconte. »

Il s'est mis à griffonner des carrés, des triangles, des losanges sur une feuille à l'en-tête du service qu'il dirigeait. Quand je me suis tu, il a déchiré le papier en menus morceaux, les a jetés dans une corbeille. Puis a dit :

« Ton petit copain, je m'en fous. Une histoire minable et qui sera vite oubliée. On en a vu d'autres. Toi... c'est grave. Tu en serais tout démoli en dedans. Question d'honneur... »

Le mot lui était venu sans gêne ni emphase. Il y croyait.

« Bien, on va régler ça. »

Sur un des nombreux téléphones posés devant lui, il a demandé un numéro en ajoutant : « urgent et direct ». Puis :

« Salut, Jacques. »

Il a résumé l'affaire en quelques mots : le nom de Gérard, le jour de la descente de police... garder absolument le dossier. Il en avait besoin. Confidentiel. Il voulait une réponse au plus vite. Il a raccroché, m'a souri.

« Ça ne sera pas long. Jacques est un rapide. »

J'ai tiré un paquet de cigarettes de ma poche.

«Détends-toi, a dit mon ami. Stopper quelques paperasses, ça n'est pas sorcier.»

Tandis qu'il évoquait nos souvenirs, je ne pouvais m'empêcher de regarder le téléphone... Enfin la sonnerie.

«Oui, Jacques», a répondu mon ami.

Il a écouté en silence. La communication a été brève.

«Merci, Jacques.»

Il a raccroché, m'a regardé droit dans les yeux.

«Manque de pot. Le dossier, depuis hier soir, est au Parquet.»

La cigarette s'est mise à tressauter entre mes lèvres. Il a fait le tour de son bureau, s'est approché de moi.

«Je sais, ma vieille, a-t-il dit — sa voix était voilée, rude et tendre —, je sais... Passe-moi donc une de tes cigarettes.»

Il a fait le tour de la pièce en aspirant profondément la fumée, est revenu à sa table, a griffonné de nouveau quelques figures géométriques. Tout en le faisant, il parlait lentement :

«Je ne te promets rien. Mais ce soir, à partir de minuit, tu ne bouges pas de chez toi. Si, deux heures plus tard, je ne t'ai pas appelé, va te saouler où et tant que tu voudras. Vu?»

Cette journée, cette soirée, je préférerais ne pas m'en souvenir... La sonnerie n'a retenti qu'à la dernière limite du temps que m'avait fixé mon ami.

« Je suis à mon bureau. »

Et il a raccroché.

Un veilleur de nuit m'a guidé à travers les corridors obscurs. Je me sentais glacé. Dans le bureau, il y avait un grand feu de bois. Il m'a fait signe de venir à côté de lui.

« Voilà », a-t-il dit.

Au milieu de la table, bien en évidence, reposait un dossier. Sur la couverture un numéro et un nom. Celui de Gérard.

« Tu l'as vu. Tu pourras le certifier à qui de droit. »

Puis il a pris le dossier, est allé à la cheminée et l'a brûlé feuille par feuille. Il n'a pas bougé jusqu'à ce que tout fût réduit en cendres. Il les a remuées soigneusement. Quand il s'est redressé, il avait un visage très fatigué et comme sali. Il s'est essuyé, frotté les mains avec un mouchoir, longuement, brutalement. On eût dit qu'il cherchait à s'enlever la peau. Le mouchoir, il l'a brûlé aussi et a grommelé :

« Voilà, c'est fait. On s'en va. »

Il a éteint. Nous sommes descendus en silence. Une fois dans la rue, j'ai essayé de le remercier. Il m'a coupé la parole :

« C'est bon. Tu me dois un dîner. Mais tâche de le faire avant une nouvelle catastrophe. »

Il s'est perdu dans la nuit.

Beaucoup plus tard, ayant pris sa retraite, mon ami m'a donné quelques détails. »

Deux hommes bien placés qui, paraît-il, lui devaient beaucoup ont réussi cette fameuse nuit à s'introduire sans effraction dans les locaux déserts du Parquet. Ils ont pu repérer aisément le dossier. C'était l'un des derniers. Il gisait sous un monceau de documents plus anciens. Quand et par qui serait-il réclamé ?

Je suis resté figé, estomaqué. Pourtant, si j'avais appris la chose alors, je n'y aurais prêté aucune attention. Tout m'était égal, éperdument égal, sauf de courir réveiller Gérard.

Malgré l'heure qu'il était, Gérard ne dormait pas. Il achevait de mettre en ordre sa bibliothèque.

« Tu vois, c'est presque fini », m'a-t-il annoncé fièrement.

J'ai crié :

« On se fout des bouquins, on se fout de tout. Embrasse-moi.

— Qu'est-ce qui se passe ? On t'envoie enfin en Mandchourie ? »

J'ai fait un grand effort pour parler distinctement :

« Ton dossier, tu entends, tu comprends ? Ton dossier, eh bien, ton dossier, disparu, effacé, évanoui. »

Gérard m'a examiné d'un air soucieux et dit :

« Tu n'es pourtant pas saoul...

— Imbécile, je l'ai vu flamber. Ne demande aucun détail. Je n'ai pas le droit... Mais je l'ai vu, sur mon honneur. »

Il ne pouvait plus ne pas me croire. Néanmoins, il lui fallait quelques instants. Alors, il a dit d'une voix un peu enrouée :

« Quel ami tu es, mon vieux. Quel... »

Je l'ai interrompu rudement :

« L'ami, le vrai, le grand, c'est l'autre. Celui que je ne peux pas nommer. »

Dans la foulée, j'ai raconté l'histoire. D'un bout à l'autre. C'était long. Comme je finissais, le petit jour est venu. Gérard se taisait. Je lui ai demandé :

« Qu'est-ce que tu en penses ?

— Je me demande, a-t-il répondu, oui, je me demande ce que, à la place de Raph, toi ou moi nous aurions fait. »

La réponse n'était pas facile à trouver. Il m'arrive parfois de me poser encore la question.

« JE ME SOUVIENS,
MA MÈRE DISAIT... »

1921. C'est cette année-là que tout a commencé. Et mon souvenir de cette première nuit est précis, net. J'étais avec Raymond Radiguet. Cocteau, un peu plus tôt, me l'avait présenté. Raymond était plus jeune que moi de quelques années mais sa maturité, sa profondeur, sa fantaisie un peu glacée m'attiraient. Nous étions devenus très amis.

Nous avions dîné dans un bistrot à Montmartre, du côté de la place Clichy. Nous marchions. Nous parlions de tout et de rien en descendant la rue Pigalle.

Et devant nous, aux portes des cabarets, des boîtes, de solides gaillards, des cosaques, toque de fourrure sur la tête, cartouchières croisées sur le torse et autour de la ceinture, amples pantalons enfoncés, froncés dans de hautes bottes cirées, impeccables, nous faisaient un signe de la tête pour nous faire entrer. Mais nous passions. Au travers des portes fermées, nous parvenaient les airs d'une musique déchaînée, des accords sauvages, endiablés, captivants. J'avais une envie impérieuse de m'y laisser prendre. Et je résistais. Et Riga me revenait à la mémoire. Je pressais le pas. Riga... Riga...

De toute façon, ni Raymond ni moi n'avions un sou. À nous deux, c'est à peine si nous aurions pu nous offrir une demi-bouteille de champagne. Alors à quoi bon ?

Nous marchions donc. Mais à nouveau, devant chaque porte que nous passions, la musique étouffée réveillait en moi des ardeurs profondes et faisait résonner le nom de Riga plus fort dans ma tête.

Riga était la capitale de la Lettonie, une ancienne province de l'Empire russe, redevenue indépendante. Je m'y étais rendu quelque temps plus tôt dans le but d'y obtenir un visa pour la Russie où je voulais à tout prix faire un reportage. À Paris, il m'avait été impossible d'obtenir un tel visa. Là-bas, m'avait-on dit, j'avais une chance.

Au consulat russe de Riga, lorsque j'ai fait ma demande, on ne m'a répondu ni oui ni non. La seule réponse : « Bon, attendez, attendez. »

J'attendrais donc. Je vivais à l'hôtel, au France Hôtel. Et, le soir de mon arrivée, épuisé par la traversée de l'Europe entière en train, les passages de frontières, les formalités en tout genre, je m'étais enfermé dans ma chambre. Sommeil de plomb. Le lendemain, je prenais contact avec des socialistes-révolutionnaires dont, à Paris, on m'avait donné les adresses. Tous étaient anti-

tsaristes, et tous avaient un lourd passé de propagande, de terrorisme, d'attentats, de prison.
Certains d'entre eux avaient purgé quelques
mois de peine dans les bagnes de Sibérie.
C'étaient eux aussi que je venais voir.

Au cas où le consulat me refuserait mon visa, il
y en aurait bien un pour m'aider à franchir la frontière, espérais-je. Au besoin, clandestinement.

Le deuxième soir donc, il était minuit environ, je venais de quitter l'appartement de l'un
de ces révolutionnaires et je marchais dans les
rues. Je rentrais à mon hôtel, lorsque je fus saisi
par des bouffées de musique enivrantes.

C'étaient des cris, des chants, des plaintes.
Et cela me prenait aux entrailles, il n'y a pas
d'autres mots. J'ai descendu deux ou trois
marches. J'ai poussé une porte. En face de moi,
habillées d'oripeaux bariolés de couleurs vives,
crues, rouges, verts, jaunes, violets, bleus, des
femmes enveloppées de châles, drapées dans
des écharpes criardes, la poitrine chargée de
colliers éclatants comme leurs bracelets. Leurs
regards étaient ardents, leurs visages intenses,
marqués. C'étaient des tziganes. Des gitans. Je
me suis assis, j'ai commandé à boire. À six
heures du matin, la boîte a fermé. Je n'avais pas
vu les heures passer.

Chaque matin je retournais au consulat. On
m'y recevait très aimablement, avec un inva-
riable sourire. Mais tous les matins la réponse
était la même :

« Pas de nouvelles... pas de nouvelles... Il faut attendre. »

Pendant quinze jours, la réponse n'a pas varié. Et mes amis socialistes-révolutionnaires m'avaient fait comprendre qu'ils ne pouvaient prendre le risque de me faire passer la frontière. Je parlais le russe couramment, mais mon accent, mes intonations étaient trop peu semblables à ceux des paysans et des ouvriers de Russie.

J'ai perdu tout espoir. Plus rien ne me retenait à Riga, pourtant je ne pouvais partir. J'étais prisonnier des tziganes. Quoi que je fasse, il fallait qu'à minuit je sois dans cette boîte. Quoi qu'il advienne, il fallait que je puisse y rester jusqu'à l'aube. Rien ne comptait face à l'exaltation prodigieuse que faisaient sourdre en moi ces chants et que décuplait encore l'alcool que je buvais. C'était pour moi comme une magie noire.

Par chance, mes amis n'avaient pas un sou. Aussi, quand j'ai eu tout dépensé, il m'a été impossible d'emprunter. Cette fois, il ne resta plus qu'une solution : le retour à Paris. Un sursaut de raison m'a décidé à tirer un trait sur les nuits tziganes. Cela avait été une parenthèse magnifique. Mais je m'en tiendrais là.

Je revivais en pensée ces nuits de folie lorsqu'à l'angle de la rue Pigalle et de la rue de Douai, une porte s'est ouverte devant nos pas. La bouffée de cette musique orageuse a tout emporté en moi. Une voix chantait la vie, l'amour, la tristesse. C'était trop. Trop à la fois. J'ai saisi Radiguet par le bras. Nous avons basculé... dans un autre monde.

Il y avait là un chœur de sept ou huit personnes, des danseurs, et ces complaintes sauvages qui avaient traversé les siècles, et venaient des steppes de mon enfance. Radiguet, qui ne comprenait pas le russe et si réservé d'ordinaire, était émerveillé, bouleversé autant que moi. Nous avons bu trois bouteilles de champagne. Une fortune !

À l'aube, nous avons signé l'addition. Je l'ai payée... trois ans plus tard.

Cette nuit fut la première que j'ai passée à Paris chez les tziganes. La première d'une longue série... au Sans-Souci, au Caveau caucasien, au Poisson d'Or, ailleurs encore, chez les Dimitrievitch ou chez les Poliakoff. J'avais besoin d'eux, de leurs chants, de leur amitié, de leurs histoires. Ils m'ont fait l'honneur de m'accepter comme l'un des leurs. Au point que, pendant une période de ma vie, lorsque je rentrais à Paris, retour de voyage, certaines boîtes, qui avaient fermé à mon départ, ouvraient pour mon retour...

Les raisons que j'avais, que j'ai de les aimer, de les admirer n'étaient pas toujours les mêmes que celles qui animaient Serge de Diaghilev.

Un soir, au Caveau caucasien, nous étions assis à la même table, lui et moi, et nous regardions sur le plateau les danseurs. Ils pesaient souvent quatre-vingts, certains cent kilos. Et ils dansaient des heures durant. Diaghilev les regardait, fasciné.

« Regarde. Regarde-les, me dit-il. Comment font-ils ? Comment est-ce possible ? Comment peuvent-ils faire des pointes ?... Et ils n'ont jamais pris la moindre leçon de danse... »

Les danseurs, les chanteurs, les musiciens participaient à la joie qu'ils soulevaient, s'abandonnaient à elle. Mais pour partager cette joie tout au long de la nuit, il n'était pas possible de rester sobre. Il fallait boire, il fallait offrir à boire. Et, à l'aube, les tables étaient couvertes de bouteilles.

Il arrivait parfois que les additions comptassent quelques bouteilles en plus. Mais la musique, le champagne, l'heure... et l'addition passait.

Un soir, à la table voisine de la mienne, un couple. Lui, un superbe Caucasien que je connaissais bien. Ces danseurs, bien qu'ils fissent des numéros de cirque étonnants, étaient mal, très mal payés. Leurs numéros finis, ils sortaient par les coulisses, sans pourboire. Il leur fallait vivre d'autre chose... Ils étaient très jeunes, très beaux, ils avaient une prestance et

196

une allure uniques, ils déclenchaient des passions, et certains savaient en profiter.

En arrivant au bras d'une Américaine d'une quarantaine d'années, couverte de bijoux et de fourrures, il m'avait fait un signe de la tête pour me faire comprendre qu'il était occupé... Il s'assied, commande. On apporte du caviar. Il fait un autre signe, et très vite, un clin d'œil au maître d'hôtel. On apporte les chachliks. Le dîner continue. Champagne et champagne encore. Arrive l'addition que l'on pose sur la table. Elle la prend discrètement, la lit. Au lieu de deux chachliks, on en avait compté quatre, au lieu de deux portions de caviar, on en avait compté quatre, au lieu de deux ou trois bouteilles de champagne, on en avait compté quatre ou cinq. Tout, absolument tout, avait été doublé, la somme était exorbitante. Éméchée, mais ni ivre ni folle, elle ne dit rien et paye. Le Caucasien se lève et, en anglais, lui demande :

«Un taxi ?

— Un taxi ? répond-elle. Oui, mais un seul, cette fois ! »

Le chasseur qui lui ouvrit la porte du taxi avait été un haut dignitaire de la Russie des tsars. Colonel des chevaliers de la garde impériale, le régiment le plus prestigieux de l'Empire. Il avait conservé de ce passé, malgré l'émigration et la misère, ses chemises russes, ces longues chemises à col droit qui descendent à mi-cuisses.

Celle qu'il portait était en soie. La dernière impératrice de Russie, la protectrice de Raspoutine, tuée auprès de l'empereur Nicolas II à Ekaterinbourg, l'avait brodée de ses mains.

Ils étaient nombreux ceux qui prétendaient avoir un pareil passé. On racontait alors souvent cette histoire : une Française entre dans l'une de ces boîtes russes de Paris. Elle porte un pékinois sous le bras. On lui dit :

« Ce maître d'hôtel est un ancien amiral, la dame du vestiaire est la femme d'un ancien gouverneur de province », etc.

Alors la Française désignant son pékinois :

« Et lui, c'est un ancien saint-bernard. »

Mais ce n'étaient pas les grands-ducs ou les colonels de l'ancien Empire qui faisaient la force de ces nuits. C'étaient les tziganes. En Russie, une tradition séculaire avait fait d'eux des instruments de plaisir et de joie. Grands seigneurs et grands propriétaires les invitaient pour des fêtes, pour des réjouissances débridées et, de leurs chansons, se dégageaient toute la poésie, la violence du peuple russe. Un mystère aussi qui leur venait sans doute de leurs origines lointaines. Au XIXe siècle, les tziganes se sont installés autour des villes, à Moscou, à Saint-Pétersbourg. Ils ont ouvert des cabarets où les fêtes se succédaient, nuits et jours. Tout au long de la littérature russe, comme un fil d'or, on les retrouve. Dans Pouchkine, dans Tolstoï, dans

Dostoïevski, leur présence est synonyme de folie nocturne, de dépassement de tous les plaisirs.

Il est arrivé plus d'une fois que de jeunes officiers, de jeunes aristocrates, qui avaient dépensé tout ce qu'ils possédaient, et bien plus encore, se suicident après des nuits tziganes.

Au Yar, une boîte célèbre à Moscou, comme dans les cabarets sur les îles de la Neva à Saint-Pétersbourg, des marchands richissimes et illettrés réunissaient jusqu'à soixante personnes à leur table dont vingt ou trente tziganes et, à l'apogée de leur exaltation, saisis d'un désir de détruire et de se détruire, ils agrippaient la nappe, la tiraient à eux avec violence. Les couverts des soixante personnes, la plus belle vaisselle, l'argenterie la plus fine, les verres de cristal s'écrasaient par terre dans un vacarme assourdissant.

Mais l'histoire allait bientôt bouleverser le destin de ces hommes.

Une fois le bolchevisme venu, les tziganes n'eurent plus qu'à plier bagage. Il n'y avait plus de cabaret et plus personne de suffisamment riche et oisif pour leur permettre de survivre.

Ils émigrèrent. Pour la plupart à Paris.

Avec Radiguet, c'est au Yar que nous étions entrés. Le Yar comme à Moscou. Et Dimitri Poliakoff était venu s'asseoir à notre table.

Les Poliakoff étaient les plus célèbres Russes de Montmartre. Ils étaient une dizaine, et lui, le frère aîné, était le chef de la tribu. Petit, grassouillet, visage mongol, yeux fendus, crâne chauve, il portait un pantalon bouffant d'un bleu électrique et un justaucorps jaune. Il jouait de la guitare. Admirablement.

L'étoile de la tribu dont il était le chef, c'était sa sœur, Nadia. Elle avait cinquante ans, peut-être plus. Elle était belle : la peau lisse et mate, des cheveux très brillants, des yeux d'un noir de jais, un regard fier. Avant de chanter, elle s'enveloppait les épaules dans un châle rouge sang.

Volodia Poliakoff, l'un des jeunes frères de Nadia, chantait aussi. Il s'accompagnait avec une guitare. Et pendant des années, cet homme est le seul homme qui ne m'ait donné que de la joie.

Lors d'une de mes conférences sur la littérature russe, au théâtre du Vieux-Colombier, je lui avais demandé de venir avec moi. Il eut un succès immense ; les spectateurs ont poussé des hurlements de joie. Volodia... Il a vécu en France plus d'un demi-siècle. Et il parle à peine le français ! Il avait pour me présenter toujours la même formule :

« Ça, c'est bon ami. Ça, c'est "Cœur de cheval". »

C'était là le plus grand compliment qu'il puisse faire. Il y a maintenant cinquante ans qu'il boit, qu'il continue, qu'il tient le coup. Il y a cinquante ans que tout son argent, religieusement — et il en a gagné beaucoup —, il le joue aux courses. Il y a cinquante ans, enfin, qu'il habite la même chambre de bonne près de Pigalle. La même chambre qu'il a louée en arrivant de Russie après la Grande Révolution.

Et le plus jeune des frères, c'était Serge. Serge Poliakoff. Il était presque adolescent encore, quand je l'ai connu, d'une grande douceur et d'une grande timidité. C'est une des raisons qui me fit l'aimer d'emblée. Sans voix, il ne pouvait chanter. Alors il apprit à jouer de la guitare. Mais il restait toujours au second plan, effacé par le talent et la personnalité de Volodia que les clients réclamaient, applaudissaient et qui ramassait les pourboires. Il ne restait donc pas grand-chose pour Serge qui vivait chichement : de l'eau, des haricots, des pommes de terre.

Sachant l'affection que je lui portais, il venait souvent me voir. Nous parlions de choses et d'autres. Et un soir, sur le ton de la confidence, il me dit :

« Tu sais, la guitare, il faut bien ça pour vivre. Et puis la nuit, j'aime bien boire. Mais je n'ai pas assez d'argent pour m'offrir un bon repas ou prendre du champagne. Alors quand un client qui a bien aimé ma musique m'invite à souper, ça me fait plaisir, c'est sûr, ça me fait plaisir... »

Puis, après quelques minutes de silence, il ajoute, plus bas encore, gêné presque :

« Et puis, la vie, ce n'est pas cela. Moi, ce que j'aime, c'est la peinture... »

J'ai su alors qu'il suivait depuis plusieurs mois des cours de peinture dans une école bon marché. Tout y passait. Tout son budget — le moindre sou —, il sautait même un repas sur deux pour continuer de peindre.

Il a tenu à me montrer ses tableaux.

Les uns après les autres, il les a retournés et posés devant moi. Il voulait qu'aucun détail ne m'échappe. Et je sentais bien qu'à tous les instants, il attendait une réaction de ma part. Mais de réaction, je ne pouvais en avoir. Je ne comprenais ni sa démarche ni où il voulait en venir. Je ne pouvais que sourire en silence. Pas de personnages, pas de paysages. Les unes à côté des autres, plus ou moins géométriques, des taches de couleur. Rien d'autre. Il a eu beau m'expliquer qu'il s'agissait d'une nouvelle approche, d'une vision plus directe, plus forte de la vie; malgré toute ma bonne volonté, malgré les efforts qu'il déployait pour tenter de me convaincre, je suis resté insensible. À mon grand regret, je l'ai écouté sans pouvoir lui répondre.

Serge m'a offert plusieurs tableaux. J'ai tenté de ne pas le blesser :

« Tu sais, Serge, je voyage sans cesse. Et mon appartement n'est pas fait pour les tableaux. Garde-les, je les prendrai un jour. »

Et Serge a continué de peindre.

La nuit, il jouait dans l'une ou l'autre boîte. Rien ne changeait pour lui. Toujours au second plan, il ne recevait aucun pourboire. Et l'après-midi, sans faillir, il était devant son chevalet.

Plus tard, il s'est marié. Il eut un fils.

Et plus tard encore, la Deuxième Guerre était passée, en ouvrant le journal, je suis tombé sur son nom. Un article sur trois colonnes, qui commentait l'exposition du grand maître de la peinture abstraite : Serge Poliakoff. Depuis long-temps je ne l'avais plus rencontré. Ni malen-tendu ni reproche entre nous. Aucune fâcherie. Nous nous étions perdus de vue simplement.

Or un soir, dans l'un des derniers établisse-ments des nuits russes qui existât encore, où l'on trouvait encore de vrais tziganes, j'ai vu apparaître un homme au ventre énorme. Il était en smoking accompagné d'une cour de jolies femmes et d'amis. Il me reconnaît, me serre dans ses bras, m'embrasse. Serge Poliakoff. Devenu millionnaire, il pouvait enfin, dans une boîte russe, boire et manger à sa guise. Et ce soir-là, il tenait table ouverte. Il me dit :

« Écoute, dans huit jours, avenue Matignon, dans une des galeries les plus importantes de Paris, je fais une exposition. Fais-moi plaisir. Viens voir ça. J'ai bien compris que tu n'aimais pas ma peinture, mais j'espère que maintenant tu vas changer d'avis. D'ailleurs, je ne peins plus comme avant. Je t'en prie, viens. »

J'y suis allé. Et à ma grande honte, une fois encore, je suis resté hermétique. Sa peinture ne me touchait pas du tout. Il est venu à moi très doucement.

« Alors, qu'en penses-tu ? »

J'ai fait un geste d'impuissance. Je lui ai souri. Il m'a posé la main sur l'épaule. Il a souri à son tour.

« Tant pis, ça n'empêche rien, me dit-il. Je donne une soirée chez moi pour le vernissage. Il va y avoir une foule énorme. Mais viens. Un peu plus tard. On sera tranquilles. »

Il me donne son adresse, rue de Seine. Vers onze heures du soir, j'y arrive.

Sur le seuil de l'immeuble, un groupe de personnes éméchées chantait. Une vraie cacophonie. Dix, quinze, trente personnes. Un autre groupe encore. Des critiques, des musiciens, des comédiens, des gens riches, des clochards. Je laisse la foule s'écouler. Et je monte.

Serge était presque seul. Auprès de lui, un orchestre de balalaïkas. Tous étaient ses amis, ses anciens compagnons des boîtes tziganes où, ensemble, ils avaient travaillé quelques années plus tôt, et dont il avait loué les services pour cette occasion.

Il s'est levé, m'a ouvert les bras.

« Je t'attendais. Nous allons fêter ça. Ils sont tous partis parce qu'il n'y avait plus rien à boire. Mais j'ai mis de côté deux bouteilles de vodka. Une pour toi, une pour moi. Et je vais te jouer de la guitare. Pour toi... »

L'orchestre nous avait quittés. Nous étions

seuls. Et pendant trois heures, nous sommes restés ensemble. Trois heures durant lesquelles il oublia le monde. Sa gloire, sa fortune, sa santé. (Il venait d'avoir un infarctus et devait se soumettre à un régime très strict.) Et nous buvions chacun notre bouteille. Et il jouait. Et ce soir-là, ce fut merveilleux.

Dès lors, nous nous sommes revus souvent, à Paris et à Deauville où il avait loué une somptueuse villa. Il menait grand train. Il possédait une écurie de courses et roulait en Rolls conduite par son chauffeur. Volodia, son frère, était là, qui continuait de parier sur les chevaux et d'y perdre sa chemise. Étant l'aîné, il se considérait comme le chef de la famille — tradition tzigane. À eux deux, ils étaient les derniers Poliakoff à vivre encore en France. Les autres membres de la tribu étaient partis avant la guerre pour l'Amérique du Sud.

Mais une nouvelle tribu avait remplacé l'ancienne. La nouvelle famille de Serge. Celle de sa femme qui était irlandaise. Tous étaient là. Dix-huit, vingt peut-être. Des enfants, des oncles, des cousins...

Serge était trop heureux de les recevoir avec toute la générosité, l'hospitalité dont il était capable. Mais comme il comprenait difficilement l'anglais, il se retirait parfois avec son secrétaire, un ancien chanteur tzigane passionné de littérature, dans un salon plus au calme.

Et là, tandis que les autres jouaient, chantaient, sortaient, allaient et venaient, il demandait à son secrétaire de lui lire des passages de Tolstoï, et de Gorki qui le fascinait, l'enthousiasmait et dont il parlait très bien.

Et, bien sûr, il peignait. Ses toiles se vendaient de plus en plus cher. Elles figuraient déjà dans tous les musées du monde.

Peu de temps après — infarctus —, il est mort.

Je n'allais déjà plus aux enterrements. Mais à celui de Serge, je n'ai pas pu ne pas y aller.

Tous les vieux compagnons étaient là. Les danseurs, les musiciens, les chanteurs. Il y avait souvent longtemps que les uns, les autres, nous ne nous étions pas revus.

Sonia Dimitrievitch, dont Serge avait été le guitariste fervent, avait échangé son châle rouge pour un châle noir.

À la sortie de l'église russe, je suis allé l'embrasser. Elle a voulu que je reste un moment avec elle. Elle éprouva soudain le besoin de se confier et me fit le récit de sa vie.

J'en connaissais bien le début. Le reste, j'allais le découvrir.

Jeune, très jeune, à cause de sa beauté, de sa voix exceptionnelle, Sonia avait été célèbre en Russie. Il lui suffisait de chanter pour obtenir ce qu'elle voulait. Sa voix, qui pouvait être grave, terrible, profonde, et tout à coup légère, déchirante, l'emportait sur toutes les raisons. N'importe quel bijou, n'importe quelle somme d'argent lui était due quand elle l'avait désiré. Ses moindres désirs, comme ses désirs les plus fous... Rien, jamais, ne lui était refusé.

Dans le cabaret où elle chantait à Moscou, toutes les nuits, à la même table, un homme était venu pour la voir, pour l'écouter. Pendant la première semaine, il garda le silence. Il venait. Il s'asseyait. Il la regardait fixement. À l'aube, il se levait. Une nuit, enfin, il la pria de venir à sa table et lui déclara son amour. Il était comte, il était général dans l'armée du tsar, mais Sonia ne fut pas impressionnée pour autant. Il l'ennuyait. Elle le trouvait insupportable. Ses titres, son grade, son nom, sa fortune ? Quelle importance ? Aucune. Il pouvait lui offrir la terre entière, elle restait inflexible. Il insista. Il insista encore. Cela dura des mois. Jusqu'au jour où, pour la vingtième fois, il la supplia de venir chez lui, dans la propriété qu'il possédait à la campagne.

Ce jour-là, exaspérée, à bout de nerfs, Sonia, pour en finir, lui lança un défi. Elle savait son exigence impossible.

« Soit, lui dit-elle, je veux bien venir chez vous. Mais tout de suite. Et en traîneau. »

C'était le plein été... En traîneau...

Le comte hésita un instant :

« Tout de suite, non. Mais demain. »

Et le lendemain le comte l'a emmenée. Dans la nuit, des centaines d'ouvriers, de cantonniers,

de paysans, avaient recouvert de sel les soixante-
dix kilomètres de routes qui séparaient sa propriété de Moscou. Et dans la chaleur de l'été,
c'est en traîneau qu'ils arrivèrent chez lui !

« Après cela, m'a dit Sonia, qu'est-ce que tu
veux, je n'ai rien pu lui refuser ! »

Vint la révolution. Vint l'exil. Sonia Dimitrievitch quitte la Russie. Elle suit sa famille. Les
étapes habituelles de l'exil étaient pour la plupart des Russes Constantinople, Prague, Berlin
et Paris. Mais les Dimitrievitch, eux, prennent
la route contraire. Ils quittent Saint-Pétersbourg
et Moscou pour la Sibérie. De là, ils passent
au Japon. Plus tard, la Chine, Shanghai. Et partout ils chantent, ils dansent. Pour gagner leur
vie. Hong Kong. L'Australie. On les prend sous
contrat. Le contrat cesse. Ils repartent. L'Inde.
Et enfin, étape après étape, Paris. Partis neuf de
Russie, ils étaient dix-sept ou dix-huit à leur arrivée en France. Ils avaient fait des enfants en
cours de voyage.

Sonia, elle, est toujours célibataire. Elle est
toujours belle. Tous les soirs, au Poisson d'Or, à
Montparnasse, elle chante.

Et sa voix bouleverse toujours.

Jean-Gérard Fleury, un de mes grands amis,
s'était épris d'elle. Épris au point de ne plus
pouvoir travailler. Il passait des nuits entières à
l'admirer, vivait comme son ombre, voulait
l'épouser. Mais le père de Sonia, le chef de la
tribu, s'y opposait obstinément.

«Non, disait-il, c'est une mésalliance. Ou alors, il faut que tu me l'achètes très cher!»

Le chiffre était exorbitant. Des millions. Une somme inaccessible pour Jean-Gérard qui était si malheureux, si désorienté, que je l'ai hébergé pour quelque temps dans mon appartement.

Les journaux pour lesquels il travaillait, ou plutôt pour lesquels il aurait dû travailler, avaient menacé de le mettre à la porte, ce qui eût été un désastre. Ne sachant comment l'aider, j'ai fini par trouver une idée saugrenue. Pour l'obliger à écrire, je lui prenais ses chaussures et je les cachais en haut d'une armoire.

«Pas question de sortir tant que tu n'auras pas fini ton article, lui disais-je. Pas d'article, pas de chaussures!»

Contraint, il s'était mis à l'ouvrage.

J'avais cru l'avoir tiré d'affaire. Je suis parti en reportage, la conscience tranquille.

Et à mon retour...

«Eh bien, figure-toi, ça y est. Je l'ai épousée...»

Durant mon absence, le père de Jean-Gérard était mort, lui laissant une petite maison quelque part dans le Nord, avec un peu de terrain autour. Jean-Gérard l'avait aussitôt vendue. La somme était inférieure à celle que le père de Sonia réclamait, mais il était tout de même allé le voir. Et le père avait fini par céder.

En lui restituant son argent le jour du mariage, le père lui avait dit :

«Je n'ai jamais eu l'intention de le garder. Mais, tu comprends, c'était pour le principe...»

Jean-Gérard et Sonia formaient un couple harmonieux. Mais pas toujours de tout repos. Sonia était d'une jalousie violente. Quand il recevait des lettres, elle, qui ne savait ni lire ni écrire, les reniflait systématiquement pour voir si elles sentaient le parfum. Et que de scènes de ménage ! À plusieurs reprises, elle menaça de lui trancher la gorge avec l'un des poignards malais ou marocains de sa collection. Heureusement, les choses se calmaient. Cela finissait bien.

La guerre de 40 arriva. Jean-Gérard fut envoyé par le gouvernement en mission au Brésil. La débâcle lui interdit le retour en France. Il envoie des lettres, des télégrammes, des lettres encore. Ils n'arriveront pas. Et Sonia se croit abandonnée. Seule à Paris, elle recommence à chanter pour gagner sa vie — elle avait cessé depuis son mariage.

Et Jean-Gérard n'est toujours pas là...

Elle se remarie. Elle a un enfant. Alors la vie commence d'être dure. Très dure. Le père de l'enfant la quitte. Elle est seule à nouveau. Avec cette fois un enfant à nourrir. Elle chante, et à la guitare, Serge Poliakoff l'accompagne. Il peint. Mais il est encore inconnu. Ils sont aussi pauvres l'un que l'autre. C'est grâce à ses pourboires à elle qu'ils arrivent à survivre. Pour la remercier, Serge lui offre des tableaux. Elle les accepte. Mais, et ça, elle ne lui dira pas, elle ne lui dira jamais, elle n'aime pas sa peinture. Alors, chaque toile que Serge lui donne, elle l'abandonne dans un coin et l'oublie. La vie devient pour elle impossible à Paris. Le manque d'argent la fait émigrer à nouveau. À Bruxelles.

Elle chante dans les boîtes de quartier. Mais après la Seconde Guerre mondiale, les Russes ne sont plus à la mode. Il y a le jazz. Pour elle, c'est presque la misère. Elle choisit de se taire. Elle est fière. Elle préfère avoir faim en silence.

Et si elle avait gardé les tableaux de Serge Poliakoff...

Quand j'ai revu Sonia à l'enterrement de Serge, il y avait plusieurs années qu'elle ne mangeait pas à sa faim ; qu'elle vivait dans une chambre de bonne glaciale, car le chauffage coûtait trop cher.

Pensait-elle, alors, aux soixante-dix kilomètres de sel qu'un comte russe, par amour pour elle, avait fait répandre sur la route pour satisfaire son exigence ? Je n'ai pas osé le lui demander.

Et se souvenait-elle de l'opulence des Pâques russes où sa famille m'avait convié ?

Ils habitaient dans un pavillon à Asnières. Là, régnaient ceux que l'on ne voyait jamais au cabaret : le grand-père et la grand-mère Dimitrievitch. Et ils étaient vraiment des rois. C'est par eux que tout passait. C'est eux qui organisaient, ordonnaient, dirigeaient.

Après le jeûne, on va à l'église, on s'embrasse sur la bouche. Et l'on crie :

« Christ est ressuscité ! »

Et la fête commence.

Il y a des cochons de lait, des kilos de caviar, toutes les vodkas du monde et du champagne à n'en plus finir. Et il y a la musique à tout rompre. Pas celle des cabarets, *leur* musique, celle qu'ils ne chantaient jamais en public. Des chansons d'un âge immémorial transmises de père à fils. Et pendant vingt-quatre heures, trente-six heures, la fête battait son plein. Les tables croulaient sous les victuailles et les bouteilles. Les enfants couraient, criaient, chantaient, renversaient les tables, les chaises, dansaient. Épuisés, enfin, à bout de forces, ils s'endormaient à terre, la tête sur une guitare. Une guitare comme oreiller.

Sonia se souvenait-elle de l'aubade de la gare Saint-Lazare ?

En 1936, j'avais écrit le scénario de *Mayerling*. Anatole Litvak, à Hollywood, l'avait mis en scène. Charles Boyer y tenait le rôle principal. Le succès fut énorme. Aussitôt, les Américains veulent qu'ensemble, nous trois, nous recommencions un autre film, que nous repartions pour les États-Unis. Le train, gare Saint-Lazare jusqu'au Havre ; puis le bateau pour New York. Tout est prévu. Tout est prêt. Contrat signé.

Voyage payé. Séjour de six semaines à Hollywood.

J'ai rendez-vous avec Litvak dans le train. Je l'y retrouve. Il est comme moi en avance. Nous avons eu la même peur de rater ce train, et par conséquent le bateau. Dans dix, douze minutes, le train part. Nos valises sont dans le filet. Nous allumons une cigarette pour nous détendre.

Alors une rumeur sur le quai. Je me lève. Je vais à la fenêtre. Je la baisse, me penche.

Là, sur le quai de la gare, au milieu des badauds qui les regardaient stupéfaits, ébahis, les Dimitrievitch. Ils sont en costume, dans leurs costumes nationaux, leurs costumes de boîte de nuit, casaquins de toutes les couleurs, bottes rouges, bottes noires, pantalons bouffants, robes éclatantes, châles. Et dans leurs mains, les instruments.

Ils me cherchent. Je cours au bout du couloir. Je suis debout sur le marchepied. Ils se mettent en demi-cercle. Musique. Je bafouille, je bégaye :

« Mais, qu'est-ce que vous faites ? »

Ils m'embrassent.

« Mais, Jef, tu sais bien, voyons, c'est une coutume en Russie. Quand on a un ami qui part pour un pays lointain, on vient lui faire une aubade. L'aubade du départ. »

Ils m'embrassent encore.

Les haut-parleurs annoncent le départ du train transatlantique...

Je remonte sur le marchepied et, comme un

coup de tonnerre, sous la verrière grise de la gare Saint-Lazare, éclatent leurs chœurs et leur musique.

Le train s'est ébranlé. Ils me suivent en marchant sur le quai, en jouant et en chantant.

C'est comme cela que nous avons quitté Paris pour les États-Unis, salués par la musique russe. La musique tzigane. Et parmi eux, il y avait Sonia...

Un éclat de rire. Terrible. Sauvage. Brutal. L'homme qui se trouve en face de moi est immense. Je ne suis pas petit, mais il me dépasse d'une tête. Il a une petite barbiche en pointe. Son corps de jeune homme est sanglé dans une de ces houppelandes de cosaque qui descendent jusqu'aux genoux, barrées de cartouchières. Et par-dessus la houppelande et les cartouchières, un tablier de cuisine maculé de taches de graisse. Quand il s'est approché de moi, il m'a dévisagé d'abord, et depuis, les yeux pleins d'amitié pourtant, il rit de ce rire terrible. Son rire se calme. Il me pose la main sur l'épaule.

«On m'a parlé de toi. Il faut qu'on devienne amis. J'ai des histoires à te raconter, et j'aime bien boire aussi.»

Nous avons pris rendez-vous pour les petites heures du matin.

Nous avons parlé jusqu'à épuisement. Nuit

après nuit, bribe par bribe, au Caveau caucasien, il m'a raconté sa vie. Ce qu'il ne m'a pas dit, ce qu'il a omis de me dire, par discrétion, par pudeur, je l'ai appris par d'autres Russes qui le connaissaient bien.

Mon nouvel ami, le cosaque, s'appelait André Bers.

Il était né en 1875. Il avait été luxueusement élevé. Gouvernante anglaise. Gouvernante française. Les derniers mots de son père, le prince Eristov — l'une des vieilles familles princières du Caucase —, auquel il vouait une admiration sans réserve, avaient été pour sa gouvernante française :

« Mademoiselle Berthe, lui avait-il dit, vous êtes en rouge aujourd'hui, et le rouge vous va très bien. »

Et il ferma les yeux pour toujours.

Par sa mère, André était apparenté à celui que je considère comme le plus grand romancier de tous les temps, Léon Nikolaïevitch Tolstoï. Sa mère était la sœur de la comtesse Sophie que Tolstoï avait épousée au milieu du XIXe siècle. Il était allé souvent à Iasnaïa Poliana, la grande propriété où Léon Tolstoï écrivit tous ses chefs-d'œuvre. Il avait joué sur les genoux du maître, et tiré sur sa barbe.

Tout naturellement, André était destiné à devenir officier. On l'avait donc, du Caucase, envoyé à Moscou au gymnase, c'est-à-dire au lycée. Puis les années passant, il est entré à l'École des cadets. On y formait les officiers des régiments privilégiés — cavaliers, hussards de l'impératrice, dragons de l'empereur. Mais, très jeune, comme Dolokhov, l'un des personnages de Tolstoï, André était très débauché. Il buvait à s'en faire éclater la tête. Et quand il ne passait pas la nuit avec des filles, il les passait à jouer au poker et à jouer encore. Mal noté par ses supérieurs, il réussissait néanmoins à passer entre les mailles. Jusqu'au matin où...

C'est l'appel. Dans la cour de la caserne, les cadets sont au garde-à-vous. Le commandant de l'École les passe en revue méticuleusement. Il s'arrête devant André qui porte encore sur le visage les marques de sa nuit de jeu et de beuverie. Il le toise, le regarde dans les yeux et lui dit :

« Eristov, vous êtes saoul. »

Et André, de rétorquer :

« Excellence, je le suis tellement que je vais vous dire la vérité : je suis saoul. »

La mesure était comble. Il a été cassé de son grade et envoyé en garnison dans un régiment de cavalerie, près d'une bourgade juive aux confins de la Pologne. Une sinistre et boueuse petite bourgade juive où il passait le plus clair de son temps à boire des litres et des litres de vodka et à jouer aux cartes. Beuveries. Jeux. Dettes. Malgré cela, de garnison en garnison, il gravit les échelons. Enfin, il est nommé capitaine de cavalerie.

1904. La guerre russo-japonaise éclate. Il y prend part. À cheval, sabre au poing, il charge. Il se distingue particulièrement. (Tout cela semble appartenir à la préhistoire. Pourtant Churchill s'est aussi battu au sabre contre les Boers. Et le maréchal de Lettre de Tassigny avait la joue balafrée : une pique de uhlan en 1914.)

La guerre russo-japonaise s'achève. Il rentre à Saint-Pétersbourg. Et il recommence à y mener la même vie effrénée. Mais il sait une chose : que cela ne peut pas durer. Il risque à nouveau d'être dégradé, il risque la forteresse. Alors, il démissionne.

Deux héritages successifs lui mettent entre les mains une fortune honorable. Il vit luxueusement. Il entretient deux, trois maîtresses tziganes. Il a des équipages magnifiques. Il chasse, il joue. Mais il perd. Il perd beaucoup. Les choses se gâtent. L'argent vient à manquer. Démuni, il est contraint à faire de petites besognes. C'est ainsi que remarqué sur un champ de courses à cause de son élégance, de son superbe uniforme de cosaque, on l'engage comme « starter ». À cheval sur la ligne de départ, il tire le coup de revolver qui donne le signal. Cela dure six mois. Et ce cosaque que la Russie considérait comme un Brummel est obligé de se mettre à la plonge.

La guerre de 14 éclate à son tour. Il reprend du service. Il est nommé colonel. On le place à la tête d'un régiment de division sauvage ; des cosaques du Caucase, excellents guerriers, qui

217

passaient pour les plus courageux, les plus fous, les plus inconscients. Au début de la guerre, sur les barbelés, devant les mitrailleuses, sabre au clair, ils chargent. Ils sont décimés. Ils sont exterminés.

Par miracle, lui, le colonel qui charge en tête de ses troupes, survit.

En février 17, c'est la Révolution. Il est à Saint-Pétersbourg. La Russie est à bout, à cause de la guerre qui n'en finit pas, à cause des grèves généralisées, des trahisons répétées des ministres, de l'effroyable corruption qui envahit la cour et toute l'administration.

Dix fois de suite, le même camion avec son chargement de bottes militaires passait sur la même place. Et le fournisseur prévaricateur se faisait payer dix fois le même chargement. L'intendance partageait avec lui les bénéfices. Et le peuple criait misère.

André Bers est alors nommé, par le gouvernement provisoire, gouverneur de la forteresse Pierre-et-Paul, qui fut construite lors de la création de Saint-Pétersbourg. Sans réelle importance militaire, elle était depuis longtemps transformée en prison politique. Des générations et des générations de révolutionnaires étaient passées par ses cachots. Des caveaux dont on ressortait pour le poteau d'exécution, ou, quand on y avait été enfermé à vingt ans, avec les cheveux blancs et la barbe blanche. Beaucoup sombraient dans la folie. Ceux qui ont pu tenir ont fait preuve d'une énergie, d'une force de caractère, d'une volonté impensables. Pour ne pas perdre l'usage de la parole dans ces caveaux obscurs et suintants, ils récitaient des vers tous les jours. Et tous les jours, ils s'astreignaient, en dépit de leur faiblesse, au milieu des rats, à de constants mouvements de gymnastique. Et c'est de cette forteresse-là qu'André Bers se retrouvait gouverneur.

Il n'était pas particulièrement tsariste. Les défauts du régime, il les connaissait parfaitement et les condamnait sans réserve. Il avait assisté, combattant, aux massacres de régiments entiers qu'on avait préféré exécuter pour ne pas les laisser mourir de faim ou pour éviter qu'ils se mutinent. Garder ces hommes auxquels il ne pouvait faire le moindre reproche, voir défiler les familles qui le suppliaient d'accepter pour eux des vivres, des couvertures, de l'argent ; il n'a pas pu longtemps le supporter. Il a demandé à être relevé de son poste.

Une autre mission allait lui être confiée.

Un régiment était en formation pour tenir la ville d'Arkhangelsk. Un port sur la mer Blanche, pris par les glaces six mois de l'année. Un endroit perdu, isolé, un désert gelé. Et comme on savait Bers un meneur d'hommes — il avait fait ses preuves —, on l'a chargé de former ce régiment. Il a réuni les têtes brûlées qu'il avait connues et commandées au front pendant près de quatre ans. Et avec cent cinquante hommes environ, il est parti pour Arkhangelsk. Quand il y arrive, dans toute la Russie, et à Arkhangelsk comme ailleurs, les bolcheviks viennent de prendre le pouvoir. Changement de régime. Changement d'hommes. Les gens nommés par le gouvernement provisoire sont chassés du pouvoir. Emprisonnés. À leurs places, des commissaires du peuple.

André Bers est un soldat. Rien de plus. Rien d'autre. Un soldat ne discute pas. Un soldat obéit aux ordres. André obéit donc. Il s'entend avec les commissaires du peuple. Mais jour après jour, le régime qui s'installe commence à lui déplaire. Puis c'est le désaccord, la rupture totale. Et après tout, pourquoi ne pas tenter sa révolution, sa propre révolution ?

Il entre en contact avec des émissaires anglais — une flotte anglaise croisait au large du port — et avec un délégué du gouvernement français. Un accord se conclut, en secret. Les alliés ne peuvent s'engager officiellement. La paix de Brest-Litovsk n'est pas encore signée. Et la Russie est donc encore une alliée.

« Si vous réussissez, lui disent les émissaires, nous vous ravitaillerons. Et nous vous reconnaîtrons officiellement. »

Les cent cinquante hommes que commande André lui sont fidèles. Ils lui sont dévoués corps et âme. Mais il sait qu'il ne pourra pas tout obtenir d'eux avec simplement de beaux discours.

Il leur faut autre chose, autre chose de plus palpable. Alors il leur promet le trésor gouvernemental : quatre millions de roubles à se partager. Ils acceptent.

Et la mission est accomplie. Les points stratégiques sont occupés. La ville est investie. André en est maintenant le maître. Son premier geste alors est de libérer les hommes que les bolcheviks avaient emprisonnés. Mais le destin se retourne contre lui.

Les hommes libérés constituent aussitôt un gouvernement provisoire. Et les alliés, plutôt que de reconnaître un soldat, un aventurier, qui ne représente rien que lui-même et une bande d'hommes de main, reconnaissent ce gouvernement-là formé des anciens dirigeants de la région. Ils ont le pouvoir. Ils ont le soutien des alliés. Et ils demandent des comptes à André qui a volé le trésor de l'État, et qui ne peut que répondre :

« Cet argent, je l'ai promis à mes hommes. C'était la seule façon. C'est grâce à eux que vous êtes libres. »

Hélas, cet argument ne leur suffit pas. Une décision est prise, irrévocable. Ils l'enferment. Les alliés plaident sa cause. Ils insistent. Ils font pression. Rien n'y fait. Il est enfermé. Il reste enfermé.

Il s'évade.

Déguisé en paysan, il traverse la Russie. Clandestin, il fuit, évite les villes et les villages. Les bolcheviks règnent sur tout le territoire et le recherchent. C'est lui qui a arrêté et chassé les commissaires du peuple d'Arkhangelsk. Pris, sa peau ne vaudrait pas cher. Exécution immédiate. Mais André ne veut pas s'enfuir seul. Il veut sa femme et sa fille avec lui. À pied, à cheval à travers champs, il fait un détour de mille kilomètres pour les retrouver. Et il les retrouve. Pendant un mois, ils se cachent. Pendant un mois, ils marchent. La frontière turque, enfin ! Ils passent.

Constantinople. C'est alors le point de rassemblement de tous ceux qui fuient la Russie bolchevik. Des tziganes aux nobles de l'Ancien Régime. Et pour tous, à Constantinople, pour ceux qui avaient appris le français, la langue noble, avant le russe, la langue paysanne, comme pour les autres, il n'y a qu'un désir : rejoindre Paris. Paris, la ville miracle. Paris, qui dans les années 20, était la capitale du monde.

Alors, pour y arriver, avec sa femme, avec sa fille, André Bers fait l'impossible. Il balaye les rues. Il est veilleur de nuit. Il est chasseur dans les hôtels. Il est porteur. Docker. Plongeur. Le peu d'argent qu'il amasse, il le met de côté. Jour après jour. Il faut pouvoir payer trois billets de train pour Paris. Il a déjà les passeports, les visas, mais l'argent manque et manque encore. Et cela dure des mois.

Sa petite fille qu'il adore tombe malade. Maladie brève, foudroyante. En quelques jours, elle meurt. Il n'a pas d'argent pour l'enterrer. Il s'adresse à la Croix-Rouge. Mais la somme qu'on lui donne, ridicule, permet à peine d'éviter la fosse commune. Et encore.

Comme il me racontait cela, il s'est redressé. Il m'a pressé le bras à le broyer. Et sur un ton qui était celui d'une colère froide, profonde, farouche, il m'a dit :

« Une Eristov, tu comprends, je n'allais pas l'enterrer dans la fosse commune. Alors les quelques sous qu'ils m'ont donnés pour l'enterrement de ma fille, je les ai bus à sa mémoire. Et puis, je l'ai prise dans mes bras, je l'ai enveloppée d'un linge, je lui ai attaché une pierre autour du cou, et je l'ai jetée dans le Bosphore... »

Enfin, André arrive à Paris.

Ce prince, ce grand seigneur du Caucase, ce colonel de cavalerie, cet homme qui avait tenu Arkhangelsk dans sa main et disposé d'un trésor de guerre, dans un sous-sol enfumé, faisait rôtir des brochettes. Au Caveau caucasien, il était le spécialiste des *chachliks*.

Puis il s'est installé à son compte dans un petit local sans fenêtre qu'il avait appelé du nom d'un de mes romans *Nuits de princes*.

Un soir que j'arrivai chez lui, André me dit :

« Silence, attention, attention. Ne fais pas de bruit. »

Au fond de la salle, cintré dans une veste d'un

jaune criard, était assis de dos, devant un piano droit, miteux, un ami d'André. Il ouvrit le piano. Il joua quelques mesures. Lentement. Puis il commença à chanter. Les premières paroles de sa chanson étaient :

« Je me souviens, ma mère disait... »

Ce très vieil air, que personne n'avait encore entendu en Europe, est la plus belle chanson qui soit.

Plus tard, je l'ai traduite avec Maurice Druon. Et cette chanson, reprise par Yves Montand, est restée pour toujours dans ma tête. Elle est pour moi le leitmotiv de cette période heureuse de ma vie.

Le pianiste s'était levé. J'ai fait quelques pas vers lui. Il m'a tendu la main et s'est présenté :

« Comte Serge Tolstoï. »

Ce n'était plus le neveu, mais cette fois le propre fils du grand Tolstoï que j'avais devant moi.

Il était baladin, et faisait la tournée des boîtes. Il vivait chichement. Il avait trouvé refuge chez le prince Ioussoupov, le meurtrier de Raspoutine.

Devant mon insistance, il s'est mis à parler de son père. Il m'a confirmé que le grand écrivain était mort dans la petite gare d'Astapovo, qu'il avait salué sa famille et qu'il était parti en marchant sur la route avec un petit baluchon sur l'épaule. Et lui, Serge, avait assisté à ses derniers moments. Il m'a assuré que les derniers mots de Tolstoï avant de mourir avaient été :

« Et ce n'était que ça. »

À cinq heures du matin, il n'y avait plus grand monde à Nuits de princes. Nous y étions attablés ensemble. Face à face. André racontait des histoires. Il buvait sa boisson habituelle, un mélange effroyable : moitié bière, moitié vodka. Il en buvait cinq, six, sept chopes, sans que cela lui fasse le moindre effet sinon de maintenir sa bonne humeur. Je l'écoutais.

Il me promit d'écrire ses mémoires.

« Je raconterai tout. Tout. Tout », m'assura-t-il.

Il marqua un temps de silence. Ferma les yeux. Lorsqu'il les rouvrit, il me regarda bien en face. Regard grave, tendu, inhabituel. Et lorsqu'il commença de parler, sa voix aussi était différente.

« Ce que je vais te raconter, me dit-il, je ne l'ai jamais raconté encore. Jamais.

« Quand on m'a cassé de mon grade à l'École des cadets, on m'a envoyé dans un régiment obscur. Notre garnison était cantonnée dans une bourgade juive à la frontière polonaise. Et là, une des filles de la bourgade, une des plus jolies, est tombée amoureuse de moi. Il y avait entre elle, juive parmi les juifs parqués à la frontière, et moi, prince et militaire, un monde. Plus qu'un monde. Mais j'étais jeune, j'avais vingt ans. Elle est devenue ma maîtresse. Quand les juifs du village l'ont appris, ils l'ont traitée comme si elle avait la lèpre ou la peste. Ils l'ont insultée, chassée. Alors, je l'ai prise chez moi, comme domestique, comme cuisinière. C'était la seule solution.

« Et puis, un jour, j'ai été muté dans une autre garnison. Je ne pouvais pas l'emmener avec moi. C'était contraire au règlement. Je l'ai laissée dans son village et j'ai essayé de l'oublier.

« Quand je suis parti pour Arkhangelsk avec ma troupe en 1917, je suis passé, par hasard, par cette bourgade. Et quand j'ai revu le nom de ce trou perdu, j'ai repensé à elle aussitôt. Il y avait seize ans que je n'y avais pas pensé une seule fois. Seize ans... Je me suis souvenu de son nom : Rosa. Je l'ai cherchée. Je l'ai trouvée. Je ne l'ai pas reconnue. Elle était grasse, obèse. Elle était voûtée. Sa peau était grise, ridée, froissée. Et comme toutes les femmes juives orthodoxes mariées, elle était rasée et portait une perruque. Mais une perruque sale, graisseuse. Quand je me suis approché d'elle, elle m'a regardé avec indifférence. Elle non plus ne m'a pas reconnu. Alors je lui ai dit mon nom. Son regard... son regard... Jamais je n'ai vu tant de haine dans un regard. Jamais je n'ai vu tant de tristesse non plus. Jamais. Elle m'a fixé longtemps. Je suis resté sans bouger. Et je l'entends encore, la colère sourde de sa voix : "Tu ne sauras jamais combien j'ai été battue à cause de toi." »

André s'était tu.

Ses yeux étaient fixes comme l'avaient été ceux de Rosa qui le hantaient encore. Et noyés de larmes. Il a baissé la tête. Il a ramené la main sur son front.

Pourquoi ce souvenir le bouleversait-il plus que les autres ? Lui qui avait vécu tant de cruauté, tant de violence...

Pourquoi pas le souvenir de sa petite fille jetée dans le Bosphore ?

Était-ce parce que c'était le début de sa vie, sa jeunesse, et qu'il se sentait seul responsable d'une odieuse injustice ? Il ne m'en donna jamais la réponse.

Mais ce que je savais, c'est que cet homme, dont je voyais encore les larmes, ne s'était jamais laissé manquer de respect par personne. Que parmi ceux qui avaient accepté le destin sans plier l'échine, il était le plus digne. Le plus fier. Le plus indomptable.

Certains Russes, en exil, avilis, dégradés, étaient devenus serviles. Et ceux-là se mettaient à genoux pour mendier une coupe de champagne.

Mais sur les autres qui avaient conservé intact leur sentiment de l'honneur, c'était André Bers qui régnait. Sur les cosaques, sur les tziganes, il avait une autorité immense. À cause de son allure. À cause de sa bravoure.

Et quand ils fermaient leur boîte pour un soir — cela se produisait parfois, comme un rite — et qu'ils se retrouvaient entre eux pour chanter,

pour danser, il leur fallait alors un *touloubach* —
un homme qui forçait le respect de tous — pour
présider la fête.

Sans hésitation — sans exception — c'était
toujours lui, André, qui était choisi. Il était élu
par ses frères.

Plus que bien d'autres, l'histoire d'un homme
témoigne à mes yeux de ce que fut cette époque,
de ce qu'est un peu la vie : les hasards, les rencontres, les absurdités, les drames, les espoirs.

Il s'agit d'un juif russe. Gainsbourg. Un vio-
loniste exceptionnel. La Russie tsariste était
antisémite. On n'admettait aucun juif au conservatoire d'État de Saint-Pétersbourg. Mais lui
s'était présenté au concours. Par défi. Et malgré sa qualité de juif, il a été admis, tant son
talent était surprenant. Au concours de sortie
du conservatoire, il a obtenu le premier prix. Il
s'est préparé alors à une carrière de concertiste.
Mais c'est la révolution d'Octobre. Ses espoirs
s'écroulent. Plus rien n'est possible pour lui en
Russie. Comme tant d'autres, il s'exile. À Paris.

Et là, que faire ? Donner des concerts ? Il ne
connaît personne. Aucune filière. Attendre ?
Mais avec quoi ? Il lui faut de l'argent. Il lui faut
vivre.

Il se présente dans une boîte russe, une
deuxième, une troisième. Il joue des airs populaires, des airs tziganes. On l'engage. Il ne joue

pas la musique qu'il veut jouer. Mais il joue. Et il en vit.

Avec quelques musiciens qui, comme lui, ne trouvaient pas d'engagements dans des orchestres, dans des concerts, il faisait de la musique de chambre. Pour eux seuls.

Et le temps passait. Sans surprise. Et tous les soirs, dans la boîte, il jouait de la guitare. Et il buvait. Et il s'est mis à boire de plus en plus. Deux, trois années comme cela.

Attentes. Déceptions. La boîte. L'alcool.

Puis d'un jour à l'autre, il disparaît. Personne ne sait où il est. Personne ne sait où il est parti. Vit-il encore seulement ? On n'en sait rien.

Un homme rangé, libraire à Montpellier, organisait des tournées de conférences pour tromper son ennui. Il prend contact avec moi et me propose une série de conférences dans le Maghreb : Tunisie, Algérie, Maroc. Faire des conférences a toujours été pour moi une torture, mais cet homme sut me convaincre... par une petite phrase qui m'a fait rire : « Tout est prévu. Même l'imprévu. »

Nous partons. Tunisie d'abord. Algérie : Alger, Oran. La troisième conférence devait avoir lieu à Sidi Bel-Abbès. J'entre dans la salle après avoir été respiré un peu d'air frais. Je fais ma conférence. Et, à la fin, comme je repliais mes notes, un légionnaire en képi blanc s'approche de moi. Il ôte son képi. J'hésite. Son visage m'est familier, mais la surprise trouble ma mémoire. Il me dit en russe :

« Comment ? tu ne sais plus qui je suis ?

— Gainsbourg ! »

Lui que j'avais quitté quatre ans plus tôt, jouant au violon en frac... Il était devant moi... en légionnaire !

Nous sortons ensemble. Il m'explique :

« À Paris, je m'amusais beaucoup la nuit. C'est vrai. Mais le jour... Le jour, c'était épouvantable. J'avais un cafard terrible. Je me disais que je n'avais pas le droit de gâcher le talent que j'avais dans les mains. J'en pleurais de rage. Et puis, je buvais beaucoup. Beaucoup trop. Ma main commençait à trembler. Je sentais que j'étais fichu, foutu. Il fallait que j'arrête à tout prix. Mais je n'en avais pas le courage. Alors, j'ai décidé de tirer un trait sur tout ça. De tout changer. Et je me suis engagé dans la Légion, pour cinq ans.

— Mais enfin, dans la Légion, on boit.

— Les autres, oui. Mais moi, non. Ici on n'est pas entraîné toutes les nuits par la musique, par l'ambiance, l'atmosphère de délire. Je ne bois plus. C'est fini. »

Ce soir-là, dans le bar où nous sommes entrés, Gainsbourg a fait une exception. Il a bu. Et beaucoup ; jusqu'à tomber par terre.

Mais quand je l'ai revu, à la veille de mon départ, son incartade avait été sans conséquence. Il avait repris son régime sec.

Ma tournée de conférences a continué.

Après mon retour en France : la guerre ; la Résistance ; Londres ; Paris libéré.

Je recommence à fréquenter les deux ou trois boîtes de nuit russes qui restaient encore. Notamment l'une d'elles : Le Casanova. J'entre avec des amis. Je m'installe. Le premier violon de l'orchestre vient à moi... Gainsbourg ! Grandes retrouvailles. Grande émotion. Et, bien évidemment, je lui demande ce qu'il a fait depuis notre rencontre à Sidi Bel-Abbès.

« J'ai fait la retraite, comme tout le monde. Je me suis perdu dans la nature. Démobilisé, j'ai été obligé de me cacher. Et en 1943, j'ai été pris dans une rafle. On m'a expédié dans un camp. »

Et il me dresse à nouveau le terrible tableau que tant de fois j'avais entendu...

Dans un tunnel destiné à abriter des rampes de lancement pour les V1, il transporte des pierres, quinze, vingt heures par jour. Au bout de quelques mois, sentant ses dernières forces le lâcher, sentant que ses jours de survie étaient comptés, Gainsbourg a voulu, encore, pour la dernière fois, jouer de la musique.

À force de ruse, d'ingéniosité, de patience, en ramassant des bouts de bois, du fer, des boyaux de chat, ce qui traînait... il a réussi à se confectionner un violon et un archet. Mais quel violon ! Lui qui, dès l'âge de sept ans, avait eu un stradivarius entre les mains ! Et le soir, alors que tous les autres étaient au réfectoire, sacrifiant sa maigre nourriture, caché dans le fond du tunnel, sur son instrument de misère, il jouait.

Un sous-officier SS est venu le chercher.

« Viens... le lieutenant. »

« Cette fois, continua Gainsbourg, c'était la fin. Depuis trois jours, je trompais leurs appels, leur vigilance, et ça... »

Le lieutenant le toise. Puis :

« Il paraît que vous jouez ?

— C'est que... oui.

— Sur quel instrument ?

— Avec ça, répondit Gainsbourg, en désignant timidement l'instrument qu'il avait dans la main.

— Allez-y », fit le lieutenant.

Et il se mit à jouer. Le lieutenant resta immobile. Il écoutait. Cinq minutes passèrent, qui parurent infinies.

« Ah, j'avais besoin de musique », soupira le lieutenant.

Et il ajouta :

« Demain, vous aurez un vrai violon. Et désormais vous resterez à ma disposition. Vous n'aurez rien d'autre à faire que de jouer. Vous serez bien nourri. Et quand j'aurai besoin de musique, je vous ferai appeler. »

C'est à son violon de fortune que Gainsbourg devait d'être encore en vie.

II

Pendant une longue période de ma vie qui a duré près de quarante ans, j'ai obéi avant tout à mes instincts, à mes désirs. De façon parfois excessive et même parfois trop excessive. Avec le jeu, avec l'alcool, avec les drogues, il en a été de même. La vie, c'est aussi cela. Il n'y a ni fierté ni honte à en avoir. J'en ai toujours accepté les risques.

Une fois pourtant, j'ai pris un risque fou. Nous avions eu, Georges, mon frère, et moi-même, un accident de voiture. C'était avant 1931. On nous avait crus indemnes. En fait, j'avais eu ce qui s'appelle le coup du lapin, deux vertèbres cervicales brisées et la moelle épinière touchée. J'avais échappé miraculeusement à la mort, appris-je plus tard, au mieux, j'aurais dû rester paralysé jusqu'à la fin de mes jours.

Nous fûmes transportés à l'hôpital de Vendôme grâce à la bienveillance d'un paysan qui nous chargea dans sa camionnette brinquebalante. On m'y fit, vaille que vaille, une minerve de plâtre bancale.

Deux amis de Paris, prévenus de mon accident, m'avaient rejoint. Et tandis que les deux médecins affolés de ce petit hôpital de province me plâtraient de la tête à la taille, m'ayant appuyé contre le chambranle d'une porte, mes deux amis me versaient du marc dans la bouche, m'allumaient cigarette sur cigarette et me retenaient pour m'empêcher de tomber, de défaillir sous la douleur. Lorsque la séance fut terminée, j'avais deux fois plus de plâtre d'un côté que de l'autre, et mes oreilles aussi étaient bouchées de plâtre, si bien que j'avais perdu tout sens de l'équilibre. J'avais l'impression d'avoir les pieds au plafond. Ramené d'urgence à Paris, on m'a refait ma minerve, bien sûr. Le risque maintenant était réduit, mais il me fallait rester immobile jusqu'à ce que le cal osseux se reforme. Il fallait attendre.

Je vivais seul dans une maison neuve sur le boulevard Brune. Sur le même palier, mes parents occupaient un autre appartement. C'était pour être près d'eux que je m'étais installé là. Et cette fois, avec ma minerve, j'étais cloîtré.

Mon frère, toujours hospitalisé, ne pouvait venir me voir. Mais tous les jours, à heure fixe, ma mère me rendait visite.

Je sentais que je me remettais vite. Et de jour en jour, cette minerve et cette claustration me semblaient plus inutiles. À plusieurs reprises, malgré l'interdiction formelle des médecins, j'ai tenté d'ôter la minerve, mais seul, je ne pouvais y arriver.

Bientôt, des amis qui venaient me voir m'aidèrent à la retirer. Je faisais quelques pas dans ma chambre, je m'asseyais dans un fauteuil, j'allais à la salle de bains et je revenais. Je me sentais guéri mais je redoutais à chaque instant une intrusion de ma mère qui aurait été épouvantée de me voir ainsi.

Parmi les amis qui venaient me voir, il y avait un homme au destin assez singulier, Yvan. Malgré son nom, rien de russe, il était basque. Il avait été maître-baigneur à Biarritz. Il était très souriant, très beau garçon et cumulait de nombreuses histoires de femmes. Certaines le remerciaient avec de l'argent. Sans scrupules de ce point de vue, il acceptait en tout bien tout honneur.

Un jour cependant, il fit la rencontre d'une cocaïnomane qui lui fit partager ses goûts. Et il s'intoxiqua en peu de temps. Gravement. Profondément.

Alors tout est parti à vau-l'eau. Il a perdu sa forme physique, toute envie de travailler, et il a suivi cette femme à Paris. Elle, étrangère, est partie un beau matin, le laissant intoxiqué et sans moyens.

Yvan s'est mis, c'est l'engrenage implacable, à vendre de la cocaïne pour pouvoir en acheter.

Nous nous étions rencontrés à La Cloche

d'Or, un restaurant que je fréquentais assidûment. Nous avions sympathisé, il fut l'un des
premiers à venir me voir après mon accident.

Ce que je lui ai demandé me paraît aujourd'hui impensable, incroyable, fou, c'est pourtant la vérité :

« Je sais que je peux compter sur toi, Yvan,
voici ce que nous allons faire : tous les soirs, à
onze heures, tu viendras me chercher en taxi. Tu
m'aideras à enlever ma minerve. On l'emportera, ça vaut mieux, on ne sait jamais. Et on va
s'amuser. Mais quoi qu'il arrive, je te demande
une chose, il faut qu'à sept heures du matin je
sois là, que tu me ramènes, que tu me remettes
ma minerve et que tu me mettes au lit. »

Plusieurs semaines, nous avons fait cela. Une
seule chose me reste sur la conscience : chaque
soir vers neuf heures, ma mère venait m'embrasser et me souhaiter une bonne nuit. Chaque
soir, à onze heures, j'étais parti. Chaque matin
à sept heures, Yvan, religieusement, me ramenait. Et une heure plus tard, ma mère venait me
demander si j'avais bien dormi. Je lui répondais
systématiquement que oui, mais que j'avais
encore besoin d'un peu de sommeil...

Elle repartait sur la pointe des pieds.

Et cette supercherie a duré quelques semaines.

Il m'est arrivé d'autres coups durs, bien sûr.
Je veux dire physiquement. Je passe sur les nombreuses bagarres que, comme moi, tous les

hommes jeunes ont connues et qui me valurent parfois de sérieuses ecchymoses. Celui-ci fut moins douloureux, mais il aurait pu avoir des conséquences graves.

Dans les boîtes de Montmartre, je retrouvais souvent un petit homme triste qui, lorsque j'entrais, me conviait toujours à sa table : Pascin. Le peintre Pascin, personnage étonnant de Montparnasse qui, hélas, a mis fin à ses jours.

Il était deux heures du matin. J'arrive, un peu échevelé déjà d'une tournée de boîte russe en boîte russe. À la table de Pascin se trouvaient un homme d'une soixantaine d'années et deux jeunes femmes très élégantes et belles. L'une d'elles était, je dois dire, particulièrement attrayante. Je m'installe comme à l'accoutumée, et l'homme, qui me paraissait alors très âgé, m'accueille avec une grande amabilité. J'apprends au cours de la conversation qu'industriel bordelais, il passe régulièrement deux ou trois jours à Paris pour ses affaires et qu'il s'y entoure de la seule compagnie qu'il aime : les jolies femmes. La conversation s'anime, nous plaisantons, il commande une bouteille de champagne. Je me sens au meilleur de ma forme. Je commande une bouteille à mon tour. J'appelle le guitariste et lui demande de jouer une *tcharotchka* — une chanson de libations. Le rythme s'accélère. Nous vidons nos verres les uns après les autres en cadence avec la musique et nous les brisons comme toujours. Des verres, j'en

avais déjà cassé des centaines, mais celui-là...
J'écrase comme d'habitude la coupe sur la table.
Le pied tient. Il tient si bien qu'il me traverse la
paume de part en part, juste à côté du pouce.
Je m'en rends à peine compte, ne sentant pas la
douleur.

« Mais tu saignes comme un bœuf », me dit
Pascin.

Il regarde mon pantalon. Il est couvert de
sang. Et le sang continue de couler. Je m'essuie
la main à la nappe et le sang coule toujours. Un
des garçons de l'établissement me renverse une
bouteille de vodka sur la plaie. Il me lave la main
et me l'emballe dans une serviette propre.
Comme elle est bientôt tout imbibée, on me
conseille d'aller dans une pharmacie. Je refuse,
ne voulant à aucun prix interrompre l'exaltation
qui s'était emparée de moi. Et je recommence à
boire.

« Il faut aller à l'hôpital.

— L'hôpital ? D'accord, mais à une seule
condition, c'est que ces deux jeunes femmes
m'accompagnent.

— N'ayez crainte, nous venons avec vous »,
me répond le Bordelais.

Dans les couloirs de l'hôpital de Lariboisière
attendait une foule de gens. Toutes les épaves
du Montmartre nocturne : les filles battues, les
maquereaux blessés, accidentés, les voyous qui
ne tenaient plus debout. On me mène à un
interne. Je suis de plus en plus couvert de sang.

238

Je porte moi aussi toutes les traces d'une nuit mouvementée.

« Ton nom ? demande l'interne.

« Vous êtes l'écrivain ?... Vous êtes fou. Vous avez le tendon sectionné. Vous risquez la paralysie. Il faut que je vous opère tout de suite.

— Ça, jamais. Pas question. Je n'accepterai d'être opéré que par Jacquemaire, René Jacquemaire. Et par personne d'autre. »

L'interne me fait une piqûre antitétanique, m'aseptise la main, me couvre d'un pansement énorme. Il essaye de me retenir, mais je sors.

Le Bordelais et les deux femmes étaient partis.

Il me faut ouvrir ici une parenthèse :

René Jacquemaire était le petit-fils de Clemenceau. Après des études de droit, il était devenu chirurgien. Durant la Première Guerre mondiale, lui qui aurait pu être médecin auxiliaire, il s'engage comme deuxième classe. Au front, un éclat d'obus lui déchire le bras. C'est la gangrène. Le chirurgien lui annonce qu'il va falloir l'amputer. Mais amputé, René sait qu'il ne pourra plus être chirurgien. Alors il refuse catégoriquement. Il a une chance sur cent de s'en tirer. Il la prend... et son bras est sauvé.

J'avais en lui une confiance absolue.

À la sortie de Lariboisière, j'étais donc seul. Et toujours dans un état d'ivresse avancée. Je suis allé chez un ami, chez un autre. Et j'ai bu encore. Un troisième m'a proposé pour calmer la douleur de la blessure, que je commençais de ressentir fortement, de fumer quelques pipes d'opium, et j'ai fumé. Ce n'est qu'à quatre heures de l'après-midi le lendemain que j'ai pu joindre René au téléphone.

« Tu es complètement fou. Où es-tu ? J'arrive. »

Il est venu me chercher, m'a emmené directement dans la clinique où il opérait. Je me suis laissé porter, envahi comme je l'étais d'une terrible torpeur. Il a ouvert le pansement.

« Ton tendon est coupé. Je ne suis pas sûr de pouvoir le rattraper.

— Ce que je te demande... »

Et il ne m'a pas laissé finir.

« Je t'opère tout de suite. »

J'ai repris :

« Je te demande juste... de pouvoir tenir une plume et... donner un coup de poing. »

Il a souri, d'un sourire enfantin, chaleureux.

C'était il y a quarante ans, j'ai pu encore tenir une plume et donner quelques coups de poing...

Ce besoin violent, impérieux de prendre des risques d'enfreindre les normes, de me pousser à bout dans toutes les situations, comme pour reculer les limites de l'impossible ; ce besoin qui m'a porté à vivre jusqu'au délire la frénésie des boîtes russes, je l'ai éprouvé très jeune. Et c'est au travers du jeu qu'il s'est révélé pour la première fois.

Je vivais à Nice juste avant la guerre de 14. Batailles de fleurs, chars et landaus couverts d'œillets et de roses multicolores. Lords anglais, grands-ducs. Ballets russes de Diaghilev. Chaliapine à l'Opéra. Une ambiance aujourd'hui perdue.

Il y avait, sur une jetée métallique qui fut détruite par les Allemands pendant la Deuxième Guerre mondiale, un petit casino : le Casino de la Jetée. Ce n'était pas le plus élégant de Nice. Ni snobisme ni grosses mises. C'était celui que fréquentaient les gens modestes, le petit peuple. Dans la grande salle se trouvaient le chemin de fer, la roulette et, dans l'antichambre presque dans le hall d'entrée, la boule.

Pas question d'entrer au chemin de fer, la pénurie de mes ressources me l'interdisait, mais la boule me tentait. Il fallait avoir dix-huit ans, je n'en avais que quinze, mais enfin, j'étais beaucoup plus grand qu'on ne l'est d'ordinaire à quinze ans. Et la surveillance de ce casino était lâche.

Je disposais en tout et pour tout de cinq francs. La mise minimale était de un franc. J'ai posé mes pièces sur le tapis. Les premières minutes, j'ai tenu. Mieux, j'ai gagné. Huit francs, dix francs, onze, douze. Puis d'un coup, j'ai perdu. Il me restait un franc, j'ai recommencé. Une heure a passé et, au bout de cette heure, plus rien, plus un centime. J'aurais dû comprendre, mais trop tard, j'étais pris, captivé, fasciné et je voulais jouer, jouer, et jouer encore.

J'ai pensé alors à la montre que m'avait offerte mon parrain. Une superbe montre suisse de gousset, sur le boîtier de laquelle était gravée une bicyclette ancienne. Mon seul trésor. Lourde, gravée, en argent, la montre, me dis-je, doit avoir une certaine valeur. Sans hésiter, je suis allé la proposer à un prêteur sur gages. J'ai engagé la montre. Je suis revenu au casino. Aussitôt, j'ai tout perdu.

En rentrant à la maison, la mine piteuse, assailli par un lourd sentiment de culpabilité, j'ai confessé à mon père ce que j'avais fait. À ma grande surprise, il n'a fait aucun drame. Il m'a donné de quoi dégager ma montre, mais à une seule condition, m'a-t-il fait promettre, que cette aventure soit la dernière.

J'ai tenu parole... un certain temps.

Quand nous avons quitté Nice pour Paris, les nombreuses activités qui me retenaient, le *Journal des débats*, le Conservatoire d'art dramatique, la Sorbonne ne me laissèrent pas le temps de penser au jeu.

C'est pendant la guerre, à l'escadrille, que je m'y suis remis. Malgré les mises en garde redoublées de notre capitaine que nous aimions pourtant comme un grand frère, un ami, nous passions des nuits entières à jouer au poker. Nous avions promis de ne pas jouer pour de l'argent, mais nous ne tenions pas. Comme un jeune chien inexpérimenté et fou, je risquais gros, trop gros. Je bluffais sans cesse. J'allais dans des pots où je n'aurais jamais dû aller. Bref, je faisais tout ce qu'il fallait pour perdre. Et ma solde d'aspirant, cent cinquante francs, s'évanouissait en fumée. Bien avant de la toucher, je la devais déjà. Pourtant, je continuais...

À la nuit avancée, lorsque mes camarades de chambrée dormaient, je sortais de mon lit et je me faufilais en cachette dans la baraque des sergents où je savais que se déroulait une partie. La différence entre leurs soldes et la mienne était considérable ; ils pouvaient tenir bien plus longtemps et miser gros. Mais là aussi, comme avec les autres, je jouais sans retenue, sans me soucier du lendemain.

Une chose cependant m'inquiétait, m'angoissait : nous partions en mission tous les jours, et tous les jours l'un d'entre nous pouvait ne pas revenir. Contre ce destin-là, il n'y avait rien à faire. Nous étions impuissants devant les hasards du ciel et de la guerre. Mais cela voulait dire aussi que si un camarade ne revenait pas, il m'aurait été impossible de lui rembourser mes dettes. Et dans la morale du jeu, c'était un élément de poids.

Sur le bateau qui me ramenait de Shanghai à Marseille en 1919, il ne s'est pas passé de jour ou de nuit que je ne m'asseye à une table de poker. Le poker est une science, une science primitive, brutale, mais c'en est une. Là encore, tout l'argent que le consul de France à Shanghai m'avait donné — plusieurs mois de solde de retard —, à mon arrivée à Marseille, je l'avais dilapidé. Pire encore, je devais une somme inquiétante.

Mais à Shanghai, grâce au consul de France, c'est tout autre chose que j'avais découvert.

Je m'y étais rendu, de Vladivostok, via le Japon et la Corée car, m'avait-on dit, c'était le seul port d'où appareillaient des paquebots reliant directement l'Extrême-Orient à l'Europe. Je n'oublierai jamais notre arrivée à Shanghai.

La brume était si épaisse, si compacte que nous avons dû attendre quarante-huit heures dans la rade avant d'accoster. On ne voyait pas à deux mètres devant soi. À plus forte raison, ne pouvions-nous voir les autres bateaux que nous devinions pourtant tant ils étaient proches. Nous les sentions même nous effleurer comme des caresses.

Cornes de brume, sirènes. Clapotis sourds de l'eau contre les coques. Passagers et matelots glissaient sur le pont comme des fantômes. Et derrière ce rideau opaque de brume, un monde immense, inconnu, fabuleux, grouillait : la Chine.

En poste dans ce pays depuis près de trente ans, Wilden, c'était le nom du consul, avait, malgré son regard vif et clair, un visage que soulignaient les prémices de la vieillesse. En 1919, la Chine était déjà divisée. Des révoltes de toutes parts avaient surgi et l'enfant qui tenait lieu d'empereur n'était plus que le symbole évanescent d'une époque révolue ; mais Wilden, lui, avait connu le temps des mandarins. Maniant la langue avec une parfaite dextérité, il avait partagé leurs conversations, leurs repas, leur existence. Et de cet immense pays, il semblait connaître les moindres recoins. J'éprouvai très vite pour lui une vive sympathie et je crois qu'elle fut réciproque. Il m'aida dans les moindres détails et se montra de Shanghai le meilleur guide. Enfin, il me fit découvrir une chose qui compta beaucoup dans ma vie, une chose aussi qui me fut d'un grand secours face à de profonds chagrins : l'opium.

C'est avec lui, dans son appartement au consulat, que j'ai fumé ma première pipe.

À l'époque dont je parle, tout l'Extrême-Orient était voué à l'opium, et de la façon la plus légale, la plus naturelle. C'était une tradition ancrée dans les mœurs, une part importante de la vie de chacun. Et personne n'en mourait. Bien au contraire.

À Shanghai, les autorités françaises et anglaises n'avaient pas à se montrer vertueuses dans ce domaine, qui, par le biais de leur régie officielle, vendaient l'opium comme le tabac avec une estampille gouvernementale. Dans les différentes concessions qui se partageaient la ville, l'anglaise, la française, l'internationale ou dans la ville chinoise proprement dite, on pouvait entrer librement dans n'importe quelle fumerie et y croiser, dans l'une ou dans l'autre, des banquiers, des diplomates comme des porteurs d'eau. Tout le monde fumait. Lorsqu'on était reçu chez des gens pour un verre ou pour dîner, de même qu'on nous offrait un whisky, on nous offrait une pipe. Et il y avait de bonnes et de mauvaises pipes comme il y a de bons ou de mauvais whiskies.

Wilden, qui avait été initié de longue date par un mandarin, avait le culte de l'opium. Tous les jours, il fumait plusieurs pipes à heure fixe et connaissait ses doses et ses limites. Et chaque fois, scrupuleusement, religieusement, il respectait le cérémonial qu'on lui avait enseigné. Il m'en fit découvrir les charmes et les subtilités et je lui en suis reconnaissant jusqu'à ce jour.

Un soir que nous fumions ensemble dans une pièce contiguë à son bureau qu'il avait aménagée à cet usage, Wilden me proposa ce qui, peut-être, aurait été une surprenante aventure.

La guerre venait de prendre fin. Pendant les cinq années qui s'étaient écoulées, les fonctionnaires français n'avaient pu quitter Shanghai car tous les transports étaient réservés aux troupes ; si bien qu'après l'armistice, ce fut une ruée vers la France. Les congés s'étaient accumulés. Certains étaient partis pour neuf, douze, quinze mois même. C'était le cas du chef de la police de la concession française. Et ce que Wilden me proposait était de le remplacer.

J'avais vingt et un ans et, entre deux pipes d'opium, le consul général de France me proposait de devenir le chef de la police de l'énorme concession française de Shanghai, d'assurer l'ordre et la protection de dizaines de milliers de Chinois et d'Européens... La tête m'a tourné. En un instant, en un éclair, j'ai tout imaginé. Tout. J'ai failli me laisser prendre au délire de ma pensée, mais le fait d'être policier ne m'a jamais particulièrement tenté et avant tout je voulais écrire. Et je savais que pour cela, il fallait que je rentre. J'ai refusé.

En France, j'ai retrouvé des Chinois qui fumaient l'opium, mais dans de tout autres circonstances.

Un de mes amis beaucoup plus âgé que moi dirigeait un journal du soir auquel je collaborais assez régulièrement. Comme je dînais avec lui un soir, il me signale que le chef de la police judiciaire vient de l'appeler pour lui proposer d'assister à une rafle. Et il m'invite à me joindre à lui.

« C'est un gros coup, je n'en sais pas plus », me dit-il.

N'ayant jamais regretté de découvrir des choses nouvelles — fussent-elles les plus déplaisantes, les plus horribles, c'est un principe que j'ai conservé toute ma vie —, j'ai accepté. Et le souvenir que j'en ai me terrifie encore.

Il s'agissait en fait de deux rafles. La première s'est déroulée dans un hôtel de banlieue, un hôtel misérable de la zone où s'entassaient dans des murs suintants des immigrés de l'époque : Italiens, Polonais, quelques Algériens. Ils étaient dix par chambre. Les enfants, recouverts d'étoffes trouées, de chiffons, dormaient recroquevillés dans des tiroirs de commode. Et par terre, sur des cartons, des matelas éventrés, des hommes et des femmes baignant au milieu de la poussière, de la crasse... Une misère humaine physique et morale, mise à nu d'un seul coup, qui ne semblait molester en rien le commissaire, lequel sortant d'un dîner très officiel, les cheveux laqués de brillantine, arborait fièrement son smoking et trônait. Coups de pied — dans les meubles bancals, valises éventrées, vidées, renversées... Brutalité, mépris, indifférence.

J'avais un arrière-goût affreux dans la bouche. Et ce n'était rien. Un « amuse-gueule », comme avait dit le commissaire.

Nous sommes partis pour l'île de la Jatte.

Elle était à l'époque couverte de baraquements faits de tôles et de planches. Là vivaient quelques dizaines d'ouvriers chinois employés dans les usines Renault. Des manœuvres à qui l'on faisait faire toutes les basses besognes, celles que les Français les plus humbles refusaient, et que l'on récompensait avec un salaire de misère.

Alors, que pouvaient-ils faire, que leur restait-il pour oublier leur détresse? Les Français, eux, allaient au bistrot boire de l'alcool. Les Chinois, qui n'avaient pu s'y habituer, avaient autre chose qui ne pousse ni au meurtre ni à la folie : l'opium.

Quand le soir, harassés de fatigue, ils rentraient chez eux, ils formaient de petits groupes, allumaient les lampes, tricotaient les aiguilles et s'accordaient une heure ou deux de rêve avant de s'endormir.

La brigade a fait irruption. Et tout a volé en éclats. À grands coups de pied, tout a été cassé, écrasé, pulvérisé. Et les Chinois, tremblants de peur, incapables d'articuler le moindre mot, se sont blottis les uns contre les autres dans les coins de leurs chambres. Devant ce spectacle de cauchemar, voyant s'évanouir leur ultime espoir de bonheur, certains se sont effondrés en larmes, d'autres sont restés ahuris, hébétés.

Mais plus intolérable encore était l'hypocrisie suprême, par-delà l'injustice.

Le directeur de mon journal avait vécu en Indochine où il avait pris goût, lui aussi, à l'opium. Depuis son retour en France, il continuait de fumer. S'en procurer alors n'était pas trop difficile, d'autant qu'il disposait de moyens considérables. Il fumait chez lui, mais comme l'intoxication a une exigence d'horloge, et que si, à heure fixe, la dose n'est pas prise, le malaise se produit, il avait installé comme l'avait fait

Wilden, dans une pièce voisine de son bureau, une fumerie. Et là, entre deux rendez-vous, il se retirait pour fumer deux ou trois pipes puis revenait.

Et ce soir-là, devant ces Chinois misérables, il restait imperturbable, immobile, sans un mot. Quant au commissaire de police en smoking qui continuait son saccage, il était parfaitement au courant de tout. Il savait, il savait, mais moyennant finance, il se taisait.

En Extrême-Orient, je l'ai déjà dit, la République française organisait la vente de l'opium et, bien sûr, y prélevait des taxes tandis qu'à Paris la loi était formelle.

Elle touchait même des gens qu'on aurait pu croire au-dessus de tout soupçon.

Ainsi, Jean Cocteau fut un jour, lui aussi, victime d'une descente de police. Il a beaucoup fumé l'opium. Plus tard d'ailleurs, il ne s'en est pas caché. Il a même écrit un livre qu'il a intitulé *Opium*. Nous étions devenus de grands amis et il m'envoyait chacun de ses ouvrages, rehaussé d'une précieuse dédicace. Le dernier en liste, très rare, était tiré à cinquante exemplaires. Des phrases, des commentaires manuscrits, des vers comme jetés au hasard sur le papier. Ce petit livre avait une forme particulière : un rectangle de feuillets libres entre deux cartons qu'un ruban noué tenait ensemble. Sur l'un des cartons, le titre : *Géant L'Oiseleur*.

Je me trouvais en Suisse en reportage lorsque la descente de police eut lieu. La pipe et l'opium furent bien entendu saisis et lui fut emmené sur-le-champ à la brigade des stupéfiants. L'ayant appris très peu de temps plus tard, mon frère Georges, pensant que je pourrais peut-être faire jouer quelque personnage influent, m'envoya un télégramme aussitôt.

Il ne pouvait pas, bien sûr, me parler ouvertement ; il lui fallait mettre au point un code qui me fût intelligible. Et il trouva finalement cette formule que j'estime toujours étonnante d'humour et de finesse : « Oiseleur prisonnier des Orfèvres. Reviens. »

Je suis rentré à Paris. J'ai fait tout ce que j'ai pu. Et Jean Cocteau a été libéré.

J'ai même eu entre les mains son dossier des Renseignements généraux. Comme toujours : inventions, vérités, approximations, contre-vérités. Mais la dernière phrase était saisissante : « Se dit poète »...

L'humour involontaire de cette fiche de police me rappelle une situation cocasse que j'ai vécue en Corse.

Alors que je passais quelques jours à Ajaccio, je fis la rencontre d'un géomètre que j'avais connu à Paris. En mission, il travaillait pour le cadastre. Il avait, quelques années plus tôt, fait un long séjour en Indochine et il y avait contracté l'habitude de la drogue. Nous sommes allés boire un verre, et comme il savait que je fumais de temps à autre, il m'a dit :

« Si tu veux, d'ici quelques jours, j'aurai pour toi quelques pipes dont tu te souviendras.

— D'accord. »

Je ne voyais, jusque-là, rien d'extraordinaire.

Je souriais simplement en moi-même en pensant à ce qu'il venait de m'apprendre.

Il était devenu l'amant de la femme du préfet. Elle était très éprise de lui. Aussi, dès qu'elle savait le départ de son mari pour Paris imminent, elle le prévenait. Le mari parti, mon copain se glissait alors dans la préfecture et restait « prisonnier » dans la chambre de la préfète afin de n'être vu de personne. Sa maîtresse lui apportait de quoi boire, de quoi manger, et quand elle devait s'absenter, de quoi lire. Nous nous revîmes le lendemain. Et le jour prévu, je fus invité très officiellement à dîner à la préfecture. Il ne s'est pas montré, bien évidemment, mais je fis la connaissance de Mme la préfète et des notables qui m'entouraient. Le dîner s'achève. Tout le monde se retire. Sauf moi qui me retrouve seul au milieu du salon avec mon verre de cognac à la main.

« Je reviens tout de suite », me dit la préfète.

J'attends patiemment. Je m'assieds.

Elle réapparaît soudain, me prend par la main et me demande de la suivre. Il n'y a plus un bruit, plus un chat dans la préfecture. Nous entrons dans une salle imposante très haute sous plafond : la salle des réceptions officielles. Mon ami le géomètre était là. Il avait préparé pour nous le plateau, la lampe, la pipe. Il était confortablement installé, adossé au buste de Marianne. Et c'est là, sous le regard de Marianne, que nous avons fumé.

Après mes déboires au poker, en revenant de Shanghai, le prologue de mon retour au jeu est l'absurdité même. Ou plutôt, l'implacable logique du casino.

Je finissais un livre à Bandol. Et le livre fini, je suis allé au casino ; j'avais l'impression de mériter mon vice.

Je m'installe à une table de chemin de fer. Je joue, je gagne, et je gagne encore. La chance est là, je gagne pour moi et, pour l'époque, beaucoup. Vers minuit, je m'aperçois que ceux qui jouaient avec moi ne peuvent plus continuer, car ils ont, eux, tout perdu. Ils sont trois. Je les connais plus ou moins. Je suis à peu près sûr qu'ils sont réguliers. Alors, pour continuer à jouer, je leur propose de leur prêter de l'argent. Ils acceptent. Nous avons joué jusqu'à la fermeture. Et là, j'ai compris ce que représentaient les cinq pour cent que prélevait le casino sur chacun des gains. Jouez deux ou trois heures, vous gagnez, le casino a prélevé tant, parfait. Vous partez tout de même gagnant. Mais il suffit de quelques acharnés jouant les uns contre les autres comme c'est le cas au chemin de fer, et gagnant à tour de rôle une somme d'argent redistribuée par l'un des joueurs, pour qu'au bout du compte tout le monde soit perdant. Cinq pour cent par cinq pour cent, la cagnotte grignote tout. Chaque fois que l'argent change de main, il y en a un peu moins sur la table jusqu'au moment où il n'y en a plus du tout. Nous étions quatre, et quand le jour s'est levé, aucun de nous n'avait plus le moindre centime.

Les croupiers ont fait place aux balayeurs, aux femmes de ménage. Je me suis assis à une autre table, j'ai posé sur le tapis vert le bloc-notes que j'avais dans la poche et, au milieu des balais et des aspirateurs, je me suis mis à écrire une nouvelle. C'était le moment ou jamais de se remettre au travail.

L'année suivante, en 1927, j'ai été invité par le prince de Monaco à donner une série de conférences sur la littérature russe, dans la Principauté. En route, à Toulon, j'ai retrouvé mon frère qui faisait son service militaire et avait obtenu une permission de quinze jours. Nous sommes arrivés ensemble à Monaco. J'ai donné mes conférences, et à la sortie de l'une d'elles, un petit bonhomme chauve, rond comme une boule, se jette sur moi et m'embrasse.

« Espèce de salaud, tu savais que j'étais à Cannes. Heureusement que j'ai appris par le journal ta présence ici. »

Ce petit bonhomme était l'homme d'affaires qui, peu de temps auparavant, m'avait fait rencontrer Stavisky. Ce que j'ignorais, c'est qu'il était un joueur effréné, incurable, qu'il avait fait deux fois fortune et que, deux fois, il avait tout perdu. Sachant que le jeu peut mener au pire, il s'était fait assurer à Londres contre le suicide. Mais à quel prix !

« C'est scandaleux que tu ne m'aies pas prévenu, poursuit-il. Je ne te lâche plus. Tu es mon invité. »

Je lui explique que mon frère est avec moi.

« Pas de problème, ton frère aussi est mon invité. »

Il y avait le soir même une réception au palais princier. Je trouve la première excuse possible et je passe à l'hôtel pour me changer. Nous rejoignons notre homme au restaurant. Ce que j'ignorais aussi, c'est qu'il avait gagné la veille au casino de Monte-Carlo plus de sept cent mille francs. Sept cent mille francs en 1927... Et je ne savais pas davantage en arrivant au restaurant que cette fortune-là, pendant l'heure où à l'hôtel je me changeais, il l'avait perdue ! Nous avons merveilleusement dîné, bu les meilleurs vins, et à minuit nous étions à Cannes.

« Je suis au Carlton, me dit-il, il est plein à craquer, alors je vous ai réservé une chambre à l'Hermitage. Mais de toute façon, à cette heure-ci, nous allons au casino.

— Mon frère n'a pas de smoking.

— Ne t'en fais pas, on va arranger ça. »

Un maître d'hôtel lui a prêté des escarpins, une chemise empesée à col dur. Pour le reste, il s'est débrouillé. Et nous entrons au casino.

Je n'ai sur moi que les deux mille cinq cents francs que l'on vient de me remettre pour mes conférences. J'en donne la moitié à mon frère. Le jeu s'engage.

Une demi-heure s'était écoulée quand l'homme d'affaires est venu me voir à ma table :

« Je n'ai pas de chance. J'ai perdu tout ce qui me restait. Je n'ai plus rien sur moi. Et tu comprends, ici, m'explique-t-il, je suis trop connu, je ne peux pas faire un chèque maintenant. Cela ferait mauvais effet. Mais avec toi, il n'y aura pas de problème.

— Mais je n'ai pas de carnet de chèques, je n'ai même pas de compte en banque.

— Aucune importance. »

On pouvait, dans le casino même, par quelle combinaison je ne sais, tirer des chèques sur une banque algérienne sans y avoir le moindre dépôt. Entraîné par l'enthousiasme de mon ami, je signe donc un chèque de dix mille francs.

« Je t'en prends la moitié. Demain, je te la rends. »

Le jeu reprend. La nuit avance. Le casino ferme. Tout était perdu.

Le lendemain, nous recommencions. Et durant dix jours, nous n'avons pas cessé. Je signais des chèques, nous perdions. Je signais d'autres chèques, nous perdions encore.

Une nuit, toutefois, il a gagné six cent mille francs. Il m'a remboursé. La banque algérienne a été réglée. Je nous croyais sauvés. Mais nous avons recommencé. J'ai tiré à nouveau des chèques sur la banque algérienne. Et à nouveau, nous avons tout perdu. Des chèques et encore des chèques, jusqu'au jour où le chéquier me fut refusé. Le directeur de cette banque étrange me convoqua alors dans son bureau.

« Monsieur, vous me devez... »

Et il m'annonce un chiffre astronomique.

Puis il ajoute :

« Je suis arrivé ici à l'âge de quinze ans, en sabots, de mon Auvergne natale. Mais j'ai appris jusqu'où peut aller un joueur. Étant donné qui vous êtes, ce que vos livres, vos reportages, vos conférences peuvent vous rapporter, vous pourrez, je le crois, me régler. Si vous aviez perdu plus encore, vous auriez atteint ce qu'on appelle le point de non-retour, mais je vous ai arrêté à temps. Avant qu'il soit trop tard. Et je vous préviens que mes démarches sont légales et que j'exigerai de vous cet argent. »

Une pareille leçon, quand on a vingt-sept ans et un solide amour-propre, c'est dur. Très dur.

En sortant, j'ai filé aussitôt chez mon ami l'homme d'affaires et je lui ai fait part de la situation.

Comme j'avançais dans mon récit, je le voyais

se décomposer au fur et à mesure de mes mots. Il était bafouillant, paralysé. Il a éclaté en sanglots. C'est alors que j'ai appris tous les détails de son histoire : ses deux fortunes perdues, son assurance contre le suicide, l'avenir de ses trois fils qu'il voulait garantir, son désespoir... Une heure durant, avec passion, avec colère, avec fascination aussi, il a parlé des parties gagnées, des parties perdues. Il m'a confessé qu'une fois de plus, il ne lui restait plus rien. Plus un centime en poche. Il nous faudrait donc payer notre hôtel, un hôtel de grand luxe où nous ne nous étions rien refusé.

La note était lourde, quatorze mille francs, et il m'en restait tout juste cent.

Ne trouvant d'autre solution que de forcer la chance une dernière fois, mon frère et moi, nous sommes retournés au casino. À l'aveuglette, nous avons jeté nos cent francs sur le tapis vert d'une roulette.

« Messieurs, faites vos jeux. »

Nous osions à peine regarder notre plaque.

« Les jeux sont faits. »

Le croupier lança la roulette, lâcha la bille.

« Rien ne va plus. »

Silence. Cliquetis de la bille qui rebondit une fois, deux fois. Et... notre numéro sort. Trente-six fois la mise ! Nous ramassons, recommençons. Et deux fois encore nous avons gagné.

C'était trop beau, trop incroyable. Nous sommes passés à une table de chemin de fer. La chance était toujours avec nous. Et quand tout à coup, j'ai compté les plaques que j'avais dans les mains, il y avait seize mille francs. Alors, alors, seulement, l'instinct de survie, l'instinct de conservation a joué. Je me suis levé d'un bond sans me donner le temps de réfléchir. J'ai changé mes plaques. J'ai réglé notre note d'hôtel. Le lendemain, nous étions partis.

Et le surlendemain, à Paris, j'ai pris rendez-vous chez le préfet de police que je connaissais bien et je lui ai demandé de m'interdire de jeu pour vingt ans.

Pour achever de me dégoûter, il m'a raconté deux histoires qu'il venait d'apprendre. Deux de plus qui allaient s'ajouter au sombre florilège de celles que je connaissais déjà.

Un homme d'affaires bien nanti de la banlieue marseillaise, un margoulin, avait fait le coup du «joueur de paille». Il avait proposé au fils d'un de ses amis, qui était venu le voir pour lui emprunter de l'argent, un marché de dupes que le jeune homme trop naïf s'était empressé d'accepter.

«Je te donnerai chaque jour deux cents francs. Tu iras au casino et tu les joueras à ma place. Si tu perds, tant pis. Et si tu gagnes, je te donnerai une commission sur la somme.

— Tout de suite», dit le jeune homme plein de reconnaissance, qui n'avait jamais joué de sa vie.

Et consciencieusement, il se met au travail.

Le premier jour, il perd, le deuxième aussi et le troisième. Et il en fut ainsi durant toute la semaine. Puis un jour, une fois n'est pas coutume, et c'est bien là le piège du jeu, il gagne pour la première fois de sa vie : cent, deux cents, deux cent cinquante mille francs. Débordant d'enthousiasme, il va remettre la somme à son commanditaire qui l'a très calmement et intégralement empochée.

« Tu as gagné. Le contrat s'arrête là. Je n'ai plus besoin de toi. Au revoir. »

Et le jeune homme un peu naïf est reparti crever la faim.

Récemment nommé au poste d'attaché d'ambassade à Athènes, un jeune diplomate avait décidé de s'y rendre par petites étapes successives. Lui aussi était un novice du casino. Par curiosité, plus que par tempérament, par passion du jeu, il fait une première halte à Monte-Carlo. Il entre dans la grande salle du casino. Juste pour voir. Il a sur lui dix mille francs, tout l'argent nécessaire à l'installation de sa nouvelle vie à l'étranger. Peu à peu, il se laisse tenter. Il s'assied et joue. À deux heures du matin, il a deux cent mille francs. Il est riche, très riche. Il est mordu, il continue. À la fermeture du casino, il ne lui reste plus que soixante mille francs. Et pour lui, ce n'est pas six fois sa mise de départ, mais moins du dixième du trésor qu'il possédait encore quelques heures auparavant et avec lequel il avait reconstruit le monde. De désespoir, il se tire une balle dans la tête.

Un autre monde, une autre atmosphère, d'autres excès.

Hollywood, 1948.

Je vivais chez Anatole Litvak. Nous nous aimions beaucoup, les retrouvailles avaient été chaleureuses et tous les soirs, c'était la fête.

Peu de temps après mon arrivée, Lewis Milestone, lui aussi metteur en scène, m'invite à passer la journée chez lui pour son anniversaire. Américain de nationalité, il est russe d'origine ; et c'est en russe que nous parlons. Il venait de tourner *À l'ouest, rien de nouveau* d'après Erich Maria Remarque et *Des souris et des hommes* d'après Steinbeck. C'était là un de nos sujets de conversation favoris.

Au déjeuner, nous étions peu nombreux. Excepté moi, il n'y avait que des intimes. Le reste des invités devait arriver peu à peu dans l'après-midi, dîner et rester tard dans la nuit. Vers six, sept heures, notre groupe s'était largement agrandi, lorsque s'approcha de moi un homme que je reconnais immédiatement et qui me tend une main amicale : c'était Humphrey Bogart.

« Il paraît que vous buvez bien, me dit-il.

— Ah bon, répondis-je un peu surpris.

— Allons, allons, je sais, on m'a dit. Vous

tenez bien le coup... mais moi, encore mieux que vous. »

Il avait retourné son pouce sur sa poitrine.

« Alors, propose-t-il, nous allons faire un pari. »

Je ne sais pourquoi, je n'ai jamais refusé ce genre de défi un peu ridicule.

« Pari tenu. »

La règle était la suivante : la maison donnait de toutes parts sur un jardin merveilleusement entretenu et parsemé d'arbres illuminés de couleurs différentes. Le bar était dans une antichambre derrière le salon immense. Nous devions donc traverser le salon, et boire en même temps un verre du même alcool puis revenir dans le jardin. Et ainsi de suite toutes les dix minutes. Celui qui ferait le plus grand nombre d'aller-retour serait le gagnant.

Je tentai de le mettre d'accord sur la vodka, mais il refusa. Notre terrain d'entente fut le cognac.

Tandis que nous devisions gaiement sans trop nous préoccuper de ce qui se passait autour de nous, l'attention se porta subitement sur un couple de musiciens qui venait d'arriver. Elle était chanteuse, lui jouait de la guitare. Et malgré les demandes répétées, insistantes, les supplications même, ils continuaient de se faire attendre, de se faire prier. Et nous deux, nous continuons de traverser le salon toutes les dix minutes comme si de rien n'était.

Puis c'est le silence, elle se prépare enfin à chanter; il accorde sa guitare.

Entre-temps, Bogart et moi étions passés allègrement d'une bouteille à l'autre. Passablement éméchés, nous parlons et rions de plus en plus fort de sorte que chaque fois que nous mettons un pied dans ce salon, le charme est rompu. Coupés dans leur élan, les musiciens s'arrêtent. On dirait un numéro préparé à l'avance : pendant une bonne heure, chaque fois qu'ils s'apprêtent à chanter, nous faisons notre apparition et ils ne peuvent plus chanter. Et à chacun de nos passages, nous sommes, lui et moi, plus ivres et bruyants qu'au passage précédent.

Brusquement, je me retourne, Bogart n'est plus là. Je fais le tour du jardin, celui de la maison, je vais voir au bar. Je demande. Rien à faire. Introuvable. Il a disparu.

Je me dirige alors vers ma femme et j'entends Lauren Bacall lui demander, sans savoir qui elle était :

« Qui est ce salaud qui saoule mon mari ?

— C'est mon mari. Ils ont fait un pari. À qui tiendrait le mieux ! »

Et elles sont parties d'un fou rire.

Moi, dans ma lancée, j'en avais oublié jusqu'à Bogart. J'ai continué de boire, et de boire encore.

Comme cela m'arrivait parfois, j'ai été pris tout à coup d'une folie de destruction. J'ai commencé à tout casser. Verres. Assiettes. Chaises.

Je me suis repris un instant. Je suis resté fasciné par un miroir énorme, superbe, dont le large cadre ancien, en bois doré, ciselé, formait des volutes dont je ne pouvais détacher mon regard. Et, pensais-je, il y a toujours un moment miraculeux quand on brise un miroir, un moment insaisissable qui ne dure pas la seconde : c'est la zébrure. Un éclat. Un éclair de feu. J'ai jeté mon verre violemment sur le miroir, pour ce moment d'éclatement-là.

Gene Kelly, heureusement, m'a saisi par les épaules et m'a sorti de la maison. Il m'a parlé lentement, doucement, comme on sermonne un enfant. Mais ses mots ne m'atteignaient pas. J'étais dans mon univers à moi, dans ma folie obscure ou illuminée.

Il m'a reconduit chez Litvak. Je délirais, paraît-il. En français, en anglais et en russe à la fois, invoquant la lune et le soleil.

Pour pénétrer dans la maison de Litvak, il fallait passer par une porte de verre. Elle était fermée. Kelly n'a pu me retenir. À grands coups de tête, j'ai enfoncé la porte qui a littéralement explosé. Et les éclats de verre cassé volaient dans tous les sens. Je ne pouvais plus m'arrêter, j'ai cassé toute la verrière en la cognant avec mon front.

Quand je me suis réveillé, dessaoulé, et par miracle sans une égratignure, j'ai pris un long moment avant de comprendre ce qui m'était arrivé. Et le miroir de Milestone...

Litvak a téléphoné pour moi. Il valait vingt mille dollars. Je ne les avais pas, bien sûr.

Il m'a passé Milestone :

« Ne t'en fais pas, Jef, ne t'en fais pas. C'est arrivé à tout le monde ! Tout ça n'est pas grave. »

Je n'ai su que répondre. Puis je n'ai pu m'empêcher de lui demander :

« Et Bogart ? »

Il est parti d'un immense éclat de rire :

« Je crois bien que c'est toi qui as gagné le pari. On l'a finalement retrouvé : il se croyait au milieu du Pacifique. Il était à plat ventre sur la moquette de sa Rolls et il nageait la brasse. »

« AMI, ENTENDS-TU... »

I

1939. La guerre.

« Quel est ton métier?

— Journaliste.

— Mon pauvre vieux, toi t'es bon pour la pelle et la pioche.

— Mais enfin, pourquoi?

— Parce qu'il y a une erreur sur ta fiche. Au lieu d'inscrire "journaliste", on a inscrit "journalier". »

Mobilisé, j'avais été affecté à un régiment motorisé. 2e classe. Engagé volontaire, j'avais fait la Première Guerre comme aviateur. J'avais obtenu le grade de sous-lieutenant. Mais j'étais russe encore à l'époque. Mon grade d'officier à titre étranger avait donc été supprimé. Quand, quelques mois plus tard, j'ai été naturalisé, j'aurais pu reprendre mon grade, à condition de faire des périodes. J'avais autre chose à faire. Et puis, cette guerre, elle avait été la dernière des dernières, la der des der. À quoi bon récupérer un grade inutile?

Bon, m'étais-je dit, après tout, les chars, c'est un nouveau métier. Et le correspondant de guerre que j'avais voulu être s'était retrouvé à Provins. Avec deux vieux copains, René Lefèvre, le comédien, et Roger Chancel, le dessinateur. Nous étions heureux de nous retrouver et heureux de penser que, peut-être, nous allions servir à quelque chose. Mais là, à cette première entrevue avec le caporal chargé des inscriptions, tout mon enthousiasme s'est perdu.

J'ai pris mon mal en patience. Les choses finiraient par s'arranger. Trois semaines, je me suis morfondu dans ce régiment de chars au milieu de trois mille hommes dont l'humeur se faisait tous les jours plus morose.

On les avait habillés en réquisitionnant les magasins Alba. Ils portaient des jaquettes et des pantalons rayés. Pour patauger dans la boue, ils avaient des souliers bas. Ils étaient nombreux ceux qui avaient la croix de guerre 1914-1918, certains avaient la médaille militaire. J'en ai vu pleurer de honte.

Comprenant qu'il fallait remonter le moral de ses troupes, le colonel nous a demandé de distraire ces hommes qui étaient sur le point de devenir fous.

« Allez chercher des disques et faites-leur écouter de la musique, a-t-il dit à Lefèvre et à Chancel. Faites-les lire », m'a-t-il dit.

Et voilà à quoi nous avons passé notre temps. Enfin j'ai pu faire valoir mes droits de journaliste. Enfin je suis devenu correspondant de guerre. Pour *Paris-Soir*.

Mais, correspondant de guerre, nous n'avions pas la tâche facile. Pour une raison : les états-majors considéraient presque les journalistes comme des espions. Nous aurions dû être mélangés aux troupes, avoir l'air de soldats ordinaires. Mais, avec notre uniforme réglementaire, nous avions l'air d'officiers étrangers. On nous avait donné des casquettes tchèques... Enfin, je faisais mon métier.

Pour entrer en contact avec les soldats, c'était toute une histoire... Il fallait constituer des groupes. Le groupe était reçu par un capitaine, officier de presse du corps d'armée, lequel, après un verre et une brève conversation, nous menait à la division et nous présentait à l'officier chargé de presse de la division, puis c'était la brigade, puis le régiment où un officier nous baladait à travers les cantonnements, dans les blockhaus, les fortifications de la ligne Maginot. Que de kilomètres nous avons faits dans ces tunnels qui n'ont servi à rien ! Et, quand les soldats nous voyaient arriver, accompagnés par un officier, ils n'ouvraient pas la bouche. En outre, la nuit tombait déjà et le règlement militaire nous interdisait de rester avec les troupes après le coucher du soleil. On nous rembarquait pour notre cantonnement, l'hôtel Thiers à Nancy.

Une fois, une seule fois, mais par quel tour de force, j'ai réussi à passer une nuit aux avant-postes avec un corps franc.

L'article a paru dans *Paris-Soir*. Quarante-huit heures plus tard, le commandant du groupe d'armées de l'Est demandait à me voir : « Monsieur, grâce à vous, j'ai appris beaucoup de choses ! » s'exclama-t-il...

Et il en aurait appris encore davantage si tous les correspondants de guerre avaient pu circuler librement. Quel mal pouvions-nous faire ?

Au milieu des nombreux Français qui étaient dans cet hôtel Thiers, il y avait quelques étrangers. Des Anglais surtout ; nos alliés. Et parmi ces trois ou quatre Anglais se trouvait un homme d'une quarantaine d'années. Il était très discret, très élégant ; un sourire plein de charme et, derrière ses lunettes à monture d'écaille, un regard perspicace, des yeux très fins. Nous nous sommes rencontrés. Il m'a tendu la main :

« Bodington. »

Bodington ? Mais... Deux, trois mois avant que la guerre ne commence, un éditeur anglais m'avait communiqué les épreuves d'un livre. Il me demandait d'en faire la traduction ou d'écrire une préface, au cas où il m'intéresserait. Par la beauté de sa langue, par la densité des descriptions, le livre qui décrivait le vol d'un pilote, seul, au-dessus d'un océan, l'Atlantique ou le Pacifique, tenait en haleine le lecteur. Il y fallait beaucoup de talent. Le nom de son auteur m'était resté dans la mémoire.

« Bodington ? C'est vous qui...

— Oui, c'est moi », répondit-il avec un étonnement mêlé de fierté. Son livre n'avait pas encore paru puisque la guerre était survenue entre-temps ; personne ne l'avait lu, sauf moi.

Nous sommes devenus très amis. Nous buvions du whisky et bavardions des nuits entières. 40 est arrivée. Il a disparu. Il avait dû retourner en Angleterre. Nous, nous avons été ramenés à Paris.

Le 10 mai 40, à la stupéfaction de l'état-major français, les armées allemandes contournent la ligne Maginot et envahissent la France par les Ardennes.

Les événements se précipitaient. C'était le moment ou jamais de laisser les journalistes exercer leur métier. Au contraire nous étions enfermés dans Paris, sans autorisation de sortie. Jour après jour j'ai attendu, j'ai espéré. En vain.

Le 16 mai, je me souviens encore de la date précise, j'ai appris qu'on brûlait en masse les dossiers des Affaires étrangères dans la cour du Quai d'Orsay.

L'inquiétude grandissait...

Je suis allé voir Pierre Lazareff qui était secrétaire général de *Paris-Soir*.

« Écoute, Pierre, je ne peux pas rester en place.

Il faut à tout prix essayer de savoir où se trouvent les Allemands.

— C'est d'accord, me dit-il, je te couvre. »

Je faisais équipe avec un excellent photographe de *Paris-Soir* qui était aussi un très bon chauffeur. Et nous sommes partis en voiture en direction de l'est.

À vingt kilomètres de Reims, nous avons rencontré les premiers réfugiés. Ils fuyaient à cheval, à bicyclette, en voiture, dans des corbillards où étaient entassés des matelas et des enfants. Une vision lamentable et odieuse. Nous allions à contre-courant et nous étions les seuls. Aux abords de Reims, des paysans qui conduisaient une charrette à deux chevaux sur laquelle étaient assis leurs gosses se sont arrêtés :

« Où allez-vous ?

— À Reims.

— Vous êtes fous, n'y allez pas. Les Allemands y sont. »

La nuit approchait. Nous avons roulé très lentement et nous sommes arrivés aux portes de Reims. Pas d'Allemands. Nous avons continué jusqu'au centre de la ville. Toujours pas d'Allemands. Tous les magasins étaient fermés, même les magasins d'alimentation. Seul un petit hôtel nous a ouvert ses portes. « Vous pouvez passer la nuit ici », nous a dit le patron.

Le lendemain matin, nous avons décidé de continuer vers Rethel. Le cortège des réfugiés était encore plus dense que la veille. Et plus effrayant.

« Les Allemands sont à Rethel. N'y allez pas ! N'y allez pas ! »

Ils avaient l'air sûrs de ce qu'ils disaient.

Nous avons pris une route secondaire. Et nous roulions très doucement, quand, tout à coup, débouche d'un tournant un camion qui zigzaguait dans tous les sens. Un camion militaire, fou, emballé. Le chauffeur, pris de panique, accroché à son volant, hurlait pour lui seul :

« Ils arrivent ! Ils arrivent ! Ils arrivent ! »

Nous nous sommes arrêtés sur le bord de la route, mais le chauffeur avait perdu la tête et dans son délire a heurté l'arrière de la voiture, laquelle a basculé dans le fossé. Il ne s'en est même pas rendu compte et a continué à hurler. Nous nous sommes regardés, mon camarade et moi, un peu ébranlés. Cette fois, c'était peut-être vrai.

La première chose à faire était de sortir la voiture du fossé. Comme nous nous y employions... sourds, étouffés, des grondements de moteurs. Ça y est : les Allemands !

Nous nous sommes jetés, tapis dans l'herbe pour tenter de nous dissimuler le mieux possible. Immobiles, le souffle coupé, nous nous lancions des regards furtifs.

Douze motards débouchent du tournant... Des Français. Une patrouille de la division de

Lattre, la 14e division d'infanterie. Nous avons jailli de notre fossé.

« Les Allemands ne sont pas à Rethel. Vous pouvez continuer. » Et nous avons rejoint de Lattre.

On l'appelait le Roi Jean. C'est qu'à sa popote, ses ordonnances portaient des gants blancs. Il avait enterré ses chars à bout d'essence, comme des tourelles d'artillerie. Il avait arrêté tous les soldats qui battaient en retraite en désordre, que leurs officiers n'avaient su retenir. Il avait réussi, seul, dans ce front mouvant, à stabiliser ses troupes. Jusqu'au bout, malgré la panique, il avait montré qu'on peut maintenir l'ordre et la règle. Et il tenait. Il avait même foudroyé toute une colonne allemande qui avançait et résisté plusieurs jours devant l'assaut.

Il n'avait accepté de se replier que sur un ordre écrit de son état-major.

C'est ainsi que j'ai su où passait la ligne de front.

Dès mon retour à Paris, j'ai contacté Lazareff qui, bien que secrétaire général du plus grand journal de France — *Paris-Soir* tirait à deux millions d'exemplaires —, n'était au courant de rien. Il m'a emmené chez son patron, Jean Prouvost, alors ministre de l'Information. Il ne savait rien non plus. Prouvost a téléphoné à Paul Reynaud, président du Conseil. Il n'en savait pas davantage.

Et c'est à Paul Reynaud que j'ai fait le récit des quelques jours qui venaient de passer.

« Il faut écrire un article tout de suite, me dit Paul Reynaud, raconter ce que vous avez vu, votre rencontre avec de Lattre et dire où sont les Allemands.

— Mais il y a la censure. Même si j'écris l'article dans la nuit, cela prendra vingt-quatre heures au moins.

— Écoutez, me répond-il, demain je ne peux pas m'occuper de vous, je suis pris toute la journée, mais allez voir de ma part... (et il me donne alors le nom d'une dame, sa maîtresse). Elle téléphonera au directeur militaire de mon cabinet, et tout ira bien. »

Le lendemain, après une nuit blanche de travail, je me rends chez la personne en question. On m'annonce, et je suis reçu tout de suite. J'entre dans un boudoir où la dame était en train de se faire manucurer et coiffer.

Elle m'a questionné longuement. Mais toutes les trois minutes notre conversation était interrompue par des appels téléphoniques provenant du ministère des Affaires étrangères. J'ai pu comprendre qu'il s'agissait de secrets d'État auxquels elle semblait répondre ouvertement et sans aucune gêne malgré la présence du coiffeur et de la manucure qui auraient pu tout aussi bien être des espions.

Puis elle a appelé le directeur militaire, le général Deschamps.

«Voilà, mon petit Jean, Paul m'a dit qu'il ne fallait pas que ça passe par la censure.

— Bien, a répondu le général. J'enverrai quelqu'un porter le visa au journal même. On peut faire composer.»

Et voilà comment mon article est sorti le jour même.

Les choses ensuite sont allées de plus en plus mal. Dans le Nord, l'armée française était encerclée, coupée du reste du pays. La grande retraite vers Dunkerque commençait. Et encore une fois il n'était pas question qu'un correspondant de guerre puisse y aller.

Il se trouvait heureusement que je connaissais bien le ministre de la Marine, César Campinchi. Nous nous tutoyions. Quelques années plus tôt, alors que je devais écrire un article contre la peine de mort, il avait poussé l'amitié jusqu'à me faire entrer avec lui, travesti en avocat, dans une cellule de condamné à mort.

Je prends donc rendez-vous, il me reçoit, mais, à peine le nom de Dunkerque prononcé, il se redresse :

«Alors là, mon vieux, n'y pense pas une seconde. C'est tout simplement impossible.»

On bavarde encore quelques minutes. Je retourne à *Paris-Soir*, me précipite chez Lazareff.

« Le ministre est formel. Il n'y a rien à faire. Aucun espoir. »

Or, par un hasard extraordinaire, se trouvait là, à cet instant précis, dans le bureau de Lazareff, le chef de publicité de *Paris-Soir* qui n'était autre que le duc d'Ayen.

« Écoutez, mon cher, me dit-il, moi je dois pouvoir vous arranger ça. Depuis le début des hostilités je loue, à raison d'un franc symbolique, mon château au grand état-major de la marine. Je pense pouvoir bénéficier de leurs faveurs. »

Il sort du bureau et revient au bout d'un quart d'heure, un sourire esquissé :

« Voilà, c'est arrangé. Le chef d'état-major de la marine m'a dit qu'on vous enverrait bientôt, très bientôt, dans les vingt-quatre heures, une note vous précisant votre port d'embarquement pour Dunkerque. »

Je rentre chez moi, comblé, quand, deux heures plus tard, le téléphone sonne : Campinchi affolé — il avait dû être averti par ses services — qui me dit :

« Mais enfin, tu te rends compte ? Les autres journalistes ? Le scandale !

— Je suis désolé, c'est mon métier, ai-je répondu. Je ne peux pas refuser une telle faveur. Comprends-moi. »

Le lendemain je suis parti sur le plus extravagant des rafiots. Moitié marin, moitié fluvial, il faisait le voyage entre Rouen et Londres. Il descendait la Seine, traversait la Manche et remontait l'estuaire de la Tamise. Il était rouillé et fatigué et pour toute défense il avait une ridicule pétoire antiaérienne, il n'y a pas d'autre mot, une mitrailleuse Saint-Étienne qui datait de la guerre de 14. À part le chef de bord qui, lui, était un professionnel, tous mes autres compagnons de voyage étaient des électriciens ou des mécaniciens de Paris ou de Belleville qui n'avaient jamais mis les pieds sur un bateau. Pour tout achever, notre rafiot était bourré de munitions. Or, la veille, à Calais un autre bateau plus important que le nôtre, avec une défense antiaérienne beaucoup plus efficace, avait sauté sous un bombardement de stukas.

Les avions allemands n'avaient qu'un but, bien sûr, démolir tous les bateaux qui venaient à Dunkerque afin d'empêcher l'embarquement des troupes.

Pendant deux ou trois heures j'ai eu peur, vraiment très peur. Cela m'est arrivé souvent dans ma vie, mais cette fois-là, ce fut une peur des plus profondes, une peur qui noue les tripes et qui paralyse la totalité de l'être. J'avais beau me dire que je l'avais cherché, que j'aurais aussi bien pu être en train de boire un café à la terrasse du Fouquet's, cela ne changeait rien à la situation.

Et nous sommes arrivés à Dunkerque.
Malgré l'horreur des morts et des blessés qui

gisaient de toutes parts, le spectacle était d'une beauté hallucinante. Sur vingt kilomètres de plages, sur fond d'incendies, de brasiers géants, pilonnés par les bombardements incessants des avions ennemis, des milliers d'hommes, encore en vie ceux-là, attendaient qu'on les prenne en main, qu'on les sorte de ce piège. Et, sur la mer, un immense chassé-croisé de torpilleurs, de croiseurs, de navires à aube, de voiliers de tout acabit. Une armada dépareillée, déboussolée, affolée.

Un détail m'a frappé parmi tant d'autres. Il dénote un caractère bien particulier. L'ordre strict avait été donné à tous les soldats de ne garder avec eux que les armes dont ils avaient besoin pour se défendre et de jeter le reste, tout le reste, afin qu'il y ait le plus de place possible et moins de poids sur les bateaux. Les Anglais le faisaient sans hésiter. Mais les Français, eux, essayaient de resquiller. Ils avaient de merveilleuses motos, qu'ils essayaient d'embarquer ; on leur reprenait, ils essayaient encore. Et ils finissaient par les pousser dans une soute. À croire que l'appât du gain leur faisait oublier la peur des bombardements.

J'ai été embarqué sur un torpilleur français jusqu'à Folkestone. Et de là, j'ai regagné la France.

Quelques jours encore et Paris déclaré ville ouverte était pris par les Allemands. Et en novembre 1942, la zone dite libre était occupée.

Depuis quelque temps déjà j'étais affilié, dans le midi de la France, près de Toulon, à un réseau qui venait de naître. Contacts, transports d'argent, transports d'armes.

Je vivais sous un faux nom, avec de faux papiers. Malgré plusieurs contrôles que j'ai eu à subir à Vichy, je n'ai jamais eu d'ennuis...

Une fois, pourtant...

Comme je descendais du train en gare de Vichy, je m'étais arrêté au buffet de la gare pour boire un café. La patronne qui était derrière le comptoir s'est approchée de moi tout à coup et m'a dit :

« Allez, allez, je vous ai reconnu... »

Je ne me dissimulais pas derrière une fausse moustache, mais j'essayais dans la mesure du possible de passer inaperçu. J'ai levé les yeux et elle a ajouté :

« Allez, allez, je vous ai reconnu, monsieur Michel Simon !... »

Notre réseau était lié aux Anglais. D'Angleterre nous venait l'argent, les mitraillettes, les charges de plastic. Entre autres missions nous devions assurer le débarquement et l'embarquement de gens qui venaient d'Angleterre ou qui devaient y aller. Des felouques, c'étaient des petits bateaux très rapides, venaient de Gibraltar, déposaient des agents, en rembarquaient d'autres et disparaissaient dans la nuit.

Une nuit, nous attendions l'une d'elles. Et cette nuit-là on nous avait précisé :

«Attention, il y aura le délégué anglais des services secrets pour toute la zone sud !...»

Nuit profonde. D'épais rideaux calfeutrent les fenêtres de la maison au bord d'une crique de la Méditerranée. Une dizaine d'hommes et de femmes veillent autour d'une lampe. Silences. Mots échangés à voix étouffée. Il y a là des membres de notre groupe de résistance et des clandestins qui doivent regagner l'Angleterre. Nous attendons.

L'opération se pratique à intervalles réguliers. Le message radio en code a été transmis. S'il n'y a pas eu de panne, si un avion de surveillance ne l'a pas repérée, si un garde-côte ne l'a pas interceptée, l'embarcation doit arriver.

Mais déjà elle a du retard. Ceux qui sont là, crispés, anxieux, tendus, aux aguets, qu'ils partent ou qu'ils restent, je les connais tous. Sauf un. Cet homme dans l'ombre, à l'écart, face au mur. Il est immobile et garde le col de son manteau relevé jusqu'aux oreilles. Personne ne le connaît. Nous ne savons que ce que nous a dit le chef de réseau : ne lui poser aucune question, l'embarquer le premier.

Soudain, un murmure régulier, à peine perceptible, sourd. «La felouque», murmure quelqu'un.

L'inconnu, par un réflexe qu'il n'a pas su contrôler, infléchit une épaule, tourne la tête.

Nos regards se rencontrent. Et je lis dans ses yeux l'étonnement qu'il doit découvrir dans les miens. Ce visage carré, ce nez court coupé par l'armature des lunettes, ce regard, c'est lui. C'est Bodington. Bodington, le correspondant de guerre de l'hôtel Thiers à Nancy. Il est de nouveau face au mur. Dehors le murmure devient un grondement assourdi.

Quelqu'un éteint la lumière. Un autre ouvre la porte. Un fuseau obscur est dans la crique. Des signaux lumineux brefs, rapides, sont échangés.

La felouque accoste à une petite jetée construite pour des bateaux de plaisance. Des ombres sautent à terre, courent vers la maison. Une femme arrive la première. Grande, aux mouvements harmonieux, avec un beau visage sévère.

Ceux qui partent sont en file indienne. En tête, l'homme au col relevé sur les oreilles. Il passe devant moi, ralentit le pas et, dans un souffle, me dit :

« Silence, Jef, vous ne m'avez pas vu, vous ne savez pas qui je suis. »

Il est monté à bord. Et, silencieuse, tous feux éteints dans la nuit, la felouque a disparu.

La Résistance continuait.

Je suis averti qu'auprès de la Gestapo comme des services de police français qui aidaient la Gestapo, j'étais « brûlé ». Il fallait quitter la

France. Ce n'était pas un ordre, un conseil seulement. Avec mon neveu Maurice Druon qui partageait ma vie comme je partageais la sienne — il faisait partie du même réseau —, nous avons décidé de gagner l'Angleterre, de rejoindre de Gaulle à Londres.

Nous devions partir dans un Laïdenzer, un de ces avions habitués à faire la navette. Mais il y eut des accrocs. Des nuits sans lune, des perturbations atmosphériques. Bref, impossible de décoller. Et il n'y avait plus de felouque non plus. Pour rejoindre Londres, il ne restait donc qu'une solution : passer les Pyrénées, traverser l'Espagne, arriver au Portugal.

À Lisbonne, l'antenne gaulliste se chargerait de nous faire transporter à Londres.

Première étape : Perpignan.

Un ancien officier de marine, résistant, nous a procuré un passeur. Républicain espagnol, il considérait que la cause des Alliés était la sienne. Et il était très honnête, ce qui n'était pas le cas de tous les passeurs. Certains se contentaient d'emmener leurs clients et de les abandonner dans la nature à quelques centaines de mètres de l'autre côté de la frontière, si bien que, fatalement, ils étaient pris par la Guardia Civil, emprisonnés et souvent déportés. D'autres dévalisaient les clients qui passaient avec des bijoux ou de l'or et, parfois même, ils les tuaient pour les dévaliser.

José, c'était son nom, était de plus un homme cultivé. Il avait été l'aide de camp d'Assania, ancien président du Conseil espagnol et catalan. Il avait à sa charge une mère, une femme et plusieurs enfants. Et, pour les entretenir, il faisait de la contrebande et de temps à autre il faisait passer des gens.

«Vous êtes beaucoup plus encombrants que de l'aspirine ; enfin, on m'a demandé de le faire pour le réseau auquel j'appartiens, alors c'est d'accord, je vais m'occuper de vous.»

Nous sommes partis de Collioure au soir du 23 décembre 1942. Nous avons franchi les cols sous une nuit obscure. Il pleuvait à torrents. Et nous nous sommes retrouvés de l'autre côté de la frontière sans même savoir que nous l'avions passée. Il était minuit et demi. Impossible de continuer. Les passeurs ne pouvaient plus trouver leur chemin. Plusieurs caravanes avaient quitté Collioure ce même jour et nous fûmes une vingtaine à nous retrouver dans une grande clairière qui, perdue dans les montagnes, faisait figure de place publique.

Malgré la pluie, trois ou quatre feux étaient allumés. José en a allumé un autre et nous nous sommes assis autour pour nous sécher. Auprès de nous se trouvait une femme, très silencieuse, très discrète. Elle rejoignait son amant républicain espagnol qui voulait absolument se battre contre les fascistes et gagner l'Algérie pour s'engager dans la Légion étrangère. Dans chaque groupe, il y avait cinq, six personnes.

Mais, seuls, à quelques mètres, sur notre gauche, trois hommes assis. Un Français élégamment vêtu, coiffé d'un chapeau à bord rond et enveloppé d'un pardessus sombre au col d'astrakan, et ses deux guides. L'un indiquait le chemin, l'autre portait les bagages. La nuit était longue. On ne pouvait pas dormir. On bavardait les uns avec les autres. Intrigué, je me suis approché de cet homme et nous avons lié connaissance.

Il devait avoir une cinquantaine d'années, mais en paraissait beaucoup plus. Il était d'aspect fragile, il avait la poitrine creuse et respirait difficilement.

C'était le fugitif le plus « héroïque » de la soirée : il n'avait aucune, aucune raison politique ou idéologique de tenter cette épreuve. Il dirigeait des affaires importantes en Algérie et était venu à Vichy afin de régulariser des papiers qui allaient lui permettre de développer ses affaires. Surpris par le débarquement allié, il avait largement assez d'argent pour pouvoir y vivre le temps qu'il voulait ; il savait que sa famille à Alger était tout à fait à l'abri, assurée elle aussi de confort et de luxe. Mais le fait de ne pouvoir continuer à s'occuper de ses affaires, de ne pouvoir les développer, de ne pouvoir gagner davantage d'argent, l'avait déterminé à tenter le coup, à passer la frontière en fraude. Il n'avait de mobile de plus haute noblesse, mais enfin, vis-à-vis de lui-même, il avait le mérite d'être un héros.

Pour mettre toutes les chances de son côté, pour avoir le temps de choisir deux hommes sûrs, et aussi afin d'avoir une couverture qui le place au-dessus de tout soupçon, il avait acheté dans la région une fabrique de bouchons de liège. Il s'y était installé depuis plusieurs mois. Il avait tout étudié dans les moindres détails et fini par trouver deux hommes qu'il payait très cher. Tandis que tous, par des chemins scabreux, nous nous tordions les chevilles sous le poids des valises, lui marchait sans rien porter, une canne à la main.

«Jusqu'à Barcelone, je n'ai pas d'inquiétude, me dit-il, mais après...

— Vous avez de l'argent, ai-je dit, vous nous aiderez. Et moi je me fais fort, une fois arrivé à Barcelone, de vous faire aller où vous voulez.»

Entre les amis d'avant-guerre et les liens de la Résistance, j'avais assez de contacts pour prendre cet engagement. Le pacte était conclu, nous avons fait route ensemble.

Nous sommes arrivés à Barcelone au matin du réveillon, le 25 décembre, dans une voiture que notre guide avait cachée du côté de Figueras. À cinq dans cette petite voiture, nous étions entassés les uns sur les autres. Mais nous étions si heureux de constater que notre voyage se déroulait encore sans incident que nous en oublions notre inconfort. «Ayez l'air gais, ayez l'air saouls et chantez, c'est le matin de Noël», nous a dit José en entrant dans Barcelone.

Et il s'est mis à chanter une chanson dont j'ai pu saisir les premières paroles : «Nous sommes de joyeux contrebandiers.» Nous avons entonné en chœur derrière lui. Et, une fois arrivés dans la ville, nous nous sommes dispersés. Chacun de son côté.

J'ai été logé chez la mère de José qui était sage-femme. Je vivais entouré de ses petits-enfants devant lesquels il m'était interdit de pro-noncer une parole autrement qu'en allemand. Il aurait suffi en effet que l'un d'eux se doutât de ma vraie nationalité et en parlât à l'école pour que les soupçons de la police franquiste fussent immédiatement éveillés. Mais pourquoi soupçonner un Allemand? Les Allemands ne risquaient rien. Ils étaient leurs alliés.

Quelques jours passèrent. Puis j'expliquai à José notre désir de nous rendre au Portugal et que, grâce à notre nouveau compagnon de voyage, nous avions la possibilité de financer notre voyage.

Le lendemain, José revint et frappa à ma porte.

«J'ai un plan tout à fait réalisable pour vous, me dit-il. Mon beau-frère est lieutenant de la Guardia Civil, mais il est prêt à nous donner un coup de main.

— Quoi, la Guardia Civil — le symbole même de la répression franquiste !

— Ne vous en faites pas », m'a répondu José.

Son beau-frère s'était donné corps et âme au Caudillo : une ère nouvelle allait naître où tout le monde allait avoir à manger... Quelques années étaient passées, il était totalement revenu sur ses opinions premières au point de perdre tout espoir et toute foi. Toute illusion. Et, avait-il dit à José, il était prêt à entrer dans n'importe quelle combine. Alors, faire passer des résistants français au Portugal... pourquoi pas ?

José était un homme désintéressé. Il nous l'avait prouvé. Il s'occupait de nous jusque dans les moindres détails et pour chaque service rendu, chaque risque pris, se faisait payer le minimum. Mais il avait une idée fixe. Il était amoureux d'une superbe voiture à laquelle un magnifique bouchon de radiateur donnait une allure des plus cossues. « De toute façon, il nous faudra un véhicule pour le trajet, m'expliqua-t-il. Alors si votre ami peut acheter cette Voisin et me la laisser une fois que vous aurez passé la frontière, je ne demande pas d'autre salaire. Quant à mon beau-frère, dix mille pesetas feront l'affaire. »

C'était une somme respectable, mais, pour notre compagnon, cela ne comptait pas.

José conduisait et son beau-frère, avec sa pèlerine, ses deux galons de lieutenant et son chapeau noir de cuir bouilli, était assis à côté de lui, et nous trois nous étions derrière. Tous les cent kilomètres un barrage de la Guardia Civil nous arrêtait. Le beau-frère faisait un salut militaire et nous passions.

Pourtant, une fois, le barrage fut plus important et le contrôle fut plus sévère.

Un sergent s'est approché de la voiture, plus circonspect que les autres ne l'avaient été.

« Excusez-moi, mon lieutenant, mais des maquis communistes nous ont été signalés dans la région et on nous a demandé de faire doublement attention. (Quatre ans après la victoire de Franco, des maquis résistaient encore.)

— Je le sais, répondit notre lieutenant avec une assurance que rien ne semblait pouvoir troubler. Et je le sais d'autant mieux que ces trois-là — il nous désignait du pouce par-dessus mon épaule — sont des communistes sur lesquels je viens de mettre la main.

— Bien, mon lieutenant ! »

Le sergent a salué, et nous avons continué notre route.

Nous roulions depuis deux jours quand nous sommes arrivés dans une vallée montagneuse, désolée, sinistre, dominée par un village qui s'appelait Pétain, comme le maréchal. Il n'y avait que deux, trois masures et une ferme à demi abandonnée, en ruine presque, battue par le vent. José y avait donné rendez-vous à une jeune femme qui avait travaillé de longues années chez sa mère. Il l'avait prévenue de notre arrivée. Elle devait nous avoir trouvé un passeur.

Mais, à peine étions-nous entrés dans la ferme que cette jeune femme nous confessa son échec. Malgré ses recherches nombreuses, ses efforts, elle n'avait trouvé personne. Personne qu'elle pût garantir.

« Je ne connais qu'un garçon qui accepterait, ajouta-t-elle. Il a l'air tout à fait honnête et il prétend pouvoir vous conduire jusqu'à la frontière. Mais il est très jeune et je ne le connais pas. Je suis vraiment désolée, c'est tout ce que j'ai pu faire pour vous. »

Alors José eut un geste admirable.

« Sans le vouloir, je vous ai mis dans le pétrin et j'en suis complètement responsable. À vous de décider. Je ne vous cache pas que c'est très risqué. Et si vous préférez, je vous ramène à Barcelone sans un sou de plus. »

Nous nous sommes écartés tous les trois. Faire demi-tour ? Continuer ? Chacun a donné son avis. Nous avons décidé de continuer. Nous avions traversé les Pyrénées et traversé l'Espagne. Il n'était pas question de renoncer.

Nous leur avons fait part de notre décision. Nos adieux furent émus, nous nous sommes longuement serré les mains. Puis José et son beau-frère sont repartis. Nous avons attendu notre guide. La nuit tombée, nous l'avons suivi.

Une pluie insistante et froide ne nous lâchait pas. Nous avons traversé un premier village, un second. À la sortie du troisième, six hommes armés d'énormes fusils se sont dressés devant nous.

« Qui êtes-vous ? Où allez-vous ? »

Notre guide bredouilla quelques paroles. Ils s'adoucirent. Heureusement, ce n'étaient pas des soldats de la Guardia Civil mais des gardes champêtres. Quelqu'un dans un des villages que nous venions de traverser les avait avertis de notre passage et, en empruntant des raccourcis, ils nous avaient doublés, ce qui leur avait été facile. Avec nos chaussures de ville, nos lourdes valises, les pierres et la boue, nous marchions très lentement.

Le peu d'espagnol que je connaissais me permit de deviner qu'ils voulaient nous emmener dans leur village, que nous devrions y passer la nuit. Le lendemain ils nous conduiraient devant le cacique (le chef civil de la région) qui déciderait alors de ce qu'on ferait de nous.

« Attendez là », nous ordonnèrent les gardes devant une fort belle maison dans la rue principale de leur village. Une heure nous avons attendu, une heure sous la pluie torrentielle et la glace... qu'ils nous jettent dans un cul-de-basse-fosse. Et tout à coup la porte s'est ouverte.

Des bougies étaient allumées sur les tables, un feu crépitait dans la cheminée, nos couverts étaient mis, et à la cuisine on préparait un repas somptueux. Je n'ai pas pu cacher ma stupéfaction. Alors, pour toute explication, un garde m'a glissé à l'oreille :

« C'est la Nuit des rois. »

Les propriétaires de la maison, des bourgeois espagnols, avaient pendant une heure préparé leur demeure pour qu'elle fût digne de recevoir des étrangers. Et pendant cette heure-là nous imaginions... Cet accueil, nous ne pouvions pas l'imaginer.

Après un fastueux repas, harassés de fatigue, nous nous sommes affalés sur nos lits.

Le lendemain matin une épreuve nous attendait qui devait décider de notre sort. Le cacique attendait nos explications. Il nous avait délégué un de ses hommes pour conduire l'un d'entre nous auprès de lui. Mais lequel de nous devait y aller ? Lequel porterait la responsabilité de nos trois vies ?

J'étais le seul à parler un peu l'espagnol et je faisais figure de chef d'expédition, mais l'allure de notre compagnon à cheveux blancs, digne, respectable, pouvait être utile. Nous sommes donc partis tous les deux. À dos de mulet, de colline en colline, nous avons gravi les pentes jusqu'au manoir du cacique.

Je tentai tant bien que mal avec les rares mots dont je disposais de lui expliquer notre situation, mais il ne semblait pas comprendre. J'essayai encore, et encore... L'atmosphère s'épaississait, s'alourdissait. Je sentais que chaque geste, chaque parole était déterminant. Mais il ne comprenait pas davantage. Son visage se crispait comme ses poings sur la table. Et je voyais monter en lui peu à peu la colère.

Les choses se seraient mal terminées, très mal même, si, parmi le personnel du cacique, il n'y avait eu une femme dont l'intervention fut décisive.

Pendant la guerre civile elle s'était réfugiée à Bordeaux. Elle y avait été particulièrement bien traitée et elle conservait de cette époque un souvenir ému et une reconnaissance infinie pour la France et les Français. Le cacique, en désespoir de cause, la fit appeler pour être notre interprète. En racontant notre histoire et nos malheurs avec force détails, elle se mit à pleurer. Le cacique, brave homme dans le fond, commençait à s'émouvoir à son tour quand il l'interrompit d'un geste :

« Mais enfin, il y a des communistes dans la région. Comment puis-je savoir si eux aussi ne sont pas des communistes ? »

Alors mon compagnon, toujours posé, maître de lui, a sorti une lettre de sa poche. Une lettre internationale de crédit, sur laquelle il était stipulé, avec les plus hautes assurances financières, qu'on pouvait lui prêter jusqu'à un million de francs.

Avec une pareille lettre pouvions-nous être des communistes ? Le cacique, plus que convaincu cette fois, changea brusquement d'attitude. Son visage s'est éclairé, puis sur un ton très paternaliste :

« Je connais le petit imbécile qui vous conduisait, dit-il. Il n'est bon à rien et avec lui vous ne pouviez que vous perdre. Après le village, il vous aurait emmenés dans la montagne, se serait égaré et vous ne seriez jamais arrivés. Moi je connais de vrais contrebandiers. D'ailleurs, ajouta-t-il en rigolant, je travaille avec eux. Faites-moi confiance, je vais vous trouver des guides dignes de ce nom. »

Vint la nuit. Et cette fois à un train d'enfer, grâce à notre nouvelle escorte, par les vallées, les collines, les cols, nous avons passé la frontière. Au Portugal, un autre contrebandier nous attendait qui nous a emmenés et abrités chez lui.

Le reste allait de soi. Nous avons gagné Lisbonne où nous savions pouvoir trouver l'antenne gaulliste. Notre compagnon financier s'est embarqué pour Alger.

Et nous, nous avons sauté dans un avion. Direction Londres, Londres, enfin.

II

Bristol !

Nous atterrissons à Bristol !

Il est difficile d'exprimer ce que cela représentait alors. Après le chagrin et la honte de l'armistice, après les années d'oppression, la lâcheté veule de Vichy et la servitude sous l'État français, après la menace de la Gestapo, celle de la police française complice et celle des carabiniers, après avoir craint pendant des jours et des jours d'être arrêtés par la Guardia Civil ou les phalangistes de Franco, nous foulons le sol de l'Angleterre, de l'Angleterre libre ! Et nous sommes libres !

Au bas de la passerelle, trois messieurs d'une courtoisie extrême nous attendent. Nous sommes heureux, émus. Ces trois messieurs nous montrent discrètement leurs cartes : Sécurité.

Sécurité ? Mais pourquoi ? Une simple formalité sans doute. En effet, dans un bureau de la police de l'aéroport, l'interrogatoire se déroule très vite, sans vérification. Nous sommes libres.

Pas encore.

Deux inspecteurs nous accompagnent jusqu'à la gare. Ils nous conduisent à un compartiment du train qui nous est réservé, montent avec nous et prennent les places de coin de part et d'autre de la porte.

« Où allons-nous ?

— Vous verrez », répond l'un d'eux avec un sourire affable.

Mais il ne dit rien de plus. Il nous offre des cigarettes.

Le train s'ébranle. Nous roulons. Longtemps. Une autre gare. Nous descendons. Une fourgonnette nous attend.

« Où allons-nous ?

— Vous verrez. »

Le sourire est le même.

Vallons. Petits villages. La fourgonnette s'arrête devant une haute et large grille fermée.

Derrière, deux soldats en tenue de campagne, armés, casqués. Ils déverrouillent la grille, l'ouvrent. La fourgonnette entre. Et la grille claque, et les soldats reprennent leur faction.

« Où sommes-nous ?

— Vous verrez. »

La réponse et le sourire ne changent pas.

« Mais pourquoi ? »

Le même sourire accompagne la même réponse.

L'allée serpente entre de grands arbres et débouche sur une vaste clairière découverte qu'entourent des bosquets, des haies. Il y a un tennis et quelques maisons basses avec des parterres où tremblent sous la brise quelques rares fleurs d'hiver. Engoncés dans leurs manteaux, le col relevé, quelques hommes se promènent qui ne nous accordent, à notre passage, qu'un regard distrait, presque indifférent. Qui sont-ils? Que font-ils ici? Il est inutile de poser la question. La réponse est déjà connue.

La fourgonnette s'arrête devant un pavillon où l'on nous demande de bien vouloir inscrire nos noms sur un registre. Puis avec la même politesse implacable:

«Soyez assez aimables pour vider vos poches de tous les objets qu'elles contiennent. Ils vous seront restitués très vite ainsi que vos autres affaires.

— Mais... C'est que...

— Oui, excusez-nous, je vous en prie. C'est une habitude ici pour les bagages.»

Des bagages, ça! De pauvres sacoches avachies, tachées, sales, dont la charge ne devait pas dépasser les forces de l'homme qui devait gravir les pistes des Pyrénées et de Galice. Des bagages... enfin.

Dernière étape. Un haut et large bâtiment. À chaque étage, la façade est percée de fenêtres qui paraissent se presser les unes contre les autres. Une espèce de caserne. Mais sans sentinelle. Seul, en haut du perron, un gardien chenu.

Les deux inspecteurs qui nous accompagnent depuis le terrain de Bristol prennent congé. Nous faisons encore une dernière tentative.

« Le séjour va être long ? »

Les inspecteurs soulèvent leurs chapeaux, nous serrent la main. Amicalement.

« Bonne chance, dit l'un.

— Ayez du bon temps », dit l'autre.

Je crois jusqu'à présent qu'ils étaient sincères.

Le gardien nous fait traverser le hall. À droite se trouve un réfectoire pour cent à deux cents couverts. À gauche, une très vaste pièce. Il y a des tables de jeu, des coins de lecture avec des piles de journaux et des bibliothèques. Et, partout, des hommes. Les « clients »...

Nous sommes au deuxième étage. C'est un très long dortoir où des lits de camp sont alignés le long des murs, séparés par un rideau mobile tous les deux lits, régulièrement. Dans chaque compartiment, un petit coffre est posé sur le plancher qui est, comme le reste, d'une propreté exemplaire. Le gardien nous désigne deux lits placés côte à côte et nous laisse là.

Il fait jour, le dortoir est désert et silencieux. Nos coffres restent vides. Nous n'avons rien à y mettre et nos « bagages » sont retenus... Nous descendons au rez-de-chaussée.

Dans la grande salle personne ne nous prête attention. Il faut se glisser, se faufiler entre quinze, vingt, trente groupes. Ceux-ci jouent aux cartes, ceux-là aux dames, d'autres jouent aux échecs ou lisent. D'autres encore discutent. Et dans cette vaste pièce résonne une langue incompréhensible, les syllabes ne s'y accordent pas, se heurtent, les inflexions divorcent. Il faut que, peu à peu, l'oreille s'habitue pour qu'enfin les six ou sept langues parlées ensemble se laissent reconnaître : espagnol, yougoslave, tchèque, flamand, allemand, polonais, norvégien et français.

Alors nous avons appris.

Ce collège avec son parc, ses tennis, ses pavillons, ses réfectoires, ses dortoirs, ce collège privé pour fils de bonnes familles avait été réquisitionné par les « services spéciaux » au début de la guerre. Nous étions à Patriotic School. Ce nom n'était pas le nom officiel, bien sûr, mais je n'ai jamais pu savoir qui lui avait donné ce sobriquet.

Patriotic School.

Il faut comprendre. Nous sommes au commencement de l'année 1943. De l'autre côté de la Manche, sauf la Suisse et la Suède, l'Europe, toute l'Europe vit sous le joug de l'Allemagne nazie. Tous les pays. Tous les peuples. Du cap Nord au Bosphore. Et comme toujours, et comme partout, et comme sous tous les régimes quels qu'ils soient, la majorité, la masse s'est résignée. Le *Marais*. Mais, comme partout, comme toujours, il y a ceux qui ne veulent pas, qui ne peuvent pas accepter. Ceux du *Refus*. Les plus généreux, les plus braves. Les autres sont des millions, soit. Mais eux se comptent par milliers et milliers. Et ces hommes et ces femmes opprimés, asservis, révoltés ont pour repère, pour rêve, pour aimant, la seule terre de liberté qu'il y ait encore, cette île que «sueur, sang et larmes» défendent contre les pires assauts. Ils veulent l'atteindre, cette terre-là. À n'importe quel prix. Au prix de n'importe quel risque. Par n'importe quels moyens, par n'importe quels chemins. Et tous, forcément, clandestins, illégaux.

Alors, les prisonniers évadés des camps, les hommes qui n'avaient pas pu supporter de vivre sous la croix gammée, ceux-là qui n'avaient pas pu ou pas su s'intégrer à un réseau de résistance, ceux-là encore qui ne se sentaient pas faits pour la guerre secrète, qui étaient prêts à mourir, mais une arme à la main, au soleil, en liberté, tous, de partout s'étaient mis en marche. Et ils avaient couvert des centaines, parfois des milliers de kilomètres.

Leurs titres de transport? La ruse, le mensonge, le déguisement, le faux. Pour eux, rien de plus naturel. Et cette ingéniosité, cette audace n'étaient-elles pas le gage le plus sûr de leur dévouement à la liberté?

Mais... mais ce départ que l'on a tenu caché à tous, ces itinéraires secrets d'étape en étape, ces papiers qui sont, quand on en a, faux, quel parfait camouflage pour un espion. Et, avec toutes les langues, tous les idiomes, patois, jargons de l'Europe, comment s'y reconnaître ? Jusqu'à la prononciation ou l'accent qui ne peuvent rien indiquer, rien révéler.

Qu'un seul agent adroit, résolu, se fasse accepter, reconnaître pour résistant et le mal fait peut être incalculable.

Plutôt que de le laisser filer entre les mailles, le devoir, le service de la liberté exigent de garder dans la nasse, tout le temps nécessaire, les volontaires qui arrivent. Et, chacun, quel qu'il soit, va être examiné, interrogé et interrogé encore. Épouillé pou par pou, si j'ose dire.

Et le centre d'épouillage, c'est Patriotic School.

Quand ces explications nous ont été données nous avons su qu'il n'y avait qu'un parti à prendre : celui de la patience.

Sans doute avais-je publié dans les plus grands quotidiens français des reportages contre Hitler, sans doute avais-je pris parti pour les républicains espagnols pendant la guerre civile, sans doute avais-je appartenu à un réseau de résistance lié à Londres. Mais cela ne prouvait rien. Rien. Les articles ? On peut toujours pour une raison ou pour une autre tourner casaque. Un lieutenant de la Guardia Civil nous avait fait traverser l'Espagne, alors... La Résistance ? Si j'étais arrivé par une filière du réseau — avion clandestin qui, une nuit de pleine lune, se pose sur un terrain secret, vedette rapide qui accoste de nuit une plage et repart dans la nuit —, parfait, pas de problème. Mais c'est par des passeurs, des guides, des refuges, des rencontres, des itinéraires personnels que j'étais venu. Donc rien de sûr. Donc suspect. À sonder, à scruter à la loupe. Règle de sécurité absolue. Personne n'avait le droit d'y échapper.

Très vite nos bagages nous ont été rendus. Nous savions que tout avait été fouillé, nos sacoches, nos musettes, et la petite valise que j'avais portée en bandoulière, cachée au fond d'un sac. Mais pour qui ne l'eût pas su, il ne lui aurait pas été possible de s'en apercevoir : le moindre objet était à la même place, plié et orienté de la même manière. Un exceptionnel travail de professionnels. Les premiers camarades français que nous avions rencontrés nous avaient accompagnés au dortoir. Tandis que nous rangions nos hardes dans les petits coffres placés au chevet des lits, l'un d'eux a demandé :

« Ils n'ont rien gardé ?

— Non.

— C'est que vous n'avez pas emporté de lettres, a dit un autre.

— Non. Pourquoi ?

— Suspect au maximum. Encre sympathique... Code chiffré... Examen soigné. Long, très long. »

Ils étaient, comme l'on dit, des Français

304

moyens. Ils avaient la trentaine. Ils portaient le même blouson mais l'un portait un béret et l'autre une casquette. Le premier, vendeur ambulant. Le second, camionneur. Ils s'étaient rencontrés par hasard alors qu'ils passaient les Pyrénées. Ils avaient ensemble été arrêtés par la Guardia Civil. Pour tous les deux, ça avait été la prison de Goron, puis le camp de Miranda. Ensemble ils en étaient sortis et c'est ensemble encore qu'ils étaient arrivés à Patriotic School.

«Très, très dangereux les lettres», a repris le camionneur.

Il a éclaté d'un gros rire et a enfoncé un de ses coudes dans les côtes du camelot.

«Raconte-leur le pied-noir, le tombeur. Moi, on m'attend en bas. Quatrième à la belote. M'sieurs dames.»

Il a tendu la main vers la visière de sa casquette, a salué et est parti. L'autre a raconté.

L'homme d'Oran n'aimait pas le général Giraud, culotte de peau, réactionnaire, pétainiste de surcroît, auquel les Alliés avaient, après le débarquement, confié le pouvoir en Algérie; et vénérait de Gaulle. Tous les Français de Patriotic School approuvaient. Ils avaient tous choisi Londres contre Alger.

Le pied-noir se débrouille et débarque en Angleterre, mais sans mission ni visa. Il est naturellement interné dans l'ancien collège. Il est tranquille et son passé est limpide. Affilié à un groupe de résistance, il a aidé au débarquement. Arrêté par la police de l'amiral Darlan, il est relâché après la libération de l'Algérie. Le contrôle le plus strict ne peut rien retenir contre lui. Rien.

Seulement dans son léger bagage il y a une centaine de lettres d'amour qui lui viennent de vingt jeunes femmes différentes. Il explique aux officiers du service qu'il tient beaucoup à ces tendres souvenirs. Sentimental ou vaniteux? Les deux peut-être. Les officiers anglais trouvent un tel sentiment parfaitement respectable mais précisent que leur ingrat devoir les oblige à vérifier, et qu'ils exigent les noms de famille qui correspondent à chacun des prénoms et à chacune des adresses de ces dames et que chacune sera l'objet d'une enquête approfondie.

«Mais voyons, proteste le séducteur, certaines sont au Maroc, d'autres en Tunisie. Et puis, il y en a dont je ne sais plus du tout où elles peuvent être. »

Les Anglais le rassurent. Ils retrouveront chacune des belles. Ils ont tous les agents qu'il faut et tout le temps.

«Et ça peut durer encore une année », a conclu le camelot en éclatant de rire.

Puis il nous a pris par le bras.

«Allez, on descend. C'est l'heure de l'apéro. Les Anglais, ils ont un mot pour ça. Moi, je peux pas le prononcer, mais ça veut dire le verre du soleil qui se couche. »

Il nous a fait un clin d'œil et a ajouté sur un ton d'évidence :

« Et, naturellement les bleus offrent la première tournée. »

Les prix pratiqués au bar étaient ceux d'une cantine militaire. Le peu d'argent qui avait survécu aux dépenses de notre aventure avait des allures de fortune. Presque tous ceux qui étaient arrivés là y étaient arrivés sans un sou, mais ils avaient tous de l'argent de poche car chaque semaine les autorités britanniques leur remettaient l'équivalent de la solde d'un sous-officier. Et chacun recevait chaque jour une ration de dix cigarettes. Tout avait été aménagé pour faciliter la vie, pour aider la patience.

Des jeux. Des disques. Une bibliothèque bien fournie. En somme, si l'on voulait bien oublier les murailles, les grilles fermées et les sentinelles, et ce n'était pas trop difficile, tant dans ce vaste domaine elles étaient hors de vue, on pouvait avoir le sentiment d'être des étudiants privilégiés. Sauf pour les sorties, bien sûr.

Et puis, pourvu qu'on eût le goût des histoires hors série, on ne pouvait être que comblé...

Imaginer l'incroyable quantité, densité, variété, extravagance des aventures que certains hommes incarnaient est impossible à qui n'a pas été pensionnaire de cette école-là. Il y avait des Français et des Tchèques, des Yougoslaves et des Norvégiens, des Belges et des Polonais, des Hollandais et des Grecs. Mais, s'il y avait ceux-là qui étaient tous originaires de pays occupés, il y avait aussi des Espagnols et des Italiens qui, pour abattre Franco et Mussolini, étaient venus se battre contre Hitler. Et il y avait des juifs d'Argentine. Et jusqu'à des Chinois venus par haine du Japon.

Certains étaient raffinés à l'extrême. D'autres illettrés. Visages d'idéalistes. Faces de brutes. Hommes de plume et de science. Égorgeurs de commandos. Certains tapaient le carton du matin au soir. D'autres discutaient politique, morale, stratégie, à perdre haleine. Quelques-uns, solitaires, ne disaient pas un mot.

Je me souviens de ce Norvégien aux cheveux blancs. Un colosse avec un vêtement de drap bleu de marin. On racontait qu'un patrouilleur britannique l'avait ramassé par hasard, à moitié gelé au large d'un fjord, sur un radeau. A priori insoupçonnable. Et pourtant ? Le costume ; le radeau, le corps rigide, rien de cela n'était une preuve. Les services secrets avaient vu d'autres mises en scène. Donc il attendait, lui aussi. Sans échanger une parole avec qui que ce fût. Sans bouger presque de la fenêtre contre laquelle il se tenait debout, droit, impassible, le dos tourné à la salle. Pour compagnie il n'avait que sa pipe. Et son pouce en forme de spatule était si large qu'il ne pouvait pas le faire entrer dans le fourneau.

Je me souviens aussi d'un très jeune Français.

Lui, parlait tout le temps et tout le temps du même sujet. L'effroyable injustice dont il était victime de la part de ces salauds d'Anglais qui le retenaient ici.

Il s'était évadé d'un stalag de Pologne. Il avait marché chaque nuit pendant des semaines. Il avait pris de force leur carriole à des paysans. Il avait voyagé par le train, sur les essieux des roues. Il était arrivé en Autriche. Il avait passé les Alpes, au plus froid de l'hiver, par un col à trois mille mètres d'altitude. Il avait traversé l'Italie, puis la France, puis l'Espagne enfin. Et cela avait duré huit mois. Huit mois pendant lesquels une volonté, une seule, l'avait soutenu, porté, lui avait permis de tout supporter, tout endurer : se battre, se battre contre ces ordures de nazis. Et voilà ce qu'on lui faisait.

Alors que d'autres, bien rares il est vrai, on les acceptait tout de suite, on les embrassait, on les couvrait de fleurs, lui... Et il reprenait, remâchait ce qui était arrivé à deux autres jeunes Français.

Le premier, un gars bricoleur, âgé de dix-huit ans à peine, fabrique, dans une cour de ferme avec des débris d'avions abattus, une espèce de brouette volante et parvient, sur cette incroyable machine, à s'écraser sans dommage sur une grève près de Douvres.

Le deuxième, un pêcheur adolescent, traverse le pas de Calais à la rame. Quand il débarque, ses paumes ne sont que viande saignante.

La France Libre répond d'eux. Ils s'engagent immédiatement.

«Je dis pas, je dis pas, oui, c'est chouette, criait l'évadé de Pologne à la limite de la crise de nerfs. Mais enfin, quoi, ils ont risqué un coup, un seul. Pile ou face, non? Ça a duré quelques heures. Pas huit mois, huit mois dans la merde, la faim, la graisse des essieux, la neige jusqu'au ventre.»

Là, il s'arrêtait un instant pour prendre ses tempes entre ses paumes et, les paupières tirées sur des larmes de colère qui ne sortaient pas, les mâchoires serrées à les broyer, il grinçait :

«Cette neige, cette putain de neige. C'est à cause d'elle que je suis ici depuis six mois. Presque autant que mon voyage. Et ces salauds d'Anglais, ils ont tout fait vérifier, tout, tout mon chemin pas à pas depuis la Pologne jusqu'au Portugal par les agents qu'ils ont partout. Ils ont reçu les rapports. Tout a été confirmé, tout. Oui, il y avait la route, oui les sentiers, oui les villages et les voies de chemin de fer. Oui, on pouvait passer par là. Mais pas par le col autrichien. Pas en cette saison. Impraticable. Impossible. Et tant qu'ils n'auront pas la preuve du contraire, ces salauds, ils me garderont. Et les deux gosses, le mécano à ailes et celui à la barque crasseuse, eux, déjà, ils se battent, eux qui n'avaient jamais tenu un flingue. Et moi des corps francs...»

Il n'achevait pas, se mettait à marcher de long

en large, accrochait un autre Français et recommençait son antienne.

Enfin un rapport est arrivé. Un agent anglais disait qu'un guide dont il payait les services avait, au prix d'efforts et de risques énormes, passé le col, à cette même saison où il est réputé impassable. La dernière étape était vérifiée.

L'évadé de Pologne s'est engagé dans un commando de la France Libre.

Je tuais le temps comme je pouvais. Et je lisais *France*, le quotidien français de Londres dont le directeur était un vieil ami et un grand journaliste, Charles Gombault. Comme on recevait *France* à Patriotic School, on recevait aussi *France libre*, un mensuel qui, avec les moyens misérables dont il disposait, était à chaque fois un tour de force et un chef-d'œuvre d'intelligence.

Enfin, il y avait auprès de moi, le meilleur, le plus cher compagnon : Maurice, mon neveu. Il était la gaieté, l'ardeur mêmes. Et beaucoup plus proche que moi par son âge des corvées de caserne, il n'avait pas oublié comment se lavent les chemises. Nous en avions deux chacun. Si elles n'étaient pas toujours repassées, elles étaient en tout cas toujours propres.

Mais malgré tout, les journées étaient longues. Elles l'étaient, longues, et pesamment, terriblement. Parce qu'il y avait l'angoisse de l'inconnu, parce que le délai d'attente était imprévisible et parce que Londres était là, à une demi-heure de train. Parce qu'il y avait un destin nouveau à saisir, à connaître.

De nous deux, j'ai été le premier appelé pour interrogatoire.

Une petite maison qui, avant la guerre, avait abrité un professeur, un moniteur sportif ou un employé de l'administration et sa famille. Une pièce tranquille, studieuse, meublée de vieux bois polis, de bons vieux cuirs. Derrière le bureau chargé de rames de papier et de grammaires, un jeune capitaine. Uniforme d'un très bon tailleur. Souliers d'un très bon bottier. Repassé, ciré, astiqué. Mais rien ne semble apprêté ni voulu. Et on dirait que lui-même est gêné et s'excuse du charme de sa jeunesse, de sa voix, de son sourire.

Dans le bref silence qui a suivi les politesses d'accueil, je me suis demandé :

« Est-ce un professionnel endurci dans l'action secrète ? Ou est-ce un "amateur" comme l'Angleterre en compte beaucoup, qui exerce un métier proche des Renseignements, qui le met au service de l'Intelligence et qui se trouve mobilisé dans cet emploi pour les besoins de la guerre ? »

En tout cas, ce jeune homme dont mon avenir immédiat dépendait parlait le français sans faute ni accent avec un naturel, un équilibre et un choix des mots qui montraient un don singulier, instinctif de la langue. Quant à la France, il semblait tout en connaître : la politique, les mœurs, les gens, les lieux.

Et, tout de suite, j'ai été prévenu :

« Bien évidemment je sais qui vous êtes, m'a dit le capitaine. Je connais vos livres, vos reportages et ce que l'on peut y voir de vos goûts, vos opinions, vos amitiés. Mais, à partir de cet instant, j'oublie tout. Nous commençons de zéro. Vous êtes une page blanche que je dois remplir. Ne travestissez rien, ne cachez rien, je vous en prie. C'est dans votre intérêt. Croyez-moi. »

Je n'ai pu m'empêcher de me rappeler l'avertissement que tout policier anglais est obligé de donner au suspect qu'il interroge :

« Ce que vous direz maintenant peut être retenu contre vous. »

Dès lors questions et réponses se sont succédé pendant trois jours, à raison de huit ou neuf heures par jour. Au cours de ces entretiens nous avons été seuls. Personne n'était admis à m'entendre que le capitaine. Il noircissait lui-même de notes des carnets, feuille après feuille. De temps à autre, la porte s'ouvrait. Un serveur déposait en silence un plateau de thé sur la table. La porte se refermait sur lui. Et reprenait l'interrogatoire. Mais, à mesure qu'il se prolongeait dans cette pièce bien close, bien chauffée, pourvue de fauteuils confortables, il avait de moins en moins un caractère d'inquisition. Un sentiment de confiance, d'intimité, m'attirait vers cet homme jeune et net, au regard tranquille, attentif, pénétrant, qui, avec un intérêt profond, m'écoutait revivre ma vie entière. Car c'était bien de cela qu'il s'agissait. Comme il me l'avait dit, on commençait de zéro. Et, dans mon cas, le commencement n'était pas des plus simples.

Né en Argentine. De parents russes. Emmené à l'âge de dix-huit mois à Orenbourg, sur l'Oural, ramené en France à l'âge de quatre ans, reparti pour Orenbourg à sept, revenu en France à dix.

J'ai donc tout repris depuis 1885. Mon père à cette époque avait dû quitter la Russie des tsars parce que le statut abominable qui régissait la vie des juifs lui interdisait l'université.

Il est arrivé à Paris avec pour fortune trois francs en poche et quarante mots de français pour vocabulaire. Il s'est inscrit à la faculté de médecine. Mais, après deux ans de privations épuisantes, de gagne-pain, de famine et d'acharnement aux études, il crachait le sang à pleins verres.

C'est une des bourses accordées aux étudiants juifs émigrés par le baron Hirsch qui l'a sauvé juste à temps. Or, le même baron Hirsch avait acheté de vastes terres au cœur de l'Argentine pour y installer les juifs russes qui fuyaient les persécutions et les pogroms. Pour payer sa dette de reconnaissance, mon père, son diplôme obtenu, s'est cru obligé de partir pour la pampa des gauchos et d'y soigner, dans un climat très dur et des conditions de vie très primitives, les premiers colons juifs.

C'est là-bas que je suis né.

Ensuite — raisons de santé, de famille —, mes parents, à deux reprises, ont traversé dans les deux sens toute l'Europe, jusqu'à Orenbourg, sur l'Oural, au seuil de l'Asie, où ma mère avait tous les siens.

En 1908, fin des migrations : nous revenons définitivement en France.

Ce long récit, le capitaine l'a écouté en silence. Il n'avait pas de moyens de contrôle. Tout était si ancien, si lointain. Pourtant, il ne se pressait pas. Il noircissait des feuilles. Il s'instruisait. Et puis, sait-on jamais ? cela pouvait servir un jour. Mais aussitôt que ce prologue fut achevé, l'entretien prit un tour différent.

« Bien, a dit le capitaine. Votre famille est à Nice. Votre père y exerce la médecine. Et vous ?

— Le lycée. Naturellement.

— Quelle classe ?

— Sixième A. Classique.

— Voulez-vous être assez aimable pour me dire les noms de vos professeurs ? »

Je n'ai pu m'empêcher de montrer de l'étonnement.

« Tous ? ai-je demandé.

— Tous ceux dont vous pouvez vous souvenir. Le plus sera le mieux. »

J'ai cité une demi-douzaine de professeurs de la sixième A qui enseignaient au vieux lycée de

Nice en 1908. J'ai recommencé pour la cinquième, la quatrième et ainsi de suite jusqu'au premier bachot. De temps à autre, le capitaine feuilletait un des annuaires posés sur la table, consultait une feuille. Les annuaires à portée de sa main étaient donc là pour lui permettre de vérifier mes dires, à mesure que nous avancions dans le déroulement de ma vie. Je ressentis une vague angoisse. Je n'avais aucune intention ni aucune raison de mentir. Ce qui me troublait, c'était l'absurdité, l'insanité de l'interrogatoire. À quoi bon s'assurer de mon passé d'enfant, puisqu'il savait qui j'étais ? Pourquoi cette vérification minutieuse, tatillonne, maniaque, inutile ?

Et puis, je ne sais comment, tout à coup s'est produit en moi un déclic mental. Tout homme que l'on amenait dans ce bureau était, pour l'homme qui l'attendait, un espion en puissance. Et cet espion *devait* avoir une fausse identité, dont il avait préparé les éléments, les étapes, avec tous les détails possibles. Et quand le capitaine avait dit qu'il ne savait plus qui j'étais, il fallait prendre cela au sens absolu, au pied de la lettre. Il me traitait comme il eût traité un imposteur qui aurait emprunté mon personnage. Il fallait que je lui prouve que j'étais Joseph Kessel.

Routine ? discipline ? conscience professionnelle ? Je ne sais pas, mais cette explication me paraît la seule valable. Pour chaque cas qui se présentait était mise en œuvre une méthode éprouvée qui, de question vaine en question vaine, devait amener l'interlocuteur à répondre passivement, mécaniquement. Il répondrait de même aux questions qui ne seraient plus vaines. Il me fallait jouer le jeu. Ce n'était pas moi qui en étais le maître.

Donc lycée de Nice, lycée Louis-le-Grand à Paris, Conservatoire d'art dramatique, Sorbonne. Annuaire... annuaire... annuaire... Pause thé, cigarette.

Le capitaine a repris :

« Bien... Nous sommes en 1915. Vous vous dépensez beaucoup. Faculté de lettres, théâtre... Et voici que vous entrez au *Journal des débats*, le plus vieux, le plus grave journal de France. À dix-sept ans !

— La mobilisation avait retiré au journal beaucoup de collaborateurs. On manquait d'hommes faits. Et je savais le russe. À l'époque, c'était rare.

— Qui dirigeait le journal ?

— Le comte Étienne de Nalèche.

— Le secrétaire général ?

— Eugène Ripaux.

— Le rédacteur en chef ?... Et plus tard ? »

Alors j'ai revu, comme en une illumination, le jeune officier d'état-major, habillé d'uniformes éblouissants, chaussé de bottes miraculeuses qui passait voir au journal son oncle, le patron, Étienne de Nalèche. Et tandis que son nom me venait aux lèvres, j'ai senti que toute cette partie de l'interrogatoire était conçue pour me le

317

faire prononcer. Car le bel officier toujours loin de la guerre en 14 était en ce moment même, dans cette guerre que nous étions en train de vivre, l'ambassadeur du maréchal Pétain auprès des nazis.

« Vous voulez dire Fernand de Brinon ? ai-je demandé. En effet à partir de 1919, il a pris la rédaction en chef au *Journal des débats*. J'ai travaillé, après ma démobilisation, sous ses ordres. Ensuite nous avons entretenu des rapports amicaux. Mais un jour, c'était en 1935, quand j'ai su qu'il était acheté par Hitler, j'ai rompu toute relation avec lui.

— Vous vous engagez en 1916 pour la durée de la guerre, n'est-ce pas ? Voudriez-vous me dire la liste de vos affectations ? »

Je récite :

« Camp de Satory : régiment d'artillerie. Fontainebleau : école d'élèves aspirants. Plessis-Belleville : centre d'entraînement pour observateur d'aviation. Jonchery : terrain de l'escadrille B39 à laquelle je suis affecté.

— Parfait, dit le capitaine du ton qu'un examinateur emploie pour un bon élève. Et comment s'appelaient vos chefs de formation ? »

Il a ouvert une demi-douzaine d'annuaires et, tandis que je répondais, il jouait avec leurs feuilles. Il les referma et dit d'un même ton :

« Parfait. »

Nous passons alors à mes reportages et je commençais, comme il se devait, par le premier :

l'Irlande en pleine insurrection. « Vous ne nous avez guère ménagés », dit le capitaine.

Là, j'ai eu beau jeu de lui répondre que j'avais toujours été pour les gens qui défendaient leur liberté. Il n'a pas insisté.

Par contre, il s'est montré beaucoup plus exigeant pour la longue et aventureuse enquête que j'avais menée sur les rivages de la mer Rouge à la recherche des marchands d'esclaves. « Vous étiez très lié avec Henri de Monfreid, m'a-t-il dit. Vous avez habité chez lui dans le Harar, il vous a prêté son boutre pour aller au Yémen... »

Je savais que, depuis toujours, Monfreid, contrebandier d'armes et de haschich, était la bête noire des Anglais, maîtres alors de l'Égypte, de la Somalie et d'Aden. Ils lui avaient interdit l'accès de tous ces pays. J'ai raconté, sans rien cacher, comment Monfreid m'avait aidé dans mon entreprise par sa connaissance des lieux, des coutumes et des hommes, par son autorité sur les tribus sauvages que lui avait acquise une vie de risque, de bourlingue, d'adresse, de privations et d'audace. Et j'ai achevé en disant qu'il était loin, loin d'utiliser ses dons comme agent secret, ce que l'on insinuait parfois, mais que des administrateurs coloniaux imbéciles l'avaient persécuté, traqué sans merci. Je pouvais en témoigner, pour l'avoir aidé contre leurs embûches. L'Intelligence, elle, n'aurait pas manqué une occasion aussi belle, un homme aussi précieux.

« Je le crois volontiers », a dit mon inquisiteur avec un rire qui était vif et net. S'amusait-il ingénument de la balourdise de la bureaucratie française ? Voulait-il me donner une preuve de confiance et, par là, stimuler la mienne ? Le fâcheux, dans une pareille situation, c'est que l'on peut à la fois croire tout et rien.

Une autre question a suivi immédiatement. Insidieuse celle-là. Elle touchait encore au voyage en mer Rouge. Il s'agissait de Djedda, le grand port de l'Arabie Saoudite. Nous y avions attendu pendant quelques jours un bateau pour Suez. Et alors j'ai compris sans peine à quoi, ou plutôt à qui pensait le capitaine. Il désirait·que je lui parle de l'un des hommes les plus étonnants de l'Intelligence dans le monde arabe, Philby, sir John Philby.

Moins connu, moins romantique et flamboyant que le colonel Lawrence, il avait deviné mieux que lui le destin des tribus et de leurs princes. Lawrence avait misé sur Hussein, roi du Hedjaz et gardien de La Mecque. Philby, lui, avait joué un chef du désert obscur et pauvre, qui s'appelait Ibn Séoud. Il vivait près de lui, parlait sa langue, s'était converti à l'islam, partageait ses fatigues et ses expéditions. Dans tous ses rapports, il avait, pendant des années, exposé obstinément sa conviction : Ibn Séoud et ses guerriers nomades endurcis aux privations, aux razzias, d'un fanatisme religieux extrême, balaieraient les riches princes du Hedjaz qui semblaient beaucoup plus puissants que lui. Et Philby avait eu raison contre Lawrence.

Le royaume d'Ibn Séoud qui, désormais, portait son nom, Arabie Saoudite, s'étendait du golfe Persique à la mer Rouge.

Au bord de cette mer s'élevait la maison que Philby possédait à Djedda. Belle, toute blanche, aux murs crénelés, aux toits en terrasses. Lui-même avait quelque chose de fascinant. Ses cheveux et sa barbe taillée en pointe étaient d'un roux ardent. Et ses yeux d'un violet si intense que l'on soutenait difficilement leur regard. Ses singes favoris avaient joué autour de nous, et, presque à nos pieds, les vagues se brisaient contre des récifs de corail. Là, il m'avait parlé du Rob-Khali, un désert au sud du Yémen que personne encore n'avait traversé. Philby voulait faire cette expédition, mais il ne disposait pas, disait-il, des moyens financiers qu'elle exigeait.

C'était pour le moins surprenant. Les frais qu'il estimait nécessaires s'élèveraient à cinq cent mille francs. En 1930, la somme était considérable pour une bourse privée. Mais infime pour l'Intelligence ou pour Ibn Séoud. Or, dans les bureaux ombragés de Londres, Philby était le conseiller le plus écouté, et au palais du roi arabe, le confident le plus intime. Pourquoi ne pouvait-il pas, ou ne voulait-il pas, ici ou là, trouver l'argent pour son entreprise ? Pourquoi m'offrait-il d'y prendre part si, par mon journal, je pouvais lui en assurer le financement? Un journal français! Alors que les services spéciaux de nos deux pays étaient à couteaux tirés. Je ne comprenais pas.

Et je n'ai jamais ni su ni compris. Mais, sur ce toit brûlant, au bord de la mer Rouge, quels rêves n'ai-je pas faits en écoutant cet homme qui avait partagé la vie des caravaniers guerriers, princes du désert, qui me disait, ses singes nichés sur les épaules, ce qu'il nous faudrait comme chameaux, équipement, eau et nourriture pour traverser le Rob-Khali.

« Et alors? » m'a demandé le capitaine.

Et son visage et sa voix m'ont fait sentir que pour l'instant il oubliait de jouer le jeu et prenait part à mon rêve.

« Alors? Mon journal a refusé. On y a trouvé la dépense trop forte pour une entreprise peu sûre et qui avait toutes les chances de se terminer par un échec. »

Je n'ai pas revu Philby. Et lui, des années plus tard, a été le premier à « faire » le Rob-Khali.

Le capitaine s'est repris. Le rêve était terminé. Et les questions qui ont suivi ont eu pour objet les enquêtes que j'avais pu faire en Europe au cours des années 30.

L'Allemagne : l'ascension de Hitler, son arrivée au pouvoir.

L'Espagne : les trois années atroces qu'il avait fallu à Franco, à ses mercenaires, à ses Maures, à ses *requetes*, à ses phalangistes, appuyés par les chars et les bombardiers de Mussolini et de Hitler, pour assassiner toutes les libertés.

Et nous sommes arrivés à l'automne de 1939. La Pologne envahie. Le commencement de la Deuxième Guerre mondiale. J'ai raconté encore.

La drôle de guerre faite d'inaction, d'attente, d'ennui. Provins. Et l'hôtel Thiers de Nancy avec les correspondants de guerre. Et les ruses et les démarches, les acrobaties, les combinaisons, les fureurs que mes articles m'avaient coûtées. «Je vois, je vois. Vous deviez compter parmi vos camarades des journalistes anglais?

— Trois en tout. Ils se tenaient à l'écart. L'un d'eux aimait jouer aux échecs. Moi aussi. On a fait quelques parties.»

Il était quatre heures de l'après-midi. L'instant du thé. Le capitaine a libéré un coin de table. Un soldat y a déposé le plateau chargé du service et des ingrédients rituels. Nous avons fumé quelques cigarettes en échangeant des considérations sur le temps qu'il avait fait ces derniers jours, qu'il faisait en ce moment, qu'il allait faire le lendemain. Le soldat est revenu chercher le plateau. Le capitaine a placé devant lui de nouvelles feuilles blanches, repris un crayon, sorti de sa vareuse un carnet et dit :

«Je vous serais très obligé maintenant de me raconter comment vous êtes entré dans votre groupe de résistance, la structure de l'organisation, les chefs par rang d'importance, votre rôle personnel, les actions qui vous ont été commandées, les contacts que vous utilisiez, les armes et les sommes d'argent dont vous avez disposé et, si vous le savez, les filières par lesquelles elles vous parvenaient. Prenez tout votre temps. Chaque détail est intéressant. Une cigarette ? Je vous en prie... »

La séance a été très longue. Très assidue. Quand elle a pris fin, l'heure du dîner au réfectoire était passée depuis longtemps. Nous avions mangé quelques sandwiches, bu quelques bières tout en parlant, ou plutôt, tandis que je parlais. Le capitaine consultait son carnet, posait une brève question, inscrivait un nom, un chiffre.

Minuit passé. Le capitaine s'est détendu, étiré. Un soldat est venu avec du whisky. Le capitaine a levé son verre. « Nous l'avons bien gagné, a-t-il dit. À votre santé. À demain. »

Dans le grand bâtiment qui nous abritait, il n'y avait plus une lumière au rez-de-chaussée. En haut, seules quelques veilleuses éclairaient vaguement les rangées des lits et les corps allongés. Je me suis déshabillé très vite en faisant le moins de bruit possible. Les draps frais, l'oreiller douillet, les souffles paisibles autour de moi, tout invitait au sommeil. La tension de cette longue, longue journée, l'effort constant de la mémoire, la crainte d'un faux pas continuaient de tenir en éveil mon esprit et mes nerfs. Je passais et repassais en revue mes propos, mes réponses... Mais tout semblait sans faille, bien au point. Tout collait. Je n'avais rien travesti, rien omis.

Je commençais à m'assoupir lorsque, à la limite de l'inconscience même, un souvenir m'est revenu. Et avec une force telle qu'en un instant, en une seule vision, toute la scène a surgi dans le clair-obscur du dortoir.

L'avertissement du chef de réseau, les minutes d'attente dans la petite maison, la nuit noire, le personnage dans l'ombre, «Jef, tu ne m'as pas vu», la felouque qui disparaît.

Et cette rencontre-là, cette rencontre avec Bodington, je n'en avais rien dit. Oubliée, complètement oubliée cette rencontre avec mon adversaire aux échecs de la drôle de guerre.

Je me suis aperçu alors que je m'étais redressé à demi contre les oreillers et que j'avais rejeté les couvertures comme sous le coup d'une forte fièvre. Dix pensées m'assaillaient en même temps, me mettaient l'esprit à la torture. De retour à Londres, l'ancien correspondant de guerre avait-il mentionné dans son rapport que je l'avais vu s'embarquer ? Mon capitaine de l'Intelligence était-il au courant ? Alors pourquoi n'avait-il rien dit ? Pour mieux me piéger le lendemain ? Devais-je donc lui signaler mon oubli ? Mais croirait-il qu'il était involontaire ? Et alors quelle serait son interprétation ? Et s'il ne savait rien, allais-je fourrer ma tête inutilement dans la gueule du loup ? Mais pouvait-il ne pas savoir ? Mais s'il savait, il savait aussi que l'agent secret m'avait demandé le silence absolu. Et peut-être voulait-il mettre ma discrétion à l'épreuve ? J'ai tourné, retourné, mâché, remâché ces questions pendant des heures. Et sans trouver de réponse. La réponse dont pouvait dépendre ma liberté.

Après une nuit blanche, le matin est venu. Je suis allé une fois de plus à l'interrogatoire. Mais les angoisses nocturnes, la panique de l'insomnie, la mélasse, le doute, la pagaille mentale, le pire enfin, l'intolérable étaient derrière moi. J'avais pris une douche glacée, pris un thé très fort. De toute la confusion malsaine où je m'étais débattu en vain, il ne restait qu'une alternative simple, nette : raconter ou non cette rencontre. J'agirais selon le comportement du capitaine, l'inspiration du moment, le réflexe de l'instinct. On verrait...

Le plus terrible, c'est à ne pas y croire, était de ne plus avoir de cigarette. J'avais épuisé durant la nuit toutes celles que j'avais, et, en déjeunant, celles que j'avais pu emprunter. Or le premier mouvement du capitaine était toujours de me tendre son étui. Et le besoin, le manque, me faisait courir vers ce geste. Pour le reste...

Ce matin-là, pour lui, n'était pas différent des autres. Mais moi, j'étudiais, j'épiais son visage avec une attention que je n'avais jamais eue. Et j'ai vu que le sourire habituel, bien qu'il fût sur les lèvres, ne touchait pas les yeux. Malgré tous mes efforts pour paraître calme, j'ai senti que je me crispais. Et quand il a commencé à parler, c'était avec un accent de gravité, oh, à peine appuyé, mais qui prenait, à cause de son ton habituel si uni et si lisse, une valeur singulière.

«Je vous prierais, a dit le capitaine, d'être ce matin, plus que jamais, non seulement d'une exactitude et d'une franchise absolues, mais encore de ne vous permettre aucune, j'insiste, aucune omission.»

J'ai été sûr, après cet avertissement, que nous en venions à mes rapports avec le journaliste anglais.

«Il faut maintenant, a-t-il repris, me décrire comment vous avez réussi à vous évader de France et à parvenir jusqu'à Lisbonne.»

Quoi, c'était tout ce qu'il voulait! Sans le lui demander et comme si cela avait été un dû, j'ai pris une cigarette dans son étui, l'ai allumée, ai aspiré la fumée au plus profond. J'avais besoin de me répéter en moi-même ce que j'avais entendu. De croire à ma chance, à mon bonheur. Mais je n'avais pas encore répondu. Il s'est mépris sur les raisons de mon silence et de mon comportement singulier.

«Oui, a-t-il dit, je veux tout, les chemins, sentiers, pistes, cols, rivières, ruisseaux que vous avez suivis et traversés. Les noms et les adresses des passeurs, guides, propriétaires des refuges qui vous ont abrité. Leurs métiers, leurs âges, leurs familles, les prix qu'ils vous ont demandés, tout, tout, tout. »

Cette fois encore je n'ai pas répondu tout de suite. Mais cette fois c'était tout autre chose. J'avais eu le temps de me reprendre. Et je pensais à tous ces gens, pauvres et humbles pour la plupart, qui, de Perpignan au Portugal, m'avaient permis de rester jusqu'au bout en liberté. Certains avaient refusé tout paiement. La moindre indiscrétion pouvait les perdre. La Gestapo et ses indicateurs veillaient sans merci en France. Et en Espagne, trois polices pour le moins et les phalangistes par surcroît. Parler de ceux qui m'avaient aidé, accueilli avec toute leur confiance ! Les dénoncer, les livrer...

« Non. Pour ces gens, de mon silence dépend leur vie ou leur mort.

— Je sais, a répondu le capitaine. Mais vous devez malgré cela faire ce que je vous demande. Votre propre intérêt, ici, n'est plus en jeu. Écoutez bien. Je vous donne ma parole, parole d'officier et d'homme que, en dehors de moi, personne, je dis personne, même dans nos services, n'aura connaissance de vos renseignements. Ils ne seront utilisés par moi, et uniquement par moi, que pour les cas de première importance et urgence. Des cas désespérés. Là aussi il s'agira de vie ou de mort. »

Il y avait dans ses yeux, dans sa voix, le tourment de la vérité. Je l'ai cru. Et je le crois encore.

Pendant près de trois heures il a écrit sous ma dictée.

Le capitaine a glissé son carnet dans une de ses poches, a enfoncé dans une grande enveloppe entoilée toutes les feuilles qu'il avait remplies d'une longue et nette écriture et a scellé l'enveloppe.

« Point final. »

Et avec son meilleur sourire, après un très bref silence :

« Votre ami Pierre, le colonel, sera heureux de vous revoir si vite. »

J'ai eu encore un choc. Être coupé complètement de l'extérieur, vivre au secret pendant trois jours et soudain recevoir par l'intermédiaire de mon inquisiteur cette sorte de message ! De nouveau, les souvenirs ont défilé en une portion de temps et à une cadence impossibles à mesurer. Pierre, camarade de lycée. Pierre, sous-lieutenant de chasseurs à pied pendant la guerre de 14. Pierre, capitaine pendant celle de 40. Pierre, envoyé clandestin du général de Gaulle auprès de la Résistance. Pierre, qui de Londres m'a fait dire de quitter la France. Pierre...

« Bonne surprise, n'est-ce pas ? a repris l'officier de l'Intelligence. En vérité, votre ami Pierre et moi, nous nous rencontrons parfois. Il m'a demandé de vous garder ici le moins longtemps possible. Alors, au lieu de vous consacrer une heure ou deux seulement par journée, comme nous le faisons en général, ce qui oblige les gens à un séjour assez long, je n'ai interrogé que vous du matin au soir. Vous y avez gagné deux semaines environ. Vous voyez, même à Patriotic School, l'amitié a ses privilèges... »

J'ai remercié le capitaine. Il m'a offert une dernière cigarette et souhaité bonne chance en Angleterre. Nous nous sommes serré les mains. Il a retenu un instant la mienne.

« Excusez-moi, a-t-il dit, il y a un détail que j'ai oublié de vous demander. Quand votre mère en 1942, après être passée de la zone occupée en zone libre clandestinement, est arrivée à Loches, quel train a-t-elle pris ?

— Je crois, ai-je répondu, qu'elle n'a pas voyagé en train mais en car.

— Je suis bien content de vous l'entendre dire, a dit le capitaine. Il n'y a pas de gare à Loches. »

Ma figure devait être amusante à voir. Le capitaine a ri. Amicalement. Il a repris tout son sérieux pour me dire :

« Savez-vous ce qui serait arrivé si vous m'aviez parlé d'un train ? On vous gardait ici...

— Combien de temps ?

— Impossible à fixer.

— Mais pourquoi à la dernière minute ? Pourquoi ce piège ? Après avoir fouillé toute ma vie. Après la caution du colonel Pierre. Pourquoi ? »

J'étais hors de moi. Peur rétrospective, colère, confiance déçue, perdue...

« Pourquoi ? Parce que c'était le meilleur moment pour vous prendre en défaut. Vous pensiez déjà être libre… L'intervention de votre ami achevait de vous rassurer… Toute méfiance était chez vous endormie…

— Mais en quoi une erreur insignifiante… »

Le capitaine m'a coupé net.

« Pour nous, une erreur n'est jamais insignifiante. Elle peut toujours masquer un mensonge. Y aurait-il un cas sur mille. Nous n'avions pas le droit de prendre ce risque. Il aurait fallu s'assurer que vous n'étiez pas dans ce cas-là. »

Une sorte de tristesse est passée sur son visage.

« Les Allemands pouvaient se servir de votre mère, par n'importe quel moyen. Et pour une mère, des gens ont trahi tout leur passé. Les exemples ne manquent pas. »

Il a souri sans gaieté.

« Racontez cela, je vous prie, à votre ami Pierre. Il comprendra. »

Sacoche et valise bouclées en un tour de main. Adieux. Français, Belges, Polonais, Russes. Félicitations, étonnement. Lâché si vite… Ensuite je suis resté avec Maurice.

Lui, j'étais triste de le quitter. Nous avions depuis tant de semaines partagé chaque instant, chaque peur, chaque espoir, chaque joie. La séparation, et dans ces circonstances, lui serait dure à supporter. Nous avons fait de notre mieux pour nous donner le change. Il sortirait bientôt. Sa vie était tellement moins longue et compliquée que la mienne... Si facile à vérifier. Dès le lendemain je ferais agir les amis de la France Libre. Oui, on se retrouverait vite. Alors quelle fête ! Un soldat est venu me chercher. Le départ. J'ai suivi le soldat.

D'ordinaire, quand il était libéré, le pensionnaire de Patriotic School se rendait sans aucun guide à l'endroit où un car attendait le groupe de ceux qui, comme lui, quittaient l'établissement. J'aurais dû éprouver quelque étonnement. Mais, émoussé par toutes les fatigues et les péripéties de ces trois derniers jours, mon attention ne s'est réveillée qu'à l'instant où le soldat m'a amené devant une voiture de l'armée, avec au volant un chauffeur militaire. Je n'ai pas compris. Le soldat a ouvert la portière en disant :

« C'est pour vous, sir. »

J'ai eu un léger mouvement de recul.

« Moi seul ?

— Parfaitement, sir. »

Je suis monté dans la voiture. Le soldat a pris place près du chauffeur. Les sentinelles ont déverrouillé, écarté les grilles sans la moindre formalité. Nous avons pris la route. J'ai demandé où nous allions.

« Londres, sir. »

C'est tout ce que j'ai pu obtenir. Je n'ai pas fait de nouvelles tentatives pour en savoir plus long. J'avais appris à connaître le comportement des hommes, quel que fût leur rang, qui servaient dans l'Intelligence. Une fois de plus, j'ai ressenti trouble, inquiétude, angoisse devant l'inconnu, l'inexplicable.

La règle était que le car de Patriotic School conduise chaque sortant à un organisme de son pays reconnu par la Grande-Bretagne.

Pour moi, la France Libre. Alors cette mystérieuse voiture, ces deux soldats casqués et muets, qu'est-ce que cela voulait dire ? Où me menait-on ? Je me suis souvenu des histoires que l'on chuchotait à Patriotic School... Les espions démasqués emmenés droit au poteau d'exécution, précisément dans une voiture militaire, au crépuscule. Non ! Ça non ! C'est vraiment passer la mesure, c'était trop idiot de penser à ça. Mais alors, où me menait-on ? Où, bon Dieu ?

Il faisait nuit. Il bruinait. Les réverbères portaient le maquillage du black-out. J'ai deviné les alignements des faubourgs, le mouvement des grandes artères, puis la voiture s'est engagée dans un lacis de petites rues, a viré sous un porche, s'est arrêtée devant un perron.

« S'il vous plaît, sir. »

J'ai eu juste le temps d'entrevoir, vague et comme irréelle dans le black-out, une petite place ovale d'un charmant dessin cernée par d'invisibles façades. Le soldat m'a fait pénétrer dans un hall obscur, puis dans un ascenseur. J'ai cru complet trois étages. Le soldat a sonné à une porte. Elle s'est entrebâillée aussitôt.

« Bonne nuit, sir », a dit le soldat avant de disparaître.

La porte de l'appartement s'est ouverte sur un vestibule. Et là, se tenait, avec le plus large sourire que l'on puisse imaginer, un major de l'armée anglaise, ancien correspondant de guerre sur le front de l'Est, à Nancy, pendant la drôle de guerre et dont le souvenir m'avait valu une nuit blanche, une nuit de panique à Patriotic School, oui, c'était lui ! lui ! lui !

« Salut mon vieux, a dit Bodington. Bienvenue dans l'antre de l'espion. »

Il m'a fait passer devant lui et pénétrer dans une vaste bibliothèque. Une autre surprise m'y était réservée, un autre choc.

À ma rencontre venait un homme de haute taille, bâti en athlète, au visage très ferme, très beau. Il m'a serré la main à faire crier, m'a entraîné vers une table sur laquelle étaient disposés un flacon de whisky, un seau à glace et trois verres.

« Vous voyez, me dit-il, on n'attendait plus que le troisième larron. »

J'étais incapable de prononcer un mot. Il fallait à ma pensée le temps de s'ajuster à tout cela. Ainsi, l'officier supérieur de l'armée de Vichy qui, seulement trois mois plus tôt, avant l'occupation de la zone libre, avait la charge du secteur militaire Sud-Est, me recevait comme chez lui dans l'appartement d'un major de l'Intelligence Service !

«À votre santé, a dit l'ancien colonel de l'armée de Vichy.

— *Cheers*», a dit l'ancien correspondant de guerre britannique.

Je ne sais pas ce que j'ai bien pu balbutier en levant mon verre. Mes deux compagnons ont ri de grand cœur puis le colonel a dit :

« Vous allez voir, c'est très simple. »

Ça l'était, en effet.

Bodington, quand je l'avais reconnu sur la côte, était depuis longtemps le délégué général de ces Services pour tout le sud de la France. Le colonel, sous la meilleure des «couvertures», travaillait pour lui. Mais les Allemands avaient dissous l'armée de Vichy. Alors, Bodington avait monté une opération clandestine par avion et amené le colonel à Londres. Pour lui, pas de Patriotic School.

«Vous voyez, rien de plus simple, a dit Bodington. Mais maintenant, passons aux choses sérieuses. Nous avons tout notre temps. Vous passez la nuit avec nous. Il y a un lit à votre disposition dans la chambre du colonel. Et demain, vous serez conduit chez les Français Libres. »

Ce que Bodington voulait savoir, et dans tous les détails, c'était la situation où se trouvait mon réseau au moment où j'avais passé la frontière. Comme j'hésitais, il m'a dit en souriant :

« Soyez sans inquiétude. Je *peux* vous entendre. On m'a bien permis de vous enlever... »

La séance a été longue. Le démantèlement de

l'organisation par la Gestapo. Le groupe qui avait réussi à s'échapper. Les arrestations... les conditions où elles s'étaient produites. Des noms. Vrais ou d'emprunt. Les armes récupérées. L'argent qui restait...

J'ignorais beaucoup de choses. Mais ce que je savais pourrait être précieux pour faire des recoupements, même si mes renseignements dataient de six semaines, même si je les avais déjà donnés à Patriotic School. Bodington, lui, connaissait les lieux, les hommes. Il ferait le point. Quand je n'ai plus eu rien à raconter, je n'en pouvais plus de fatigue, de sommeil. Bodington nous a servi un dernier whisky. *The night cap*, le bonnet de nuit.

III

Le lendemain je rejoignais la France Libre.

Je demandais à être reçu par le général de Gaulle qui résidait à Covent Garden. Il m'a reçu très vite car tous ceux qui venaient de France l'intéressaient particulièrement. Il m'a interrogé longuement sur la Résistance et sur l'état d'esprit des Français plus généralement. Puis il m'a dit :

« Et maintenant, à votre tour. Vous avez peut-être quelques questions à me poser ? »

Des questions, j'en avais dix, vingt. C'est la plus immédiate, la plus grave que je lui posais d'abord :

« Mon général comment croyez-vous que tout cela se terminera ? »

Il m'a regardé, presque étonné. Puis il m'a répondu par cette formule dont je me souviens encore mot pour mot :

« Mon cher, c'est fini, c'est gagné. Il n'y a plus que quelques formalités à remplir. »

C'est ce mot de « formalité » qui m'a stupéfié.

Nous étions en janvier 1943. La bataille de Stalingrad venait de se terminer à peine, le débarquement en Sicile était loin, le débarquement en Italie plus loin encore. Quant au débarquement sur les côtes françaises, il faudrait encore un an et demi l'attendre.

Mais pour le général de Gaulle, tant il survolait l'Histoire, tant il était sûr du destin de la France, ce n'étaient que des formalités.

Puis le général m'a demandé si j'accepterais de partir pour l'Amérique y assurer la propagande des Forces françaises libres. Je lui ai répondu que je ne le souhaitais pas, que je désirais rester en Angleterre. J'y avais l'espoir de participer à des actions militaires concrètes.

« Pour l'instant, je ne vois pas bien ce que vous pourriez faire, m'a-t-il répondu, sinon écrire un livre sur la Résistance. »

J'ai écrit ce livre : *L'Armée des ombres.*

Et enfin le temps de se battre est venu.

Parmi les Français qui se trouvaient à Londres à cette époque, il y avait un homme qui a joué un rôle capital au sein de la Résistance et que tout le monde connaît maintenant sous le nom de colonel Rémy. Il a eu je ne sais combien de pseudonymes et, au moment où je l'ai rencontré, il s'appelait Rouillé. Son vrai nom est Raymond Decaire. Mais pour moi, il est resté Rouillé. Ni Decaire ni Rémy. Rouillé.

Gaulliste de la première heure et, contrairement à beaucoup d'autres et à ce qu'on croit en général, il avait su s'attirer la confiance et même la bienveillance des services secrets anglais et, grâce à lui, au début du printemps 1944, la formation d'une petite équipe française qui devait s'intégrer à une escadrille de renseignements anglais m'a été confiée.

J'étais responsable de huit camarades qui avaient entre dix-neuf et vingt-cinq ans. On m'avait donné le grade d'*active captain*, c'est-à-dire de capitaine en fonction. Tous les soirs, je mettais sur pied les équipes, j'assurais les missions.

Nous décollions vers onze heures, nous traversions la Manche et nous faisions le plus souvent des allers et retours au-dessus de la Seine en Normandie. Parfois c'était ailleurs, un peu plus loin. Nous captions des messages codés auxquels nous ne comprenions rien. Nos moyens de communication ? La phonie. Le téléphone sans fil. Un nouveau procédé que nous inaugurions avec des agents français. Notre appareillage, primitif, artisanal et lourd, prenait beaucoup de place, de sorte que nous n'avions qu'une mitrailleuse arrière pour nous défendre. C'était peu. Confinés à l'avant de l'appareil se trouvaient le pilote et le navigateur et, au milieu, recroquevillé dans un espace grand comme un placard à balais, il y avait le « boffin », ce qui, en jargon d'aviation, veut dire le colis. Le colis, c'est ainsi qu'on nous appelait. Par plaisanterie, bien sûr.

Heureusement que les Allemands avaient autre chose à faire que de s'occuper d'un avion isolé, car nous formions une cible idéale.

Nous en étions parfaitement conscients, si bien que nous avions l'impression paradoxale de baigner dans une relative sécurité. Souvent nous évoluions au milieu d'un spectacle féerique de toute beauté coloré par les éclatements des obus antiaériens et par des fusées de reconnaissance de toutes les couleurs. Et, dans nos casques d'écoute, nous entendions aussi bien des jurons français que des mots tchèques, allemands ou anglais.

Mais la superstition ne me simplifiait pas toujours la vie. Superstitieux, je le suis. J'ai beau essayer de me raisonner, d'y opposer toute ma logique, tous les arguments possibles, il n'y a rien à faire. Rien. Je suis superstitieux... C'est plus fort que moi. Et, une fois de plus, j'allais en souffrir.

Il existe en Russie une superstition ou plutôt une tradition millénaire dont on retrouve trace dans *Guerre et Paix* au moment où la famille Roskov quitte Moscou devant l'approche des armées de Napoléon en 1812, Avant de partir en voyage, tout le monde s'assoit, observe une minute de silence, et dit : « *Dobri Tchass* », puis en se levant, « *Sbogom* ».

340

Et l'on s'embrasse. Ce qui veut dire : « Que l'heure vous soit favorable » et « Que Dieu vous accompagne ».

Comme beaucoup de superstitions celle-ci remonterait, dit-on, à une coutume bien précise et bien réaliste : les gens riches se déplaçaient avec une quantité de bagages impressionnante, et, avant de partir, ils s'asseyaient et prenaient le temps de vérifier qu'ils n'avaient rien oublié.

Toute ma vie je me suis plié scrupuleusement à cette superstition et notamment à Londres où, avant chaque mission, je faisais *Dobri Tchass* avec mon ami André Bernheim que j'avais retrouvé et fait entrer dans notre équipe.

Un jour, sachant que je ne devais pas voler le soir même, mais seulement le lendemain, Bernheim est parti pour Londres qui se trouvait à une heure de train de notre base d'Hartfort-bridge. Et, le lendemain il a raté son train. Quand il est arrivé en catastrophe, il a appris que j'étais déjà sur le terrain, prêt à décoller. Trop tard. Impossible de me rejoindre à temps. Il a sauté dans une voiture, a gagné l'aéroport à toute allure et s'est précipité dans le bureau de l'officier anglais qui dirigeait notre décollage.

Nous étions déjà sur la piste de décollage. Je sentais l'angoisse m'envahir au fur et à mesure que je vérifiais le bon état de mes appareils de transmission et que j'échangeais les derniers mots de code avec cet officier anglais. À terre, au même moment, Bernheim lui donnait sa parole d'officier, lui jurait qu'il ne s'agissait pas d'une manœuvre de trahison, le suppliait de le laisser parler dans son micro ne serait-ce qu'une seconde. Il le fallait. À tout prix.

Three, two, one, zero. À l'instant même où, la gorge nouée, j'ai dit : «Allez-y», trois mots ont résonné dans mon casque, ces trois mots dont j'avais besoin comme d'une drogue pour conjurer le sort : «*Dobri Tchass Sbogom.*»

Plus rien ne pouvait m'arriver.

Quand on est superstitieux, on attrape toutes les superstitions : les russes, les juives, les arabes...

Le vendredi n'est pas considéré, en général, comme un jour favorable. Pour moi, c'est un jour maudit.

C'est un vendredi de 1920 que j'ai perdu l'un de mes frères ; c'est un vendredi qu'avec Georges, mon deuxième frère, nous avons eu un accident de voiture qui a failli me laisser paralysé pour la vie ; c'est un vendredi que... Je ne peux en dire plus, mais le vendredi, je ne l'aime pas.

Nous sommes le vendredi 14 juillet 1944. La veille au soir, j'avais accepté une mission qui avait été longue, difficile, délicate, mais pleinement réussie, et, comme nous étions neuf équipes à nous relayer, j'étais assuré de ne pas voler cette nuit-là et je me sentais détendu et heureux. D'ailleurs un de mes camarades avait été déjà désigné.

Le matin, une grande cérémonie s'était déroulée en présence du roi d'Angleterre, George VI qui, en uniforme d'aviateur, était venu nous décorer, ainsi que des aviateurs du groupe Lorraine de la Distinguish Fine Cross.

Le roi, d'une timidité extrême, prononçait devant chacun d'entre nous exactement les mêmes paroles. Dans un français impeccable, il commençait par dire :

« Je vous félicite. Je suis heureux de vous décorer. »

Puis il ajoutait :

« Y a-t-il longtemps que vous êtes en Angleterre et comment y êtes-vous venu ? »

Chacun avait préparé sa réponse et s'efforçait de répondre le plus précisément possible. Arrive le tour de l'un d'entre nous que nous savions être un pince-sans-rire sans égal. Il se met au garde-à-vous devant Sa Majesté George VI qui lui pose les questions habituelles. Il lui répond. Comme prévu, enfin vient la dernière question :

« Comment êtes-vous venu ? »

Il regarde le roi droit dans les yeux et lui dit, le plus sérieusement du monde :

« Je regrette, Majesté, secret militaire. »

Le roi, désemparé, a rougi comme une pivoine et amorcé un sourire gêné avant de passer au suivant.

La journée s'est poursuivie dans une atmosphère de fête.

Un gigantesque buffet nous est offert au mess

du groupe Lorraine et nous nous y sommes rendus avec, dans la tête, la certitude que nous passions notre dernier été en Angleterre et qu'il ne restait plus cette fois, comme de Gaulle me l'avait dit, que quelques «formalités à remplir».

Je bavarde avec des copains, je m'assieds à une table et commence à jouer au poker, lorsque le *squadron*, c'est-à-dire le chef d'escadrille, me tapote l'épaule et me dit du bout des lèvres :

«Excusez-moi, cher Kessel, j'ai deux mots à vous dire. Pourriez-vous m'accorder une minute?»

Je le suis jusque dans une pièce voisine. Il me précise alors :

«Voilà, je suis un peu ennuyé, car votre coéquipier, qui devait partir en mission ce soir, n'est toujours pas là. J'ai peur qu'il ne lui soit arrivé quelque chose. Il faudrait envoyer quelqu'un à sa place.

— Il y a justement un jeune Français qui vient d'arriver et qui fera très bien l'affaire. Il est très au point techniquement.

— Je suis sûr qu'il s'en tirera très bien, mais tout de même c'est la première fois qu'il vole et il vaudrait mieux qu'il ait quelqu'un d'expérimenté à ses côtés pour contrôler ce qu'il fait.»

Et en souriant, il ajoute :

«Comme vous êtes le chef de groupe...»

Pendant qu'il parlait un seul mot sonnait dans ma tête; vendredi, vendredi, vendredi...

Malgré ma panique démesurée du vendredi, acculé, j'ai répondu machinalement :

« Mais naturellement, bien sûr, je ne demande pas mieux.

— Vous aurez tout le temps de dîner avec le groupe Lorraine puisque vous ne partez que vers onze heures », me dit encore le *squadron.*

Grand dîner, grande beuverie, grande rigolade. Je faisais mon possible pour paraître gai, bien dans ma peau, mais j'étais paralysé de terreur.

L'heure approche, je me lève et gagne l'aéroport.

J'avais fait vingt, trente fois le voyage et pourtant je ne peux décrire l'état de transe dans lequel je me trouvais.

Nous survolions le territoire français depuis dix minutes, mon jeune coéquipier venait d'entrer en contact avec un agent français à terre, lorsque, subitement, l'interphone général de l'avion se déclenche et le mitrailleur arrière déclare :

« Avion ennemi à midi quinze. »

Alors que depuis six mois, tous les soirs, l'un d'entre nous était en mission, nous n'avions jamais été attaqués, jamais, jamais, jamais. Et ce soir-là, comme par hasard...

Mon expérience d'aviateur de la Première Guerre mondiale me suffisait pour savoir que nous n'avions strictement aucune chance face à un chasseur de nuit allemand léger, rapide, suréquipé. Pas une seconde je n'ai espéré m'en sortir.

« Voilà, cette fois, c'est fini. Et bien fini », me suis-je dit.

« Mettez vos parachutes », a ordonné le pilote.

Et pendant dix minutes ce fut un ballet de balles traçantes.

Par quel miracle sommes-nous passés au travers des balles, je ne l'ai jamais compris, et pourtant...

« Nous sommes dégagés, il est parti, a hurlé le mitrailleur.

— Mission terminée, a conclu le pilote. *Back home !* »

Et nous sommes rentrés sains et saufs.

Le lendemain, il était prouvé officiellement par confrontation de plusieurs rapports que nous avions été attaqués par un avion de chasse anglais du type Mosquitoe qui nous avait pris pour un avion de reconnaissance allemand. Le comble !

« Voilà, me suis-je dit, c'était l'absurdité complète mais aussi la logique de la superstition : un vendredi, cela devait arriver ! »

Pourtant le pire n'était pas arrivé et pour quelle raison ? Dans ma tête, les choses étaient confuses.

Je me creusais les méninges, quand, tout à coup, j'ai réalisé que nous avions passé les côtes françaises après minuit et que par conséquent nous avions été attaqués le samedi 15 et non le vendredi 14. C'était la réponse à la question que je me posais. Désormais tout était donc dans l'ordre.

Il y a des moments comme cela où je me dis qu'après tout, je n'ai peut-être pas tort d'être superstitieux...

Quelques mois plus tard, toutes les « formalités » étaient remplies. Nous rentrions en France. En France libre.

NOTE DE L'ÉDITEUR

Certaines anecdotes rapportées dans ce livre ont été racontées, antérieurement, ou ultérieurement, par Joseph Kessel en des termes parfois identiques. On les retrouve donc éventuellement dans ses propres livres ou dans des biographies qui lui ont été consacrées.

DU MÊME AUTEUR

LA PISTE FAUVE, 1954

LA VALLÉE DES RUBIS, 1955 (Folio n° 2560)

HONG-KONG ET MACAO, 1957. Nouvelle édition en 1975

LE LION, 1958 (Folio n° 808, Folioplus classiques n° 30)

AVEC LES ALCOOLIQUES ANONYMES, 1960

LES MAINS DU MIRACLE, 1960

LE BATAILLON DU CIEL, 1961 (Folio n° 642)

DISCOURS DE RÉCEPTION À L'ACADÉMIE FRAN-
    ÇAISE ET RÉPONSE DE M. ANDRÉ CHAMSON, 1964

LES CAVALIERS, 1967 (Folio n° 1373)

DES HOMMES, 1972

LE TOUR DU MALHEUR, 1974. Nouvelle édition en 1998
    TOME I : *La Fontaine Médicis - L'affaire Bernan* (Folio n° 3062)
    TOME II : *Les Lauriers roses - L'Homme de plâtre* (Folio n° 3063)

LES TEMPS SAUVAGES, 1975 (Folio n° 1072)

MÉMOIRES D'UN COMMISSAIRE DU PEUPLE, 1992

CONTES, 2001. Première édition collective (Folio n° 3562)

MAKHNO ET SA JUIVE, 2002. Texte extrait du recueil *Les cœurs
    purs* (Folio 2 € n° 3626)

Composition Bussière
et impression Novoprint à Barcelone,
le 10 novembre 2008.
Dépôt légal : novembre 2008.
ISBN 978-2-07-035953-0./Imprimé en Espagne.

161253